SEPTIME

PERSPEKTIVENWECHSEL No 2

Frauen!
Starke Erzählungen über das starke Geschlecht

Herausgeber: Jürgen Schütz, Christiane Barnaházi

Produktion: Jürgen Schütz
Umschlag und Satz: Jürgen Schütz
Umschlagbild: American Girl in Italy, © 1952, 1980 Ruth Orkin
Lektorat: Daniela Jungmeyer, Anja Kootz und Svenja Hoffmann
Druck und Bindung: CPI Moravia Books s.r.o., Pohorelice
Printed in EU

Septime Verlag, Wien

E-Mail: office@septime-verlag.at
Internet: www.septime-verlag.at

ISBN: 978-3-902711-03-8

PERSPEKTIVENWECHSEL No 2

Frauen!

Starke Erzählungen über das starke Geschlecht

SEPTIME

Inhalt

Hier bemerkte Schehersad den Tagesanbruch und schwieg. Dinarsad sprach zu ihr: „Oh wie schön und wundervoll ist deine Erzählung, meine Schwester." Schehersad erwiderte: „Was ist dies im Vergleich zu dem, was ich euch in der folgenden Nacht erzählen werde, wenn mein Herr, der König, mich leben lässt; es wird weit wunderbarer, angenehmer und entzückender sein."

Tausendundeine Nacht

Andrea Grill

wurde 1975 in Bad Ischl geboren. Sie promovierte an der Universität Amsterdam über die Evolution der Schmetterlinge Sardiniens. Die Autorin veröffentlichte neben zahlreichen Erzählungen, Artikeln und Essays bereits vier Romane. *Der gelbe Onkel. Ein Familienalbum* (2005), *Zweischritt* (2007) und *Tränenlachen* (2008). 2010 erschien der Roman *Das Schöne und das Notwendige.* Zudem ist sie als Übersetzerin aus dem Albanischen aktiv. Nach langjährigen Aufenthalten in Tirana, Cagliari (Sardinien), Neuchâtel und Bologna lebt sie zurzeit in Wien.
Homepage: www.m-orld.org

Andrea Grill

Eine Vorliebe für Rot

„Haben wir heute einen roten Tag?“

Ich hatte es eilig. In fünf Minuten war mein Termin, wenn ich zu spät kam, würde ich nicht mehr drankommen und trotzdem zahlen. Er überholte mich, drehte sich kurz um und hielt die Pedale still, bis er direkt neben mir fuhr, unsere Lenkstangen sich fast berührten. Rotes sah ich nicht, außer der Ampel links an der Kreuzung. Nach einem Seitenblick zu ihm deutete ich mit dem Kinn auf die Ampel. Er schüttelte fast unmerklich den Kopf.

„Du hast es schon vergessen?“

Der hatte mir gerade noch gefehlt. Er saß auf einem Rad, das vielleicht vor dreißig Jahren einmal neu gewesen war – oder überhaupt nie, hatte sehr dunkle Haut und trug ein dunkles T-Shirt, seine nackten Füße steckten in Flipflops, während er in die Pedale trat, bewegte er ab und zu die großen Zehen. Ob er mich mit jemandem verwechselte?

„Du vergisst aber schnell.“

Ich hörte ihn lachen und mich das Lachen erwidern, mit dem Ton, den ich von meiner Schwester kenne. Meine Schwester und ich haben sehr ähnliche Stimmen, zum Verwechseln ähnlich, besonders wenn wir lachen, sogar unsere Körpersprache ist dann analog; Hände an der Brust, Hals überstreckt, Kopf zurückgelegt glucksen und gluckern wir. Ich radelte schneller.

„Ich habe es eilig.“

„Ich werde schon mit dir mithalten."

„Ich habe keine Zeit."

„Wo fährst du hin?"

Ich machte eine vage Armbewegung geradeaus, die Straße entlang, zu den Wolken hinauf.

„Ist es weit?"

„Nicht besonders, aber ich bin spät dran."

„Ich kann schnell fahren."

Hinter uns näherte sich ein Motorgeräusch. Mofas erschrecken mich. Ich weiß nie genau, ob sie auf den Radwegen fahren dürfen. Aber auch wenn ich wüsste, dass es verboten ist, könnte ich nichts dagegen tun, die Mofafahrer sind doch schneller, vor allem auf dem Radweg, wo sie ungestört vom Autoverkehr testen, auf welche Maximalgeschwindigkeit sie ihre Maschine am letzten Wochenende frisiert haben. Vielleicht hätte ich dasselbe getan, wenn ich ein Mofafahrer gewesen wäre und kein Radfahrer.

Er ließ sich hinter mich zurückfallen, um die Mofas vorbeizulassen, holte mich dann wieder ein. Ich erhöhte das Tempo. Er wich mir nicht von der Seite. Eine Wettfahrt, ausgerechnet jetzt.

„Du hast also nichts Rotes an?"

Er ließ nicht locker. Musste er nicht auch irgendwohin, in ein ganz anderes Irgendwo als ich, und bald abbiegen? Der Tag hatte gut angefangen. Ich hatte mir beim Frühstück Zeit gelassen, Brotscheiben getoastet, mit Frischkäse und aufgeschnittenen Erdbeeren belegt, bis sie aussahen wie kleine Törtchen, hatte mir nach dem Essen (eine halbe Stunde danach, damit der Zahnschmelz nicht leidet) sorgfältig die Zähne geputzt, inklusive Stochern mit medizinischen

Zahnstochern und Fummeln mit Zahnseide; war rechtzeitig fertig gewesen, hatte doch ein bisschen getrödelt und kurz vor dem Weggehen noch den Laptop aufgeklappt. Da war eine Nachricht von meiner Schwester. *Du hast es immer eilig*, hätte meine Schwester gesagt, *selbst schuld*; sie ist ein pünktlicher Mensch, teilt sich die Dinge gut ein, klappt keinen Laptop auf, wenn sie zehn Minuten später einen Termin hat. Ich hatte ihr kurz zurückgeschrieben. Die Wohnung hatte nach geröstetem Brot, nach Kaffee und Zahnpasta gerochen, ich verließ sie ungern.

Draußen war eine Augustsonne, mein Fahrrad, wie immer im Ständer vor der Polizeistation, im Idealzustand, beide Reifen prall, niemand hatte eine halbleere Bierdose auf dem Gepäckträger abgestellt, der Sattel glänzte, warm von der Sonne. Ich warf einen kurzen Blick auf mein Telefon. Seit ich mir oben die Zähne geputzt hatte, waren neun Minuten vergangen, gehofft hatte ich auf weniger, aber es würde sich gerade noch ausgehen.

Es wäre sich sehr gut ausgegangen. Wenn sich nicht dieser Typ an meine Seite geheftet hätte, mit seiner Vorliebe für Rot. Seine Frage beantwortete ich nicht, radelte weiter. Er blieb neben mir. Auf diesem Straßenstück war der Radweg teilweise aufgerissen, man musste vorsichtig fahren, Hindernissen ausweichen, Schotter staubte unter den Rädern, Steinchen sprangen zur Seite und klirrten dem anderen an den Rahmen. Vor Jahren hatte ich mir bei einem Sturz mit dem Rad den Knöchel gebrochen, es war ein Sturz, der sich ganz einfach vermeiden hätte lassen, wenn ich rechtzeitig die Füße auf den Boden gestellt hätte. Solche Erinnerungen enthalten ein inhärentes Konservierungsmittel, regenerieren sich aus sich selbst, bis es kein Ablaufdatum mehr gibt. Seither habe ich meinen Fahrstil gründlich gemäßigt.

Er sah mich die ganze Zeit unverwandt an, als gäbe es für ihn keine Hindernisse auf dem Asphalt. Er insistierte.

„Du hast also heute nichts Rotes an?"

„Ich muss zum Zahnarzt."

„Ist das weit?"

„Ich habe in fünf Minuten einen Termin. Das ist ein schlechter Moment für eine Unterhaltung."

Jetzt antwortete er nichts, warf mir nur einen ungeduldigen Blick zu. Wir fuhren nebeneinander, beide schnell, ich, so schnell ich konnte, er erweckte den Eindruck, locker dahin zu fahren, als könnte er mühelos noch mehr beschleunigen. Es musste an seinem Rad liegen. Es sah zwar nicht gut aus, war aber offensichtlich besser als meines. Langsam geriet ich ins Schwitzen, und langsam begann ich zu ahnen, was er mit „rot" meinte, wehrte mich aber gegen diese Eingebung. Darüber wollte ich mich mit ihm keinesfalls unterhalten. Ich musste ihn loswerden, musste zu meinem Termin. Schließlich habe ich ein halbes Jahr darauf gewartet, alles rundherum sorgfältig getimed, vorgestern noch die Sprechstundenhilfe dazu überredet, nicht mich dazu zu überreden, den Termin noch einmal zu verschieben, weil die Zahnärztin kurzfristig auf Urlaub gegangen war. *Dann müssen Sie zu einem Kollegen, einem Mann*, sagte sie. *Kein Problem*, sagte ich, *warum sollte das ein Problem sein? Umso besser*, sagte sie. Als ich aufgelegt hatte, fiel mir ein, dass im Warteraum der Zahnarztpraxis ein Poster hing: DENKEN SIE AN RAMADAN. *Für Muslime schickt es sich nicht, wenn eine Frau sich von einem Mann be-*

handeln lässt, hatte mir die Sprechstundenhilfe bei meinem letzten Besuch erklärt. Ich habe ebenfalls mehr Vertrauen zu weiblichen Zahnärzten, finde sie zartfühlender, fälschlicherweise wahrscheinlich, und vermutlich ist Zartgefühl bei Zahnärzten sogar fehl am Platz. Was man braucht, ist ein Plan. Wahrscheinlich habe ich bisher einfach Glück gehabt.

Ein Zebrastreifen, eine Ampel, er fuhr bei Rot weiter. Ich blieb stehen. Eine Gelegenheit, ihn loszuwerden! Er wartete auf der gegenüberliegenden Straßenseite. Er grinste. Für Außenstehende muss es so gewirkt haben, als würden wir uns kennen; Freunde, die Fangen spielten. Ab und zu überholten wir andere Radfahrer. Für diese Tageszeit war es ziemlich ruhig auf den Straßen, Sommer und Ferienzeit. Eltern von schulpflichtigen Kindern waren verreist, wie die Zahnärztin, die übrigen haben sich aus Gewohnheit angeschlossen. Ich radelte und sah ein paar Szenen vor mir. Wie er mich bis zum Zahnarzt verfolgt, dort auf mich wartet, mich nach Hause verfolgt, sich jedes Mal, wenn ich aus dem Haus komme, an meine Fersen heftet, ohne viel zu sagen, aber immer mit vielsagenden Blicken, einem Grinsen, immer eine Farbe auf den Lippen. Haben wir Blau heute? Grün heute? Gelb heute? Weiß heute? Schwarz heute? Wären wir allein gewesen, ohne andere Passanten, hätte es sich zu einer anderen Tageszeit zugetragen, nicht bei gleißender Mittagshitze, nicht im August, sondern im Dezember, hätte ich die Situation dann anders erlebt, mich bedroht gefühlt? Jetzt war da vor allem Ärger, weil er mich aufhielt, weil ich es eilig hatte, und er meine Eile ignorierte beziehungsweise sich problemlos damit arrangierte, indem er wie ein Wilder neben mir her radelte und tat, als wäre das ein normales Tempo, um auch noch eine Unterhaltung führen zu können.

Ein Gedanke an einen Karatekurs, den ich nie gemacht hatte, die Pistole des Pazifisten. Eine abschweifende Überlegung mit Blick auf die anderen Radfahrer: Wie viele Leute, wie viele Frauen tragen wohl Pistolen in Hand- und Sakkotaschen, Pfeffersprays? Mir hatte als Kind nie jemand eingetrichtert, mich vor Fremden in Acht zu nehmen. Vielleicht, weil es in der Kleinstadt, in der ich aufgewachsen bin, kaum Fremde gab. Die, die es gab, waren Touristen und übten eine große Anziehungskraft auf mich aus, besonders wegen der andersklingenden Wörter, die sie sprachen, wie exotische Tiere. Ist es nicht schön, wenn einen ein Unbekannter anspricht? Eine seltene Chance? Etwas, das man sich wünschen sollte, ein Gruß vom Leben, dem richtigen, das ohne die digitale Morsesprache der Elektronik auskommt? Das war die Theorie. In der Praxis begann ich, nervös zu werden. Was wollte der Typ von mir? Ich bemühte mich, nicht daran zu denken, nicht zu denken, natürlich will er nur eins. Eins, was ich mir, bis ich mir aus dem Schulbiologiebuch die notwendigen anatomischen Kenntnisse aneignete, als etwas wunderlich Magisches vorgestellt hatte, eine enorme unwiderstehliche Kraft, die wie ein Zwillingsmeteorit einmal und für immer parallel bei zwei Menschen einschlägt. Das fleischgewordene Resultat eines solchen Einschlags wären Kinder. In meiner vorschulischen Vorstellung entstanden sie dadurch, dass sich die großartige Energie innerhalb des Paares zusammenballt und als etwas Lebendiges entlädt. Mit körperlichem Kontakt hatte das für mich damals wenig zu tun, es musste eine unbeschreibliche Gleichschaltung zweier Seelen sein. Sogar noch viel später, durch diverse Liebeserfahrungen hindurch, behielt ich mir einen Kern dieses Bildes.

Wieder hörte ich mich lachen, mit dem Lachen meiner Schwester, grundlos. Genau dieses Lachen hatte mir die Erfahrung eingetragen, die all das veränderte. Ich zwang mich, die Stirn zu runzeln, musste mir endlich dieses blöde Lachen abgewöhnen.

„Du fängst an, dich zu erinnern, nicht wahr?" Er kam noch näher, ich wich aus, fuhr auf den Grünstreifen, holperte übers Gras.

„Pass auf, Achtung."

Ich würde einfach nichts mehr sagen.

Weißt du, hatte Hadewych Minis noch vor dem Frühstück zu mir gesagt, denn er geht immer bedeutend früher außer Haus als ich, *wie viele Leute du kennengelernt hast, seit wir uns kennen? Einige tausend müssen das gewesen sein, dreitausend würde ich sagen, möglicherweise sogar viertausend, Menschen, mit denen du zumindest ein kurzes Gespräch geführt hast, meine ich, die dich irgendwie beschäftigt haben, nicht einfach wie Vorbeigänger, denen du etwa beim Einkaufen begegnest.* Diese Mitteilung hatte mich erstaunt und erschreckt. Minis konnte recht haben. *Die meisten Menschen, so wie ich,* sagte Minis, *treffen jeden Tag ungefähr dieselben Leute, du aber nicht. Du lernst durchschnittlich pro Tag mindestens eine neue Person etwas intensiver kennen, das macht für die neun Jahre, die wir uns kennen, circa neun mal dreihundertfünfzig, also mehr als dreitausend.*

Stimmt, da war wieder einer, neben mir auf dem Fahrrad. Der Gedanke an Minis, an seine logische Auffassungsgabe, verscheuchte die Gedanken an den Abend, der mich misstrauisch gemacht hatte, und dessen Ausgang ich meinem allzu zutraulichen Lachen zuschreibe. Es war ein Abend, den ich vergessen wollte, inklusive des dazugehörigen Exemplars aus den erwähnten Viertausend.

Auch mir fallen auf der Straße manchmal Menschen auf. Frauen öfters als Männer, meist aufgrund der Art, wie sie sich bewegen, wie sie auf dem Fahrrad sitzen, beim Gehen einen Fuß vor den anderen setzen, sorgfältig und beweglich oder betont beherrscht, sie fallen mir auf, weil sie eine Spannung besitzen, die in ihre Umgebung ausstrahlt. Aber noch nie ist mir in den Sinn gekommen, zu einer zu sagen: *Haben wir heute einen schwarz-weiß gestreiften Tag?* Ich habe meine Augen woanders.

Er, neben mir, hielt seine Augen unverwandt auf mich gerichtet, zog dabei immer wieder die Brauen ruckartig zur Stirn hinauf. Wie der gekrümmte Finger der Hexe, die das Kind in den Ofen locken will. Nur dafür, dass ihm das gelang, obwohl die Straße ständig Hindernisse für Fahrräder bereithielt, bewunderte ich ihn (ungern) ein bisschen. Er nahm sogar die Hände vom Lenker, Angeber, als er mich fragte, ob ich oft hier in der Gegend sei.

„Nur wenn ich zum Zahnarzt gehe", sagte ich und wiederholte, was er schon wusste.

„Ich muss nämlich zum Zahnarzt."

Diesen Satz kann ich nicht mehr sagen, ohne innerlich den Schauspieler Steven Wright genau diesen Satz sagen zu hören, aber auf Englisch, und die Antwort, die ihm Roberto Benigni gibt: *I can go for you.* In Jim Jarmuschs Film *Coffee and Cigarettes* tut Benigni das Unmögliche: Er nickt, steht auf, und geht anstelle des anderen zum Zahnarzt. Wright, derjenige, der den Zahnarzttermin hat (und wohl auch die Zahnschmerzen), bleibt sitzen und trinkt weiterhin Espresso. Offensichtlich kannte der eifrige Radfahrer an meiner Seite den Film nicht. Kein Wort davon, dass er für mich gehen könnte. Nein, er ließ merken, dass er es für eine billige Ausrede hielt.

Ich bemerkte einen helleren Fleck auf seinem T-Shirt, als wäre Bleichmittel auf die Stelle geschüttet worden. Was konnte ich sagen, damit der Typ endlich verschwand? Reden war und ist meine brauchbarste Waffe (bis ich den Karatekurs machen werde). Ich brauchte einen Satz, der ihn zur Auflösung bringen würde, wie das Bleichpulver die Farbe auf seinem T-Shirt.

„Ich habe furchtbare Zahnschmerzen."

„Ich habe eine Katze mit Blinddarmentzündung." Die Antwort kam ohne Zögern, klar und deutlich, als hätte er schon lange darüber nachgedacht. Er sprach ganz ohne Akzent, musste hier in der Gegend aufgewachsen sein, oder war er adoptiert? Während ich mir verbat, darüber zu rätseln, woher er kommen könnte – ich mag es selber nicht, wenn jemand innerhalb der ersten fünf Minuten eines Gesprächs schon fragt, woher ich komme – verbat er sich nichts. Auch kein Grinsen, das mir immer schamloser vorkam. Unversehens stand er, weiter tretend, von seinem Sattel auf und beugte sich zu mir herüber.

„Du weißt es doch, was ich meine. Gib es zu."

Stur schüttelte ich den Kopf. *Alles, was du sagst, ist abwegig*, dachte ich mir, *absurd. Du bist ein Irrer, der mich hier auf der Straße belästigt, während Passanten den Eindruck bekommen, wir seien Freunde*. Die kleine Annäherung hatte genügt, jetzt roch ich ihn auch. Er roch wie jemand, der an einem heißen Tag Sport getrieben hat. Diesen Geruch habe ich noch nie gemocht, nicht, wenn ich selber ihn verursache und nicht einmal, wenn jemand, den ich gern ins Schwitzen bringe, ihn verströmt; der Sportschwitzgeruch ist ein ganz anderer als der anderer Schwitzgelegenheiten. Schwitzende Leute zu küssen, sei es auf die Wangen, seien sie Verwandte, gänsehauterregend. Man kann sich die ekelhaftesten Dinge ausdenken, die einem passieren könnten, während man zum Zahnarzt radelt: *Er könnte mich abdrängen, mit einer Waffe bedrohen, in den Kanal drängen, den wir gerade überqueren, von der Brücke herunter hineinwerfen, mit oder ohne Rad, mich mit vorgehaltener Pistole oder, was mir noch gemeiner scheint, mithilfe eines Messers an einen abgelegenen Ort zwingen, während er mir unterwegs schmerzhafte Schnitte zufügt, in die nackten Oberarme oder die Ohrmuscheln*. „Man braucht nur im Gras zu stolpern, und schon fährt einem etwas wie ein hartes Ei zwischen die Beine“, lässt die fünfundachtzigjährige Claire Goll in ihren Memoiren eine junge Amerikanerin gesprächsweise sagen, bevor sie sich in die Büsche stürzt, wo offenbar kontinuierlich Paarungswillige lauerten. Ob Männer oder Frauen, das schrieb Goll nicht, dafür aber, dass sie erst mit sechsundsiebzig ihren ersten Orgasmus hatte; man möchte sie bedauern, dass ihr vorher niemand gezeigt hat, wie man das macht. Männern scheint das seit jeher jemand gezeigt zu haben, oder sie waren, im Gegensatz zur armen Claire, in ihrer Jugend experimentierfreudig wie alle Kinder.

Solange die Sonne scheint, und ich auf einem Fahrrad sitze, lässt es sich darüber spaßen, die Erinnerung verdrängen, den Blick auf das Deck eines Schiffes, es ist dunkel, mitten in der Nacht, jemand drückt mir den Kehlkopf in den Hals und verspricht, mich ins Meer zu werfen, wenn ich nicht pariere. Eine der banalsten Beschäftigungen der Welt, die im Durchschnitt drei bis sieben Minuten dauert. Auf dem Schiff dauerte sie noch kürzer. Ich wischte mit der flachen Hand Staub vom Lenker. Je weniger ich daran dachte, desto kürzer würde die Szene werden, bis sie eines Tages gar nicht mehr vorhanden war. Vor den banalsten Dingen habe ich mich immer am meisten gefürchtet. Als Kind hatte ich eine kurze Liste von Schrecklichkeiten, eine Liste banaler Tätigkeiten. Erstens, selber den Zahnarzt anrufen zu müssen, um einen Termin zu vereinbaren. Zweitens, ein Kind auf die Welt bringen zu müssen. Drittens, allein auf weiter Flur einem Mann zu begegnen. Zum Glück war ich wirklich schon lange erwachsen, bis mir Nummer eins zustieß. Nummer drei hatte ich falsch eingeschätzt. Es war keine weite Flur nötig. Nein, ich will nicht ausführlicher darüber reden, halte es für das Beste, nicht mehr daran zu denken; halte nichts vom Angeln nach toten Seelenstücken. Sie sedimentieren, werden am Grund von einzelligen räuberischen Algen verschlungen, nur manchmal treibt ein Stück an die Oberfläche. Wie jetzt neben dem Radler. Und sobald es eine Minute später ist, verändert sich alles in eine Komödie. Es mochte an der Sonne liegen, die nach wie vor schien, der Uhr, die immer noch eineinhalb Minuten Zeit ließ vor dem Zahnarzt.

„Haben wir heute einen roten Tag, *Madame*?“

„Nein, danke. Tomaten esse ich nur geschält.“

Eine Weile sagte er gar nichts. Nach wie vor radelten wir nebeneinander dahin, immer, wenn es eine Abzweigung gab, hoffte ich, er würde abbiegen. Er blieb. Ich beschleunigte, der Asphalt war wieder intakt. Mühelos folgte er mir. Minis hätte ihn schon längst abgehängt gehabt, beziehungsweise in Minis Gegenwart hätte er sich gar nicht erst angehängt. Ein unvorsichtiger Radfahrer, der sich im Getümmel vordrängte, hatte Minis einmal fast zu Fall gebracht. Minis fuhr ihm nach, klopfte ihm mit der Hand auf den Rücken, der Kerl wäre fast vom Rad gefallen, obwohl Minis nur freundlich grüßte. Ich erfreute mich ein bisschen an dem Gedanken, wie ich Minis später von dem Vorfall erzählen würde.

„Das hat keinen Sinn“, sagte ich.

„Welchen Sinn soll es denn haben?“ Er grinste nicht mehr, er glotzte. Einen Augenblick lang fürchtete ich, er würde sich wieder aufrichten und zu mir herüber beugen. Aber nichts dergleichen. Er nahm eine Hand vom Lenker, fuhr sich durch die Haare, kratzte sich mit einer leichten Bewegung am Hals, griff sich ans Ohrläppchen und zupfte dort an etwas, das ich erst jetzt als Ohrstecker identifizierte, ein kleiner heller Edelstein. Er setzte an, etwas zu sagen. Ließ den Mund dann doch zu. Unwillkürlich war er langsamer geworden und ich mit ihm. Ganz leicht hätte ich ihm davonfahren können, versuchen, einen Vorsprung herauszuholen, aber ich war verstrickt in seine Verlegenheitsgesten.

„Dort vorne muss ich nach links“, sagte er plötzlich.

„Ich nicht.“

Jetzt nahm er die andere Hand vom Lenker, wuschelte sich durch die Haare, fuhr sich über die Stirn, kratzte sich am Rücken. Wir fuhren so langsam, dass uns der Reihe nach Leute überholten. Wütend klingelnd drängten sie ihn zur Seite, bis er hinter mir zurückbleiben musste. Ich beschleunigte wieder, versuchte gleichzeitig, mein Telefon aus der Hosentasche zu ziehen, um zu schauen, wie viele Sekunden mir noch blieben, bis der Zahnarzt sich weigern würde, mich dranzunehmen. Den vor mir liegenden Weg konnte ich in zwei Minuten überbrücken. Das Telefon zeigte genau die Uhrzeit meines Termins. Ab jetzt kam ich zu spät. Vielleicht ging das Telefon vor. Vielleicht hatte der Zahnarzt vor mir einen komplizierten Fall.

„Hey.“

Er war wieder neben mir. Und fuhr freihändig.

„Ich biege hier ab.“

Ich nickte kurz, ein Nicken, das unbeteiligt wirken sollte.

„Aber ich sag dir was, das du schon weißt. Du hast einen roten BH an.“

Den letzten Teil des Satzes flüsterte er, streckte den linken Arm aus und bog ab. In einem Schwung, der mir zufrieden vorkam, beugte er sich tiefer über den Lenker und flitzte um die Kurve.

Jetzt der Zahnarzt. Ich kam fünf Minuten zu spät in die Praxis. Um diese Zeit war die Sprechstundenhilfe schon nach Hause gegangen, nur Leute, die auf einen Termin warteten, saßen um einen ovalen weißen Tisch und blätterten in Donald Duck Heften. Etwas anderes gab es nicht zu lesen. Das war mir sympathisch; so sympathisch, wie etwas, das mit Zahnärzten zu tun hatte, eben sein konnte. Ich setzte mich hin, fing an, in dem Haufen Hefte auf dem Tisch zu kramen. Natürlich wusste ich nicht, ob ich schon aufgerufen worden war, und der Zahnarzt den Patienten nach mir drangenommen hatte, oder ob ich noch eine Chance hatte. Ich las über Mickey, die Maus, und wie sie Donalds Neffen besucht, dann wird einer der Neffen plötzlich krank, eine riesige Geschwulst wächst ihm am Hinterkopf, und alle beschuldigen Mickey, dass er ihn mit einem Virus infiziert habe, weil er sich die Hände nicht ordentlich gewaschen hatte. Ich wusste, Mickey war unschuldig. Wie ich an meiner Verspätung. Nach einer halben Stunde war ich noch immer nicht aufgerufen worden. Bestimmt hatte er jemand vorgezogen und würde sich weigern, mich noch zu behandeln. Innerlich beschimpfte ich den Typen auf dem Fahrrad, verfluchte mehrmals die lässige Art, mit der er „roter BH“ gesagt hatte. Trotz meiner Befürchtung, den Zahnarzt dann erst recht zu versäumen, ging ich schnell auf die Toilette, nicht um mir die Zähne nochmals zu putzen, wie es viele taten, sondern um in den Spiegel zu schauen. War meine Bluse wirklich so durchsichtig? Eine Lampe war kaputt, und die zweite erleuchtete eher den hinteren Teil der Toilette, nicht den, in dem die Waschbecken und Spiegel hingen. Ich ging wieder hinaus zu den Wartenden und den Donald Ducks, und da kam ein junger Mann im berühmten weißen Kittel auf mich zu. Fragend rief er meinen Namen in den Raum, obwohl er schon zu wissen schien, dass ich es war.

„Ich bin's", sagte ich und reichte ihm die Hand.

„Ich vertrete heute Annemarie", sagte er, „sie hat überraschend Urlaub genommen." Er wirkte auf mich, als sei er höchstens fünfundzwanzig.

„Was kann ich für Sie tun?"

„Einfach nur Kontrolle."

„Haben Sie irgendwo Probleme? Schmerzen?"

„Nein", schwindelte ich und fragte mich, ob er meine Bluse genauso durchsichtig fand wie der Typ auf dem Rad.

„Nein, ich habe gar nichts, ich fahre für längere Zeit ins Ausland, deshalb wollte ich alles gut kontrollieren lassen."

„Eine sorgfältige Kontrolle. Machen wir."

Im nächsten Moment hatte ich den Mund voller Werkzeuge, und er fragte munter nach den Details meiner geplanten Auslandsreise. Jahrelange Erfahrung hat mich gelehrt, vom Versuch, mit einem Mund voll Zangen und Zahnarztfingern zu sprechen, abzusehen. Zahnärzte erwarten keine Antworten. Nur auf die Frage, ob sich die Zähne nun überall glatt anfühlten, wollte er tatsächlich eine. Bis zu dem Zeitpunkt hatte er mich allerdings mit seinen Entzückensschreien über den guten Zustand meiner Zähne schon einigermaßen eingelullt. Er musste wirklich ein ziemlicher Neuling sein. Nach zwei schnellen Röntgenbildern saß er hochzufrieden an seinem Arbeitstisch vor dem Bildschirm und lobte die gute Qualität der Plomben, die seine Kollegen mir verpasst hatten, als ich zehn war und einunddreißig.

„Sie können unbesorgt reisen", sagte er zum Abschied und erwähnte sogar das Wort „tadellos". Die Behandlung hatte kaum fünfzehn Minuten gedauert. In seltsamer Hochstimmung trat ich von der Praxis auf die Straße hinaus, eigentlich sind Zahnärzte halb so schlimm. Mein Mund fühlte sich so rein an, dass es mir leidtat, die so gründlich geschrubbten und polierten Zähne bald wieder mit Essen schmutzig machen zu müssen. Ein weiterer Gedanke trieb sich bei einer Bemerkung herum, die ein Bekannter unlängst einmal zu mir gemacht hatte, als er vom Zahnarzt gekommen war. *So etwas Schönes ist mir selber noch nie gewachsen*, hatte er gesagt, um seinen neuen künstlichen Schneidezahn zu beschreiben.

Ich radelte zurück. Als ich an der Stelle vorbeikam, wo mein Begleiter von vorhin abgebogen war, wurde mir kurz mulmig, weil jemand, der ihm aus der Ferne ähnelte, an der Wand einer Pommesbude lehnte.

Sobald ich den Schlüssel ins Schloss steckte, wusste ich, Minis war schon zuhause, denn die Tür war unversperrt.

„Schau mich an, Minis“, sagte ich zu ihm, „was siehst du?“

„Was soll ich sehen? Dich sehe ich“, antwortete Minis aus seiner Rückenlage auf dem Sofa.

„Meine Bluse meine ich. Siehst du etwas Rotes durch den Stoff hindurch? Minis, siehst du meine Unterwäsche?“

Minis richtete sich aus der Rückenlage auf, erhob sich sogar und ging um mich herum. Minis ist ein sorgfältiger Mensch und untersucht die Dinge gründlich, bevor er Fragen beantwortet.

„Nein“, sagte er, „nein, ich sehe gar nichts. Da scheint nichts durch.“

„Aber wie kann es dann sein, dass ein Typ auf der Straße weiß, welche Farbe mein BH hat?“

Aufgebracht erzählte ich ihm mein Erlebnis.

„Er hat es durch den Ärmel gesehen, von der Seite – wenn du die Arme beim Rad fahren hochhältst, sieht man unter den Achseln durch."

Minis schien das nicht weiter beunruhigend zu finden.

Hélène Cixous

1937 in Oran (Algerien) geboren, veröffentlicht 1969 ihr erstes Buch *Dedans* (dt. *Innen*) und gibt mit diesem Werk einen Vorgeschmack auf Entdeckung des Körpers und der Weiblichkeit, was ebenso Thema von *Souffles,* erschienen 1975 bei Éditions des Femmes (dt. *Weiblichkeit in der Schrift*) sein soll.

Hélène Cixous beherrscht die Kunst der Sprachspielerin. Elemente und Themen ihrer Verspieltheit sind, neben der Sprache selbst, Weiblichkeit, Tod, Liebe, die Schrift und das Schreiben an sich. Sie entdeckt den Reiz und den Rhythmus der wilden Wörter, die sich noch im Urzustand befinden, und die von der Allgemeinsprache vernachlässigt werden. Bei vorliegendem Text – einem Porträt ihrer Mutter, einer deutschen Jüdin und Grenzüberschreiterin voller Leben – zeigt sich die Frequenz der Wörter anhand eines lebendigen und heiteren Schrittes, den manchmal der Schatten des Todes einholt. Die Erzählung lautet auch im französischen Original *Fremdworte sind Glückssache* und weist bereits im Titel auf Hélènes Spiel mit der Sprache hin.

Hélène Cixous ist Schriftstellerin und Literaturprofessorin. Ihr Schaffen umfasst Romane, Theaterstücke sowie Dichtungen.

Zuletzt erschienen auf Deutsch *Der Tag, an dem ich nicht da war* und *Jemand hat Ingeborg Bachmann getötet*, beide 2009.

Anja Kootz, 2010

Fremdworte sind Glückssache

Man hat nur eine Mutter sagt Rilke sage ich mir und innerhalb dieser Mutter jedem seine Mutter. Seine Mutter, eine Hindin, war lebendig und leicht über seine Matratze gesprungen, um schneller in ihr Bett zu kommen, und seit diesem Abend hatte Stendhal den Jäger in sich entdeckt, Jäger der Hindinnen-die-dem-Glücksjäger-entkommen, wie er sagt, das Glück-das-einem-entkommt also das Glück schlechthin, lebendig, leicht, das verehrte Flüchtige, und seit diesem Abend wollte er seine Mutter mit Küssen überschütten und weil sie keine Kleider hatte, erfand er immer Kleider aus Küssen so leidenschaftlich wie feurig, dass die Hindin oft davonlaufen musste, und noch heute laufen sie

Auch ich bin gelaufen, aber zwischen uns niemals Küsse. „Algerienkriecherin", sagte meine Mutter, dieser reizende Eisklumpen aus Deutschland.

Meine Mutter war eine junge Kriegssoldatin, ob sie jemals Frau war, ich bezweifele es. Als junge Deutsche in England hätte sie den Sohn der Lyons, einen jungen, charmanten Kerl, geheiratet, aber er wollte nicht so recht; you are too *overwhelming*, kennst du dieses Wort? Ich habe im Wörterbuch nachgesehen, als ich Englisch lernen wollte, lernte ich Spanisch, Deinvater hat mich immer verblüfft mit den Wörtern, die er kannte, ich bin *Hedonist* sagte er, weil er den ganzen Larousse auswendig gelernt hatte, in gewisser Weise habe ich immer nur die Wörter bis zum Wahnsinn geliebt, nie die Männer, ich mochte immer das Besondere einer Sprache, *Fremdworte sind Glückssache*, sagt dir das etwas? Auf Englisch, wenn ich gelesen habe, schlug ich die Wörter nach, die ich nicht kannte. *Brown Betsy* kennst du die? Bemerkt hast du, dass deine Brown Betsy verschwunden ist, ich habe sie umsonst gesucht, es gibt wirklich mysteriöses Verschwinden in der Welt Gott sei Dank finde ich die Wörter, die mir abhandenkommen, am Ende immer wieder. Allerdings werde ich auf Deutsch sterben, wenn ich nachts aufwache, zähle ich auf Deutsch bis zehn und schon schlafe ich wieder ein, um fünf Uhr wache ich wieder auf *einszweidrei* ich schlafe wieder ein, weil ich so zähle, wirst du mich eines Tages nicht mehr wiederfinden

Jedem seine Mutter zu meiner Mutter sagt mein Bruder *Deinemutter* seine Mutter ist ihm nach eher Deinemutter, also eher meine als seine, wir schieben sie uns gegenseitig zu, die, die er liebt, ist die Hebamme-von-Kasbah in Algier vielmehr als die aus der Klinik in der Rue d'Isly, die er bevorzugt Deinemutter nennt. Die lässt er mir, er hält sich lieber an die Soldatenzicke, die nachts während des Algerienkrieges durch die unbeleuchteten Gassen streift, er hält aus Vorsicht ein Messer in der Tasche versteckt sie hat eine Taschenlampe, das ist der Krieg unsere Mutter ist ein unbedeutendes und flüchtiges Gesicht in den Kriegen und Attentaten.

Jedem seine Mutter, die meine war eine Spiegelung, das Wasser von Claire Fontaine wo ich in der Oranie in Algerien sterben wollte, ohne sie sein, das Wasser, meine Mutter, als ich ins Ferienlager verbannt wurde, kam das Wasser nicht, aber meine Mutter kam sonntags, kam endlich am Sonntag, kam endlich aufrecht und schlank an den Eingang der Wüste, und das war meine Mutter, ein zusammengerolltes Omelette aus Kartoffeln im Rucksack, selbst heilig, gerollt, golden, mein Omelette meine Mama, meine Ziege, Eva Eva still meinen Durst und meinen Hunger nach Licht aber nicht den meines Bruders, meine Mutter, die meine hat immer einen Rucksack dabei, mit einundneunzig Jahren, du liebst mich immer noch außer wenn ich einen auf Zimtzicke mache, sagt sie, das stimmt nicht, ich liebe sie in Gestalt all dieser Tiere, ich kann nicht mit dir sprechen, ich bin in Australien, sagte sie am 28. Januar 2001 war sie in Paris aber begeistert, leg auf, sagte sie: Ich bin bei den Dromedaren, oh dieses Vieh, lässt sich nichts gefallen und kann monatelang auskommen, ohne etwas zu trinken, alles, was es zum Überleben braucht, hat es im Höcker. Ich werde sehen, was es frisst, das Dromedar, ich lege auf.

Diese Mama, die ständig Lust hat zu reisen, sagt mein Bruder. Mir graut es davor. Diese Besessenheit. Das ist nicht mein *cup of* Tee, sagt mein Bruder plötzlich seltsam englisch.

Sobald wir beieinander sind, beginnen mein Bruder und ich Seite an Seite zu gehen, sobald wir Seite an Seite gehen, eröffnen wir sofort die kleine ambulante Gerichtssitzung. Die kleine Gerichtssitzung, dorthin bestellen wir die klagenden Angeklagten Kläger Verteidiger eloquenten Denunzianten, wir zwei nebeneinander, die anderen auf der anderen Seite, für meinen Bruder ist Deinemutter die Lieblingsangeklagte oder eben mein Vater für mich meine Mutter ist diejenige, die ich verteidige, erkläre ohne Unterlass stelle ich die erstaunlichen, geistreichen deutschen Reisen aus, sie hat etwas Fremdes, sage ich, einen Bruch, einen Schnitt, einen Geburtsfehler sage ich, um sie zu rechtfertigen aber für meinen Bruder fehlt ihr das Mütterliche, sie hat davon nicht die leiseste Ahnung, ich lasse ihn das niemals sagen, ohne zu protestieren, denn ich bin meiner Mutter genauso treu wie meinem Bruder und der Treue als solcher, das ist ein Prinzip, allerdings bleibe ich auf der Seite meines Bruders. Es ist spät, jetzt da wir die Sechzig überschritten haben alle beide, es ist Zeit sage ich mir, die Plätze in dieser Szenerie zu wechseln es würde mich schmerzen in dieser Konstellation das Ende des Prozesses zu sehen ich träume von einer fulminanten Dankbarkeit im letzten Akt im Theater kommt das vor und im letzten Moment lösen sich die Traumbildirrtümer auf. Es ist spät, das Ende naht – Mama war nett zu mir diese Woche, das muss man hervorheben sagt mein Bruder und ich werde dir sagen warum das so ist, weil sie sterben wird meine Mutter denkt auch, sie wird sterben in zwei Jahren schreie ich stumm werde mich dagegen auflehnen, das tust du, weil du nicht zählen kannst, sagt meine Mutter, mit einundneunzig Jahren zähle ich und du solltest auch eines Tages lernen zu zählen, es ist Zeit, dass du es lernst. Aber eben das, was meine Mutter bei mir und meinem Bruder anrichtet ist diese unberechenbare Gegenwart in uns die Unfähigkeit aus- und abzurechnen.

Sobald wir Seite an Seite gehen und den kleinen Verhandlungssaal vor uns herschieben sind wir wieder Kinder, zwischen uns gab es nie ein anderes Alter als das zwischen Oran und Algier, fünfzig unserer Jahre werden abgelegt, wir sind zehn Jahre alt zwölf Jahre alt und wir hören nicht auf die Insel der Mütterlichkeit zu erforschen, das ist ein ganzer Kontinent, der sich bis zu den Horizonten erstreckt, wo man hingeht und aus dem man sich nie befreit sagt mein Bruder und sagen dass du sie über alle Grenzen hinweg in die weite Welt hinaus mitnimmst. Ich kann mir das Leben ohne Eva nicht vorstellen, sage ich, dieses Nicht-Vorstellenkönnen ist meine innere Landschaft. Ich mache mir Sorgen um dich, sagt meine Mutter, du bist schon immer zu sentimental gewesen, wer wird dir grüne Bohnen machen, wenn ich nicht mehr da bin, heute lacht noch immer etwas in meinem Herzen über die grünen Bohnen, die Unterschrift meiner Mutter, der andere tut als sei er taub aus Angst zu weinen.

Sie hat immer die anderen lieber gemocht, sagt mein Bruder, der Familienstandard ist Herbert Berma, das Anti-Ich der von uns gehasste Doppelgänger, der, der seine Socken selbst wäscht, der Israel-Amerikaner, er kauft eine halbe Flasche Wein im Weinkeller eines französischen Schlosses nachdem er zwanzig probiert hat, aber er legt seine Uhr ab, bevor er Fußball spielt, das Ideal ist ein deutscher Amerikaner, sagt mein Bruder verbittert heute wie vor vierzig Jahren. Die Leute von denen wir mit Groll und kühl reden und deren Namen sich von uns in den Dreck ziehen lassen auf unseren Spaziergängen mit den vielen Zielen: Sinnlichkeit, Träumereien, Heraufbeschwörungen, Gerichtssaal, wir schlagen auf sie ein und wir empfinden Lust an unseren Vorladungen, wir beraten uns und wir ergänzen die Akten unserer Erinnerungen *gemeinsam*; all diese Leute, die wir erscheinen lassen auf unseren langen Wegen, die sich durch die Uferbegrenzung des Meeres hindurch winden, alle sind inzwischen älter als sechzig, aber unsere Gefühle haben nichts von ihrer Heftigkeit verloren und ihre Nervosität ist im Aquitaine die gleiche wie im Clos-Salembier in Algier.

Unsere ewige Kindheit verdanken wir unserer Mutter, sie ist die Autorin dieses Paares Hélèneundpierre, das wir sind, dieses zweistimmige Wesen, dieser Kindschor, Erstgeborener der Menschheit mit zwei Geschlechtern, „mit mir langweilt man sich nie“, sagt meine Mutter, sie regt uns immer bis zur Raserei auf, von ihr haben wir diese endlose und wütende Art zu reden. Wenn wir schreiben ist das auch ihretwegen, denn da, wo wir schreiben, kommt sie nicht hin, das nämlich ist ihr völlig egal, das ist ihr völlig fremd, besser wäre es, ihre Tochter wäre Anwältin geworden mit ihrer Gabe, sich auszudrücken, aber ihre beiden Kinder haben immer die falsche Wahl getroffen, etwas, was sie nie gemacht hätte. Die falsche Wahl treffen ist das Thema von Aischylos.

– Du erinnerst dich an Aischylos?

– Wenn du gesagt hättest Odysseus, hätte ich mich erinnert. Ich weiß nicht mehr, was mit Aischylos war, ich habe mich nie für Geschichte interessiert, in keinem Land, diese Leute, die sich mit ihren Helden rühmen, die Fremde töten, das ist doch nichts zum Freuen.

– Aischylos, sage ich, der Dichter, der die Fatalität der falschen Wahl beschreibt.

– Diese Leute treffen die falsche Wahl, wollen nichts lernen, das erinnert mich an das junge Mädchen von neunzehn Jahren, das ich für die Küche eingestellt hatte; ich, ich weiß, wie man *Suppe* kocht, sie dachte es gäbe nur eine. Aber es gibt hunderte von Suppen. Und Völker ebenso. Ich möchte immer neue Völker kennen lernen, Suppen auch

Jeden Sommer schreibe ich unter ihrer blinden Ägide, sie

beschützt die Umgebung meiner Höhle mit einer scheuen Anmut, während ich mich meinem wilden Bedürfnis nach Einsamkeit hingebe, dem Geist des Mordes und der Literatur ergeben geht sie zum Markt, das Schlachtfeld von dem sie immer beispielhaft siegreich zurückkommt.

Untergehakt und durch Mama vereint mein Bruder, die Zeit und ich, mein Bruder, die *Zeit*, wie jung wir sind mit unseren weißen Haaren, streunend zwischen den Booten, die im Hafen überwintern. Wer geht geht mit uns einem anderen Meer entgegen und wir kommen kommen zurück von einem anderen Meer

– Diese Boote sagt mein Bruder, nicht die Fischerboote auf dem Atlantik, diese Landungsboote, das war maa-gisch, wir spazierten durch den Sand Afrikas unter den Flugzeugen entlang, diese Flugzeuge mit Propellern, die auf uns niederstürzten, und wir schmissen uns auf die Erde, geschützte Ohnmacht, das war maa-gisch, unsere Kindheit war der Krieg, erinnerstdudich die Landungsboote

Icherinneremich, sagt meine Mutter, noch immer an diesen amerikanischen chinesischen oder japanischen Soldaten, mir hatte man gesagt, bei den Landungstruppen gebe es Butter, als ich bezahlen wollte sagte er *bizness*, bezahlen *bizness*, ich, ich wusste nicht, was das bedeuten sollte dieses englische amerikanische chinesisch ausgesprochene Wort, sollte das *Butter* heißen? *Bizness* und mit dem Daumen hat er auf sein Bett gezeigt ich bin fortgegangen.

Das war maa-gisch sagt mein Bruder die Flugzeuge die Bombardierungen, das Kino, der Schutzraum. An den Schutzraum erinnereichmichnicht, sagte meine Mutter, die unterirdische Galerie in der Rue des Jardins, sage ich, nein sagt meine Mutter. Der maa-gische Schutzraum, die Hütte unter der Erde wir liebten es keine Luft mehr zu bekommen unter dem Beschuss mit meinem Bruder, die sachliche Musik, Sirene d-c-a Sirene und die Seufzer meiner Großmutter väterlicherseits in Filzpantoffeln im Dunkeln. Der Geschmack des Alarms erinnerstdudich wir erinnerstdudichten uns gegenseitig an den scharfen Geruch des Schutzraumes unter der Erde heute noch lieben wir es im Dunkeln unter der Decke der Zeit zu suchen.

Wir sind niemals ohne die *Zeit* mein Bruder, mein Bruder Pierre, ich und mein Bruder die Zeit.

Meine Mutter erstreckt sich heute über ein Jahrhundert und drei Kontinente

Da wir jung sind mit unseren weißen Haaren voller Leben und vergnügt mit unseren zwei Kindern an unserer Seite, den Kindern, die wir waren und immer noch sind die zwei Kinder von damals die immer wiederkommen, wenn wir *spazieren gehen* sagte mein Vater, der Spaziergang von Kriegskindern, unsere Schatten vor uns ausschweifend wie Gedanken halten sich gestützt, wir sind zu viert auf dem engen Weg unsere Schatten als dunkle Späherinnen vor uns auf dem Weg aus weißer Kreide, eine Art auf der Erde zu malen, die alte Liebe die uns schon sechzig Jahre verbindet unter der Stimme meiner Mutter Deinermutter.

Die Kindheit mit uns, welch Glück sagt mein Bruder den Krieg gehabt zu haben, seine Explosionen, heute noch explodieren wir, weil der Krieg unsere Kindheit war

Der Krieg unsere fremde Mutter, wir haben den Krieg und seine Sprachen zur Kindheit.

Sagen, dass der Krieg meiner Mutter immer einen überspitzten Charme gegeben hat, sie kam aus dem Krieg, die junge Deutsche in Algerien, von einem Krieg zum anderen, von einem Ufer zum anderen, machte sie sich die durch die Sprachen eroberten Sprachen zu eigen, die sie noch immer nicht aufhört zu erobern. Schon mit neunzehn, als ich in Straßburg als junge deutsche Provinzlerin aus Osnabrück ankam, war ich die Einzige, die sich mit der Orthografie auskannte. Sagen, dass der Krieg mit ein wenig deutscher Romantik sie auf den Geschmack gebracht hat, sich die fremden Sprachen zu eigen zu machen, heute noch bringt sie den spanischen Wörtern, die sich ihr entziehen wollen, bei, ihr zu gehorchen, sie kommt uns immer noch vor wie ein Krieg, sie selbst ist ein neunzigjähriger Krieg.

„Ein alter Koffer aus Pappe, der aus dem Krieg stammt, zwei gebrauchte amerikanische Hosen" sagt Thomas Bernhard sagt mein Bruder sofort, der Kriegskoffer ist unser *Schibboleth*, sofort höre ich die „Die Hässliche" ächzen, die 1919 in Dresden sofort nach dem Krieg gekauft wurde, unter der Treppe unser alter, schiefer Koffer, ich wache über seine jammerhafte Altertümlichkeit, er ist das verehrte Maß unserer Abstammung vom Krieg zum nächsten Krieg bis unter die Treppe, der beispielhafte Überlebende. Mit neunzehn Jahren bin ich ganz allein abgehauen, sagt sie mir, mit dem Koffer von Omi, die provinzielle Enkeltochter einer Kriegswitwe ohne Angehörige. Alle beide sagt meine Mutter in der Küche während sie das Fleisch hackt so wie man es in Deutschland tut, nämlich schnell und herb, ihr habt mein Vergnügen daran, die Welt zu erobern, nicht geerbt, ich, ich habe immer erobern wollen. Ich wollte immer mehrere Dinge gleichzeitig tun die Welt war so groß, dass man sie von überall her angreifen musste, als ich Spanisch gelernt habe, lernte ich gerade Hebräisch in England. Ich hätte die Möglichkeit zu reisen geschaffen ich wollte mir beweisen, dass ich mich überall durchschlagen hätte können, *ohne irgendwelche Bindungen*. Ich bin eine unabhängige Frau, gebt mir Brasilien, ich nehme es, Uruguay Südafrika Australien, meinen Rucksack, nur Indien ist ihr entwischt, schon als ich Kind war, nahm ich mein Fahrrad und fuhr in die Viertel, die ich nicht kannte, die unbekannten Viertel, dort fühle ich mich zu Hause, ich mache schnell, da die Welt so groß ist, muss man hinausgehen, sie sich ansehen. Die Welt der Menschen liegt immer schon zehn Kilometer hinter mir. Ich sehe aus der Ferne, das ist eine geistige Verfassung, ich habe das Konzept Europa erfunden, als ich auf dem Gymnasium war, war ich schon keine Deutsche ich war Paneuropäerin, Schluss mit den Grenzen, Schluss mit dem Krieg sagte ich, das sagst du, weil du Jüdin bist, wir wollen unsere Charaktermerkmale behalten, sagten sie, also habe ich gesagt, ich dachte ihr seid überall Christen und sofort danach wurde ich weltlich. Seit dem Krieg lehne ich es ab, Deutsche zu sein oder Französin, die Franzosen mit ihren Stärkungsmitteln und ihren kleinen Vierteln in London, das ist alles eins, sie kennen nur ihr Viertel, niemand lebt in London, du lebst in Golders Green oder Hampstead, alles Zeitlupen der Kleinermachung der Welt, in der ganzen Welt bleiben die Leute in ihren Vierteln. In Algerien habe ich mich sehr wohlgefühlt, was mir fremd ist, stört mich nicht, ich mag es, anderswo, außerhalb von zu Hause zu sein, die Kasbah von Algier die Wälder die Häfen die Gassen alles gefiel mir außer das große Eis, das ich niemals hinunter bekam mit deinem Vater haben wir es abends nach dem Essen versucht in den kleinen Straßen von Oran standen überall Stühle draußen wir gingen immer *raus*, niemals rein weder Moschee noch Synagoge, die Leute müssen sich an einem Gott festhalten, der sich doch für nichts interessiert, außer mir, ich bin frei und ohne Bindungen. Wenn Mireille Fußball schaut und in ihrem hohen Alter schreit *wir* haben gewonnen! sage ich ihr: *Ist mir scheißegal.* Aber ich bin ein Einzelfall.

Sechzig Jahre nun schon. Wie sollen wir uns nennen? Gealterte Kinder oder ehemalige Kinder von Oran und Algier, wie geht es Deinermutter, sagt mein Bruder, der pensionierte Arzt, der unverwüstlichen Mama. Die Zeit zieht ganz, ganz nah vorbei, sechzig Jahre nun schon, dass wir als Kinder zusammenleben, die Zeit wird uns sicher vor den Kopf stoßen, wir nannten sie Verrückte Alte, erinnerstdudich, sagt mein Bruder, Oran 1942 Verrückte Alte riefen wir, während wir uns im Kreis drehten, lieber sterben als nie Verrückter Alter über unseren Vater gesagt zu haben, Verrückte Alte kreischten wir während wir das Böse in Oran erfinden wollten. Nichts sagt, dass die Zeit eher in der Straße einer Stadt auf uns prallt außer die Wahrscheinlichkeit, sie wird uns erschüttern, sagt mein Bruder, jeden Tag vermeide ich die Gedanken, sie streifen mich ich drehe mich zur Seite und weiche ihnen aus, sie rasen, ohne mich zu zerquetschen. Aber mitten in der Nacht kommt die Meldung. Ich erfahre die Neuigkeit, ich war in der *Stadt im Traum*, der Lärm dringt zu mir durch vor allen anderen – „Eva" sagte die Mitteilung, das war die Stimme des *Unglücks*. Ich weiß weder wo noch wie, ein Attentat, es bleiben nur mein Bruder und ich übrig. Sofort renne ich zu ihrem Haus. Ich erinnere mich an ihre Empfehlung: Loslaufen und das Vermächtnis holen, bevor die Behörden davon erfahren. Dieses eine Mal tue ich alles, was sie will, sage ich mir. Was mich in Wirklichkeit loslaufen ließ, war das Bedürfnis, außerhalb der Reichweite der Verbreitung der Neuigkeit zu sein ich war bisher die Einzige, die davon gehört hatte – außer meinem Bruder wusste niemand, dass ich in mir *die Gegenwart* festhalten konnte, ich kämpfte mit der Stille gegen das Eintreten des Verbes *hatte* oder jeder anderen Vergangenheit, ich dachte immer noch Eva, *Eva* sagte ich mir, ist als solcher der Name der Gegenwart, das Entscheidende ist Eva meine Mutter in der Gegenwart zu halten, es sind das Präteritum oder das Plusquamperfekt die den Tod bringen, meine Mutter benutzt immer das deutsche Präsens des Erzählens, jetzt imitiere ich sie, solange man in der Gegenwart spricht, sind die Dinge noch nicht eingetreten, es gibt keinen Grund, dass die Vergangenheit die Gesetze macht, mein Liebling, sagt mein Bruder voller Mitleid, aber ich stoße ihn in die Gegenwart zurück – wenn meine Mutter in mir ist, wenn sie bleibt, kann ich mit ihr leben wie gewöhnlich, als wenn wir nur durch ein Jahr von den Kontinenten getrennt wären, die sie entdecken will, (*will* im Futur), die Zeit ist nichts als das, was ich innerlich erlebe, sage ich mir, während ich mit all meiner Kraft Richtung *Osten* der *Stadt* laufe, meine verehrte Mutter, sie bleibt mir gleichwohl noch für das Vermächtnis, aber das ist etwas Anderes, ich folge ihrer Empfehlung, du musst vor dem Gesetz bei mir zu Hause eintreffen, und die Kleider, die ich retten möchte meine Jacken so früh wie möglich mitnehmen, die Schuhe, ich sah sie vor mir, die Konservendosen alle Gläser und Deckel, die sie immer aufgehoben hat für den Fall, dass ein Krieg ausbricht, die Fotoalben sage ich aber mein Bruder erinnert sich nicht mehr, wo sie sie versteckt hat sein Gedächtnis war wie immer lückenhaft, währenddessen laufe ich zum Haus bedroht durch die Schnelligkeit der schlechten Nachricht. Ich war vom Schmerz zerrissen, aber ich wollte Zeit gewinnen wieder Mama wieder Mama, und diesen Fetzen Gegenwart retten, bevor wir alle sterben werden. Würde ich sie nicht verlieren, sobald ich bei ihr ankam oder würden ihre Kleider auf mich warten? Ich lief langsam.

Wie lebt man mit diesem Danach, das am Ende kommen wird? Wo doch die Katastrophe meinen Platz einnehmen wird. Werde ich schreiben, wie werde ich schreiben, wie werde ich schreiben nach diesem Ereignis, das mich jenseits der Zeit treibt jenseits des Herzens? Verjagt das, was als einzige Handlung zu tun bleibt? für die, die ich nicht mehr sein werde? Es bleiben noch drei Pakete Schreibpapier von *Leader Price*, die aller billigsten überhaupt die meine Mutter in der letzten Woche gekauft hat, und dann? Ich schreibe langsam …

Anprobe: – Ich *sieche dahin*, sagt meine Mutter, was hältst du davon?

– Das geht gar nicht, sage ich, leg das ab. Schau im Wörterbuch nach. Sie schaut, sie verzichtet. Schade. Das Wort hat ihr gefallen.

– Du hast Hemden aus Baumwolle gekauft? sagt meine Mutter auf Französisch mit ihrem deutschen Rhythmus und ohne Intonation … Das wird deiner Frau gefallen, sie wird sie bügeln können.

Am Morgen hat meine Mutter es auf meinen Bruder abgesehen, gegen Mittag auf mich.

– Bertold, sagt meine Mutter …

Das heißt, sie wird sich meinen Bruder vornehmen, sie wird das deutsche Feld aufrollen, den Onkel Bertold, den Neffen Otto, den anderen Hans, das ganze deutsche Aufgebot.

– Bertold, sagt meine Mutter … Hat immer Hemden gekauft, die man nicht bügeln musste. Schon vor fünfzig Jahren hat er diese Hemden gekauft. Das muss man sich mal *vorstellen*.

– Aber er hat nie die Toilettenspülung gezogen, sagt mein Bruder; meine Mutter gibt das zu.

Meine Mutter aber macht es niemandem leicht: Eri, meine Schwester, hätte spülen sollen.

Jetzt wird Eva sich Eri vornehmen.

– Eri hat ihr Leben damit verbracht, das Auto aufzuräumen und die Hemden ihres Mannes zu bügeln, ruft meine Mutter.

– Ich dachte, er hatte Hemden, die man nicht zu bügeln brauchte, sage ich.

– Ah! Ja, da habe ich „eine Dummheit" gesagt.

– Sie gibt sich Mühe. Das Wort „Dummheit" hat sie noch nie in ihrem Leben ausgesprochen. Ich schreibe es schnell auf.

Analyse: Nur die Menschen vom Mittelmeer, besonders die Marseillaisen aus Tarascon wie ihre enge Freundin Mireille, die, die immerzu Dummheiten sagt, in einer Art und Weise, gegen die niemand etwas hat, mögen es, die Wirklichkeit schönzureden. Als Deutsche hätte sie es nie gewagt, einen nicht ganz exakten Sachverhalt vorzutragen.

Jetzt sieht sie es auf mich ab:

– Ich musste diese Dumm-heit in deiner Gegenwart sagen. Ich bin ja die Einzige die über meine Geschichten lacht. Du fährst mir ja immer über den Mund.

Ich gebe es zu: – Ich kann nicht lachen, wenn ich deine Geschichten zum zwanzigsten Mal höre. Aber du hattest etwas sehr Lustiges gesagt, leider habe ich es vergessen.

– Siehst du, wenn ich es nicht zwanzigmal wiederhole, vergisst du es.

Sie bricht in lautes Gelächter aus, worauf ein Gelächter über das Gelächter folgt: – Ich denke an mich, die kleine Alte auf Bewährung.

Ich lache nicht. Dass ich ihren Satz vergessen habe, erschreckt mich.

Originaltitel: „Fremdworte sind Glückssache"
Aus „Littératures… *Une mère étrangère*", éditions Actes Sud, octobre 2001
Aus dem Französischen von Anja Kootz

Susan Sontag

studierte in Berkeley und Chicago und heiratete bereits mit siebzehn Jahren den Soziologen Philip Rieff. Sie, als eine frühe Vertreterin der Popkultur, machte sich als Filmemacherin, Dramatikerin und Romanautorin weltweit einen Namen und hat sich dabei fest in unsere Kultur eingewoben. Die 1933 Geborene bestimmte mit, was debattiert werden sollte, gehörte dem Kanon an und wurde selbst überall diskutiert. Susan Sontag lebte vorwiegend in Paris und New York und führte ab 1988 eine lesbische Beziehung mit der Fotografin Annie Leibovitz.

Sie setzte sich und ihre Popularität aktiv für die Menschenrechte ein und galt als scharfe Kritikerin des Irakkriegs und der Regierung der Vereinigten Staaten.

Sontag, stets an ihren pechschwarzen Haaren und der silbergrauen Strähne zu erkennen, kann man heute getrost als eine der ersten Intelektuellen Amerikas bezeichnen. Am 28. Dezember 2004 stirbt sie, im Alter von einundsiebzig Jahren, in New York an Leukämie, ihr Grab befindet sich in Paris.

Die für vorliegenden Band ausgewählte Geschichte *American Spirits* entstammt der Sammlung *Ich, etc.* aus dem Jahre 1978. Die Heldin, Laura Flatface, verdient sich, während sie durch Amerika reist, ihren Lebensunterhalt mit Gelegenheitsprostitution, beflügelt von Ikonen der amerikanischen Kultur – von Benjamin Franklin bis hin zu Ethel Rosenberg.

Susan Sontag

Amerikanische Geister

Die Geschichte beginnt in einem von Menschen wimmelnden Raum, einer Art Greyhound-Station, nur kultivierter. Hauptfigur ist eine unerschrockene junge Frau von untadeliger weißer, protestantischer Abstammung sowie flacher regelmäßiger Bauart. Ihre einzige sichtbare Unzulänglichkeit spiegelt sich in ihrem Namen: Miß Flatface.

Umgetrieben vom automatischen Geglotze der Leute, entschloß sich Miß Flatface, ihre Karriere im horizontalen Gewerbe zu machen. Der Geist von Ben Franklin und der Geist von Tom Paine flüsterten ihr heiser ins Ohr, lockend und drohend.

Miß Flatface lüpfte die Röcke. Ein Seufzer entfuhr der Menge, wie aus einem Mund: „Bloß kein Sex, bloß kein Sex", brüllten sie. „Wen triebe schon Liebe zu einer mit so einem Gesicht?"

„Probiert's doch", murmelte sie entschlossen und stützte sich gegen eine weiße Kachelwand. Sie lästerten weiter, regten sich nicht.

Und es sprang Mr. Obscenity in den Raum. Er trug weiße Knickerbocker, kariertes Hemd und Monokel. „Euer Problem, Leute", sagte er, warf einen lüsternen Seitenblick auf Miß Flatface und riß ihr, ohne sich ums Aufknöpfen zu kümmern, die Nylonbluse auf. „Euer Problem ist, daß ihr Prinzipien habt. Und zwar viel zu ästhetische Prinzipien, da stimmt was nicht mit euch." Um seinen Worten Nachdruck zu verleihen, gab er Miß Flatface einen Klaps; sie weitete voll Überraschung die Augen, ihre Lider flatterten. „Sanftes Saugetäubchen“, und er packte ihre linke Brust und hielt sie dem verzückten Publikum entgegen.

„Halt, was fällt Ihnen ein, ich bin ihr Mann“, sagte ein Schrank von einem jungen Burschen – Jim war sein Name –, und er löste sich aus der Menge. „Miß Flatface ist nur ihr Mädchenname. Bei uns zu Hause heißt sie schlicht und einfach Mrs. Jim Johnson, ist stolze Ehefrau, Mutter von drei Kindern, Leiterin einer Pfadfindergruppe, Vizepräsidentin des Elternbeirats an der Green Grove Schule – das ist die Schule, in die unsere Kinder gehen – sowie Protokollführerin der hiesigen Frauenwählerinitiative. Sie besitzt neun und dreiviertel Rabattsparbücher von King Korn und einen Oldsmobile, Baujahr 62. Ihre Mutter, was meine Schwiegermutter ist, macht mir die Hölle heiß, wenn ich das durchgehen lasse.“ Er hielt inne. „Wenn ich das durchgehen lasse, Mr. Obscenity, Sir.”

„Schon besser“, sagte Mr. Obscenity.

„Jim“, meldete sich Miß Flatface ungehalten, „es hat keinen Sinn, Jim. Ich hab’ eine Wandlung durchgemacht. Ich komm nicht nach Hause, Jim.“

Ein kutschenähnliches, von einem Rotschimmelgespann gezogenes Gefährt fuhr hinter den Milchglastüren vor. Mr. Obscenity schwang sich in seinen Sitz und mit einer Geste, die jede Möglichkeit der Verweigerung ausschloß, verfügte er Miß Flatface auf den ihren. Sie stoben davon. Und unter dem Geklapper der Hufe waren Seufzer und Gekicher zu hören.

In ihrem Heimatort war Miß Flatface – vormals Mrs. Johnson – sehr geachtet, wegen ihres Abfalls, dem saubersten im ganzen Block. Aber da, wo Mr. Obscenity sie hingelockt hatte, schienen die ihr vertrauten Vorstellungen von Hygiene keine Geltung zu haben. Matschige Pfirsiche ließ man lässig, halb angegessen, auf den weißgetünchten Holzboden fallen. Übergroße Bögen himmelblauen Schreibpapiers waren mit Darstellungen männlicher und weiblicher Geschlechtsteile bekritzelt, zerknüllt und dann in eine Zimmerecke geschmissen worden. Weinflecke zierten die Damasttischtücher, die niemand wechselte. Innen an der Lokustür klebte ein verblichenes, mit Lippenstift verschmiertes Illustriertenphoto von Marlon Brando; die Fensterbänke hatten nie ein Staubtuch gesehen; Miß Flatface fand kaum Zeit, sich einmal am Tag die Zähne zu putzen, und der Zustand des Betts – besonders der des Kopfkissens, aus dem winzige Federchen staken – spottete jeder Beschreibung.

Von ihrem Fenster aus konnte Miß Flatface das Meer sehen, ein Karussell, eine Achterbahn, auf der „Wirbelwind" geschrieben stand, und kleine Gestalten, die, paarweise oder in Familienformationen, die Strandpromenade abschritten. Es war Sommer, und die verschiedenen schmierigen Ventilatoren, die über den Raum verteilt waren, verquirlten die Luft, ohne gegen die Hitze anzukommen. Miß Flatface sehnte sich nach einem Bad im Meer, dachte jedoch nicht im Traum daran, ihren bitter-süßen Körpergeruch, Mr. Obscenitys Wonne, runterzuwaschen. Ihr starkes Verlangen nach Zuckerwatte war leichter zu stillen. Sie brauchte tatsächlich nur den Wunsch danach auszusprechen, und schon lag die Watte, eingewickelt in Zeitungspapier, vor ihrer Tür. Und war sie dann gerade bis zur Hälfte gekommen, vergnügt damit beschäftigt, mit ihren unnützen Zähnen Wattefetzen aus dem rosanen Klebestoff zu reißen, sprang Mr. Obscenity aufs Bett und nahm sie. Unter dem Geknarre der Sprungfedern fiel der mit dem klebrigen Zeug umwickelte Pappkegel unbemerkt zu Boden.

Manchmal erschienen Leute zum Abendessen. Mr. Obscenity präsidierte an dem einen Ende der Eichenplatte, während eine Reihe dunkelhäutiger Gestalten Ansichten zum Kommunismus, zur freien Liebe, zur Rassenmischung auftischten. Einige der Frauen trugen lange goldene Ohrringe. Einige Männer hatten spitze Schuhe. Im Kino hatte Miß Flatface eine gewisse Vorstellung von Ausländern gewonnen. Wovon sie hingegen nichts gehört hatte, waren ihre abscheulichen Tischmanieren, zum Beispiel, daß sie mit den Fingern ganze Brocken aus dem Brot rissen. Und auch die fetten Knoblaucheintöpfe und die schaumigen Puddings paßten ihr oft nicht. Nach dem Essen fand gewöhnlich ein ausführliches und feierliches Rülpsen statt, in das Miß Flatface, mit Vergnügen, einfiel. Auch wenn ihr gelegentlich der pampige Mischmasch von Speisen widerstand und ihr sowohl Ton wie Heftigkeit der Unterhaltung auf die Nerven gingen, hatte Miß Flatface mit der Zeit doch ein beträchtliches Vertrauen zu Mr. Obscenity gewonnen. Ganz gleich in welchem Zustand seine Gäste waren, er verhielt sich untadelig, war adrett angezogen. Ihr Vertrauen wurde des weiteren bestärkt durch die hektographierten Seiten auf dem Heftbrett, das Mr. Obscenity häufig bei sich trug und vielfach konsultierte, selbst während des Abendessens. Gutes Zeichen, dachte Miß Flatface. Das hat Methode.

Unzimperlich und auf Teufel raus zu Späßen aufgelegt, so wollte Miß Flatface ihre Gäste sehen. Es kam vor, daß ihr ein Tischnachbar seinen Ellbogen in die Schamgegend stieß, vor lauter Begeisterung über die unanständigen Gipsfigürchen, die am Tisch herumgereicht wurden. Gelegentlich fiel auch ein Gästepaar unter den Tisch, der bebte dann eine Weile, wonach das zerzauste Pärchen mit hochroten Köpfen wieder auftauchte.

Miß Flatface war aufgefallen, daß Mr. Obscenity mit ihr bei seinen Freunden offensichtlich angeben wollte, und so beschloß sie denn, sich so freundlich wie möglich zu zeigen. Eines Tages würde es, so hoffte sie, nichts mehr geben, was zu erfüllen sie nicht imstande wäre.

„Appetitliches Weibchen, was du da hast", bemerkte einer seiner schwarzen Kumpel, den alle Honest Abe nannten. Er schnippte die Asche seiner Zigarre in ein vergoldetes Diaphragma, das als Aschenbecher diente, und ließ sich in den Stuhl zurückfallen.

„Kannst sie haben", sagte Mr. Obscenity mit einer jovialen Handbewegung. Worauf er einen Vermerk auf dem Heftbrett machte.

„Hm, weiß nich", sagte Honest Abe. Er rieb sich den Bartkranz, der sein Kinn zierte, grübelte.

Miß Flatface wunderte sich. Ob wohl dieser schwarze massige Honest Abe Angst vor dem schmächtigen Mr. Obscenity hatte? Oder fand er sie etwa nicht begehrenswert?

„Ihre Visage macht mich nicht grade an ..."

Das war zuviel. Ein Meer von Tränen staute sich hinter Miß Flatfaces Augen.

„Und weiße Frauen sind nicht gut für mein Blut, meint der Prophet."

„Abe", sagte Mr. Obscenity mit drohender Gebärde.

„Ja, Mr. Obscenity, ich meine, jawoll, Boß. Ich meine, ja, Sir."

Honest Abe hievte seinen Klotz von Körper mühsam vom Tisch, ließ die Serviette fallen und aus seinem Schoß fielen Brotkrümel auf den Boden. „Also gut, kleine Frau, woll'n sehen, was wir zwei beide zustande bringen. Kann dich auch nich mehr kratzen als unsereinen." Er gluckste.

Brennend vor Erwartung sprang Miß Flatface auf. Sie spürte das leichte Kribbeln im Magen. Der Geist von James Fenimore Cooper und der Geist von Betsy Ross flüsterten ihr heiser ins Ohr, lockend und drohend. „Pflicht ist Pflicht, oder?" fragte sie Mr. Obscenity, willens, auch noch den letzten Zweifelsprenkel, der ihren fertigen Entschluß befleckte, zu tilgen. „Ich denke an den Auftrag der Nation. An das Ziel der Nation. Und an den Fortbestand der Nation."

„Du mußt tun, was dir zu tun aufgegeben ist", sagte Mr. Obscenity eiskalt. „Das ist, schließlich und endlich, unser amerikanisches Dilemma." Er machte eine Notiz auf sein Heftbrett und wandte sich wieder seinen Gästen zu.

Honest Abe entledigte sich sorgfältig seines kastanienfarbenen Samtjacketts und hing es über die Stuhllehne, wonach er den Transistor losband, der in seiner Achselhöhle nistete. Also da kam die Musik her, dachte Miß Flatface.

Ihre Vereinigung fand in einer Badewanne statt, deren kaltweißes Email mit farbenfrohen Badetüchern in Blau und Purpur, Braun und Gelb überdeckt war, wie das Zelt eines Scheichs. Über die Wasserhähne hatte jemand, sei es aus Umsicht, sei es aus Ehrfurcht, das Sternenbanner gebreitet. Riechen tun sie schon anders, stellte Miß Flatface, geistesgegenwärtig wie sie war, fest. Aber er ist ein angenehmer kräftiger Geruch. Seltsam, warum hab' ich mich bloß immer vor ihnen gefürchtet, wie damals, als ich noch spätabends um die Ecke ging, um ein Päckchen Luckies zu holen, oder im Kino oben auf dem Balkon (damals war ich noch ein Kind), wie sich dieser Lange auf den Platz neben mir gesetzt hat. Man fürchtet sich vor ihnen, wenn man sie in der Wochenschau bei ihren Aufständen sieht und wie sie Backsteine in ihre eigenen Negerstraßen werfen. Es scheint so viele von ihnen zu geben. Aber einer aufs Mal, ist gar nicht so schrecklich, wenn man sich wirklich näherkommt. Sollen sie alle die Rechte haben, die sie kriegen können, dachte sie abschließend.

Und wie so die Tage vergingen, gefolgt von Nächten, auf die die Tage folgten, der lustvollsten Ausschweifungen voll, da fragte sich Miß Flatface zuweilen, ob sie ihren Namen noch zu Recht trug. Mr. Obscenity jedoch erwies sich als gestrenger Lehrmeister. Niemals durfte sie sich einem Spiegel nähern. Er verweigerte jegliche Auskunft hinsichtlich ihres Aussehens, ihrer Fähigkeiten oder ihrer Zukunft.

Nicht ein einziges Mal kam ihr ihre Mutter in den Sinn, die jetzt als Eisenbahningenieurs-Witwe in St. Louis lebte, es fiel ihr nicht einmal ein, ihr eine Postkarte schreiben zu wollen. Gelegentlich, sehr gelegentlich, dachte sie an Jim und ihre drei Kinder. Ob er wohl den Oldsmobile verkauft hatte, fragte sie sich. Zwei Autos brauchte er wohl nicht. Aber ein Zurück gab es nicht.

„Sie haben schon was Mächtiges an sich“, sagte sie eines Tages zu Mr. Obscenity. „Aber wieso haben die Leute Angst vor Ihnen?“ Der Geist von Henry Adams und der Geist von

Stephan Crane flüsterten ihr heiser ins Ohr, lockend und drohend. Es war doch nicht verboten, Fragen zu stellen? Nicht in einem freien Land.

„Ich wollte ja bloß sagen, wie haben Sie es fertiggebracht, daß Jim mich so einfach laufenließ?"

Mr. Obscenity, der tief in Miß Flatface steckte, antwortete nicht. Er stülpte nur ein Kopfkissen über ihr erregtes Angesicht.

Sie schleuderte das Kissen weg. „Und was ist mit Honest Abe", sagte sie, und sie sah ihm in die unbewegten, abwesenden Augen. „Wieso hatte der Angst vor Ihnen?" Immer noch keine Antwort. „Er ist größer, ich meine, länger als Sie."

Mr. Obscenity fuhr fort, wie es seine Art war, ihren Körper zu durchforsten. Ein leichter Wind, unheilschwangerer Bote, war aufgekommen. Irgendwo knallte ein Fensterladen gegen eine Mauer.

Miß Flatfaces Aufmerksamkeit ließ langsam nach. Sie beobachtete auf dem Nachttisch eine Fliege, die an einer Pfütze kalten Kaffees nippte. Anschließend fiel ihr Blick auf das Firmenschildchen in Mr. Obscenitys neuen gelbbraunen Reithosen, die als Bündel auf dem Boden lagen. Worauf sie überlegte, ob Mr. Obscenity irgendwelche Schwierigkeiten hatte, ins Telephonbuch aufgenommen zu werden. „Konzentrier dich", bellte er, zog sich aus Miß Flatface zurück, wälzte sich auf seine Seite und bestäubte ihren Torso mit einer feinen Zuckerschicht.

„Tu ich doch."

„Keine Widerrede! Tust du nicht."

„Und wenn ich eben über andere Dinge nachdenke? Wer sagt denn, daß ich die ganze Zeit daran denken muß. Denken verdirbt das Ganze doch sowieso, oder?"

„Hör mal", sagte er, „wir machen hier keine Eurhythmieübungen."

„Also, ich weiß nicht, was das ist", sagte sie im Brustton der Selbstgerechtigkeit, „aber was ich weiß, ist, daß es auch nicht in Schwerstarbeit ausarten muß."

„Spiel mir jetzt nicht die Unschuld vom Lande. Meinst du, ich hab' die Leute hier alle umsonst eingelagert."

Und das Gesumm der Fliegen über ihren Brüsten übertönte Miß Flatface mit einem Chorus rasselnder Atemlaute. Im Gang genau vor der offenen Tür sah man vier Luftwaffenkapitäne Bridge spielen.

„Hab' sie nicht gesehen", protestierte sie. Mr. Obscenity grunzte.

„Ehrlich nicht."

„Ich wette, du hast als Kind immer am Essen gemäkelt", brummte Mr. Obscenity.

„Nein, ehrlich ..."

Mr. Obscenity drückte ihr wieder das Kissen aufs Gesicht. Miß Flatface überließ sich der Lust. Sie würde ihre Fragen ein anderes Mal stellen.

„Wie gefällt dir dieses Leben hier?" geruhte Mr. Obscenity eines schönen Nachmittags mit erstickter Stimme nachzufragen, als seine Schnauze sich zwischen Miß Flatfaces Beine bohrte.

„Ach! Du lieber Himmel", rief sie aus, „ich hätte mir nie träumen lassen, daß das Leben so sein könnte."

„Willst du so weiterleben?" fragte er.

„Sicher!" Schon als Kind hatte Miß Flatface immer sicher gesagt, wenn sie's nicht war. „Wer würde anders leben wollen? Ich kann es mir kaum vorstellen“, brachte sie hervor, und ihre Stimme erzitterte vor Angst, bei diesem verfrühten Reigen aufeinanderfolgender Worte.

„Ah, Liebste“, seufzte Mr. Obscenity, der jetzt kerzengerade auf den klammen, zerkrumpelten Bettlaken saß und ihre Schenkel tätschelte. „Ich fürchte, das war’s. Man soll nie denken, daß kein andres als dieses Leben möglich wäre. Alle anderen Leben sind vorstellbar, möglich, sogar wahrscheinlich.“

„Was hab’ ich denn gemacht?“ schrie sie erschrocken, als sie sah, daß sein Monokel in der linken Augenhöhle steckte. Mr. Obscenity nahm sein Monokel nie ab, außer er war in eingehendste Fleischesinspektion versunken.

„Solltest du nicht willens sein, dein Leben für eines der allerprächtigsten Kunstwerke seit Menschengedenken einzusetzen – einer Orgie, die keine Schranken kennt –, so muß ich dir den Laufpaß geben. Nicht ohne Empfehlungsschreiben, versteht sich. Und mit ein bißchen Taschengeld, damit du durch die nächste Woche kommst.“

Einer Orgie, die keine Schranken kennt? Drogen? Folterinstrumente? Perversitäten? Zwei Meter lange Dildos? Nachdenklich senkte sie ihr Haupt. Der Geist von William James und der Geist von Fatty Arbuckle flüsterten ihr heiser ins Ohr, lockend und drohend. Mr. Obscenitys Fingerspitzen trommelten, in Erwartung ihrer Entscheidung, eine verschlüsselte Botschaft auf ihren Bauch.

Sie war ein tapferes Mädchen, aber so tapfer wiederum auch nicht. Schließlich bekam man seine Ausbildung, um damit was anzufangen. Sie hatte Jim nicht verlassen, um zu sterben, sondern um zu leben. Für Miß Flatface gab es Grenzen, sogar in der Wollust. Mochte sie, nach allem, was sie erlebt hatte, auch noch so unschuldig sein, so wußte sie doch, was sie sich schuldig war.

„Willst du eine Münze werfen?" sagte Mr. Obscenity, und gedankenverloren griff er nach einem weichen orangenen Lippenstift, um den Umriß ihrer Schamlippen um ihren Bauchnabel zu ziehen.

„Schon gut. Ich gehe", sagte sie.

Jemand steckte einen Zehner in den Musikautomaten: „Anyone Who Had a Heart", dachte Miß Flatface, „Would Love Me". Ein Griff in die Tasche und Mr. Obscenity zog einen Spiegel hervor, fing an, an sich herumzufummeln. Erst inspizierte er das Innere seiner Nasenlöcher, danach klopfte er seine Zwerchfellpartie nach den ersten Erschlaffungserscheinungen ab. Niemals in ihrem ganzen Leben war sich Miß Flatface derart verloren vorgekommen. Plötzlich fühlte sie sich fürchterlich, ganz fürchterlich allein.

Jedoch Miß Flatface wußte, daß sie nicht allein war in diesem Haus. Es waren andere junge amerikanische Frauen da. Schützlinge anderer Großmeister vom Schlage Mr. Obscenitys. Möglich sogar, daß sie allesamt Schützlinge von Mr. Obscenity persönlich waren. Miß Flatface zog es vor, darüber nicht nachzudenken.

Alle Häuser am Meer sind feuchtkalt, und es ging jetzt auf den Winter zu. Scharenweise stürmten Handwerker in ihr Zimmer. Überall lagen Farbeimer, steif gewordene, unbrauchbare Pinsel, Tapeziererrollen und Terpentinkanister herum, und riesige farbverkrustete Leitern aus rohem Holz komplettierten das Chaos. Das Etablissement wurde renoviert, und Miß Flatface verfiel in tiefste Trübsal.

Die Tage gingen dahin, ohne daß Mr. Obscenity in Erscheinung trat. Miß Flatface versuchte sich in Erinnerung zu rufen, was sie ihm schuldig war. Zuerst hatte sie gemeint, ihre Mißgelauntheit rühre von wollüstiger Sehnsucht. Das war's nicht. Nicht gerade eine der Dankbarsten, sann Miß Flatface auf Rache. Einen Plan hatte sie auch. Sie wollte ein paar der anderen Kostgänger überreden, mit ihr zusammen die Koffer zu packen. Mr. Obscenity würde dann schon den Anfall von Laune bedauern, der ihn bewogen hatte, ihre Vertreibung zu verfügen.

Wen sollte sie mitnehmen? Ausschließlich Frauen, beschloß sie. Männer mitzuschleppen würde die Sache nur komplizieren. Miß Flatface hatte sich bisher nie als Feministin betrachtet – schon gar nicht, als sie Jims Frau war und Mutter von drei Kindern. Nun aber verspürte sie ein reißendes Verlangen nach Loyalität mit ihrem eigenen Geschlecht. Der Geist Edith Whartons und der Geist Ethel Rosenbergs flüsterten ihr heiser ins Ohr, lockend und drohend.

Was sollte sonst sein?

Noch in derselben Nacht schlich sie sich, eingewickelt in ihren blaugeblümten Morgenrock, in dem sie ziemlich verschlampt aussah, durch die zugigen Gänge, um an den Türen zu horchen und, wenn möglich, durch die Schlüssellöcher zu spähen. Szenen quälender Sinnenlust torpedierten ihr Gemüt. War dies das Paradies, das sie verlieren sollte? Aber dann sollte es auch keinem anderen gehören.

Im Gang sprach sie eine dunkelhaarige Androgyne an, die außer einem Trenchcoat nichts anhatte.

„Du siehst so aus, als könne man dir trauen", sagte Miß Flatface fröhlich. „Ich mach' gerade, daß ich hier wegkomme, ich mein', ich hab' die Nase voll. Kommst du mit? Hast du nicht Lust, im Meer zu baden und mit dem ‚Wirbelwind' zu fahren? Du weißt schon, mal tun, was du willst, und nicht andauernd die Höschen runterlassen."

Blitzartig griff das Mädchen unter seinen Mantel und zog einen dunklen Metallgegenstand hervor. Eine Pistole? Miß Flatface wich voll Schreck zurück. Nein, eine Kamera. Das Mädchen führte das kalte Gerät ans Auge und schoß schnell hintereinander neun Großaufnahmen von seiner verblüfften Kollegin.

„Morgen früh sind sie entwickelt", sagte das Mädchen. „Wenn Sie wollen, schick' ich Ihnen ein paar Abzüge."

„Wozu denn das?" rief Miß Flatface, als sie bemerkte, daß sie mit ihrer Verschwörung auf keinen grünen Zweig kam. „Sind für mein Album." Und als es sah, wie verständnislos Miß Flatface es anstarrte, fügte es hinzu, „für meine Mappe".

„Ihre Mappe?"

„Für Soziologie 1046 y, Ehe & Familie", gab das Mädchen zur Antwort. „Forschungsarbeit für mein Vordiplom. Bringt vier Scheine."

Trotz ihrer Verblüffung begriff Miß Flatface doch soviel, daß sich ihr Verdacht bestärkte, dieses Haus war, wie es den Anschein hatte, kein Ausgangspunkt für spontanen Umsturz. Wie sonst war die Anwesenheit dieses Mädchens zu erklären, dieses spröden Sekretärinnentyps, die sicher in irgendeiner phänomenalen Geschwindigkeit stenographieren konnte. Miß Flatface kam sich altbacken vor.

Lächelnd bleckte das Mädchen seine großen weißen Zähne, dann entschwand es im Korridor.

„Halt“, rief Miß Flatface. „Ich *möchte* einen Abzug. Ich mein’, damit ich mal sehen kann, wie ich darauf ausseh’.“

„Warum nicht“, sagte das Mädchen. „Morgen früh. Und ich mach’ keinen Gebrauch von Ihrem Namen. Alles anonym, verstehen Sie. Macht das Ganze viel wissenschaftlicher.“

Wissenschaftlich! Die Idee! Warum hatte sie bloß vorher nicht daran gedacht. Jede bedeutende Institution erfordert große Maschinen, und mit dieser hier mußte das auch so sein. Sie brauchte also nichts anderes zu tun, als die Maschinen unter Kontrolle zu kriegen. Das ist’s, was man eine Revolution nennt. Nicht einfach Gewalt anwenden, sondern die Werkzeugkiste der Macht übernehmen. Miß Flatface hastete in den Heizungsraum. Der Boden hatte kürzlich unter Wasser gestanden. Stapel von angeschimmelten, durchweichten Büchern versuchten sich auf wackligen Apfelsinenkisten zu halten, und der Uringestank war mörderisch.

Aber die einzigen Apparate, die sie fand, war eine Reihe von Fernsehgeräten, die alle ein anderes Bild zeigten, und oben drüber war ein einzelner Schirm, der das eine oder andere Bild der unteren Reihe wiederholte. Hinter den Schirmen befand sich ein großer Erektiltisch, von dem steife Schalter, Knöpfe und Hebel abstanden. Und vor dem Tisch saß eine massige Gestalt mit weißer Plastikkapuze, die die Armaturen bediente und sich mit Kopfhörern wichtig tat.

„Mr. Obscenity“, hauchte sie, das Schlimmste befürchtend, wobei ihr unverzügliche Zurechtweisung lieber zu sein schien als Ungewißheit.

Anstatt sich umzudrehen, machte die Gestalt mit zuckenden Bewegungen an den Hebeln herum. Das Bild auf dem

Hauptschirm sprang von einem Rollschuhderby zu einer Frau, die sich – die Beine gespreizt – in der letzten Gebärphase befand. Das abgesetzte Rollschuhderby lief auf einem Bildschirm in der unteren Reihe weiter.

„Bitte sagen Sie mir, wer Sie sind. Ich weiß, daß ich nicht hier sein darf."

Im Wettstreit mit all den Bildern fürchtete Miß Flatface, nie eine Antwort zu bekommen. Die Gestalt mit der weißen Kapuze kippte einen Schalter. Ein kahler zähnestarrender Gouverneur, der vor der Shriners-Versammlung eine Rede hielt, rückte von der unteren Reihe auf den Hauptschirm, während die von Schmerzen geschüttelte Mutter in spe neben dem Rollschuhderby ruhiger zu werden schien. Die politische Rede dauerte nur wenige Augenblicke. Sie wurde von einem Bild gelöscht, auf das Miß Flatface von Anfang an ein Auge hatte, eine hinreißende erotische Szene zwischen zwei Frauen und einem Nisei-Jungen mit einer enormen Erektion.

Miß Flatface nahm sich zusammen, riß sich vom Hauptschirm los.

„Mr. Obscenity, ich liebe Sie." Eine kraftlose Lüge.

Ein Werbespot für einen neuen Deodorantstift überblendete die erotische Szene. Die reglose Gestalt drehte sich um, ihre Aufmerksamkeit schien für einen Moment unbeansprucht. Mit zitternden Händen öffnete Miß Flatface ihren blaugeblümten Morgenrock, schmachtend vor Verführungslust. So weit, so gut: jetzt gehörte ihr die Aufmerksamkeit der Augen – das einzige, was sie von dem Kapuzengesicht sehen konnte – ganz allein. Eine Hand griff nach ihren feuchten Schenkeln, eine Hand, die ihr schmaler vorkam als die von Mr. Obscenity.

„Ja, ja“, schluchzte sie und stemmte sich gegen die Hand. Aber in dem Moment war die Werbung zu Ende, und der Nisei-Junge und die beiden Frauen nahmen ihre Spiele wieder auf. Die feingliedrige Hand des Technikers schwebte frei in der Luft, hing zwischen Miß Flatface und der Schalttafel. Sekunden wurden zu Stunden. Bis die Maschine gewann: die Hand langte nach einer Nummernscheibe. Erniedrigt wickelte Miß Flatface den Morgenrock um ihre bebenden Lenden und machte, daß sie auf ihr Zimmer kam.

Am nächsten Morgen wurde Miß Flatface – die Augen gerötet von ihrem ersten anständigen Weinkrampf, seit sie von Jim weg war – durch lautes Klopfen aus dem Schlaf gerissen. „Laura“, sagte der Mann an der Tür, der einen graukarierten Mantel und eine graue Kreissäge trug. „Laura“, sagte er noch einmal.

Kein Mensch in diesem Haus hatte Miß Flatface je bei ihrem Vornamen genannt.

„Miß Laura Flatface?“

Miß Flatface war erschrocken, jedoch gespannt.

„Darf ich mich vorstellen.“ Der Mann überreichte ihr eine Karte mit Prägeschrift. *Inspektor Jug, Privatdetektiv*, stand darauf. *Nur nach Vereinbarung.*

„Woll’n eins gleich klarstellen, Laura“, sagte der Mann, die Vorstellungsformalitäten schienen offensichtlich abgeschlossen. Er hatte sich, ohne den Hut abzunehmen, gesetzt.

„Wer hat Ihnen gesagt, daß Sie mich mit meinem Vornamen anreden dürfen?“ heulte Miß Flatface, empört.

„Nu mach’s mal halblang, Laura“, sagte der Mann im Ton der Beschwichtigung. „Will dir ja keine Angst einjagen.“ Er sagte du statt Sie. „Hab' Wind bekommen, wo's dich juckt, und ich sag dir, das geigt nicht. Nee, Puppe, das geigt einfach nicht. Die andern Punzen bleiben hier, die Glotzen auch, und wer hier abschwirrt, das bist du. So hab' ich's vom Boß und so sag ich's jetzt dir."

Immer noch außer sich über die Abfuhr in der vorhergehenden Nacht, beschloß Miß Flatface zu probieren, ob Inspektor Jug gegen ihre Reize gewappnet war.

„Bißchen Musik, Inspektor? Und vielleicht ein Gläschen Wein?"

„Nichts dagegen, Frollein."

„Sie dürfen mich Laura nennen."

Den Geist von Eddie Duchin und den Geist von John Philip Sousa mißachtend – sie flüsterten ihr heiser ins Ohr, lockend und drohend –, legte sie eine Schnulze auf, die rapide zum Top der Topforty hochkletterte. Stimmen einer androgynen Viererband und das Gequietsche ihrer elektrischen Gitarren erschallten im überirdischen Hallstudio. Miß Flatface, stets allem Neuen zugetan, geriet in Ekstase. Jedoch Inspektor Jug gehörte offensichtlich zu einer anderen Generation. „Stell die Scheibe ab", bellte er, wobei er seine Krawatte lockerte. „Geht dir das Gejaule nicht auf die Nüsse?"

„Aber es gefällt mir", zirpte Miß Flatface und ließ sich auf seinem Schoß nieder.

„Also, hör mal –"

Ausgerechnet jetzt, wieder Klopfen an der Tür. „Himmelherrgott!" murrte Miß Flatface.

Es war die Dunkelhaarige, ein Mädchen, dem man trauen konnte, das ihr schweigend ein kleines braunes Manilakuvert hinhielt.

Miß Flatface riß es auf und vertiefte sich wohlgefällig in ihre eigenen Züge. Gott sei Dank war es noch nicht soweit: eigentlich stach nichts unangenehm hervor, vielleicht nicht einmal die völlige Durchschnittlichkeit. Daß hingegen eine einschneidende Veränderung stattgefunden hatte, ein deutlich nach vorn gerichteter Zug von Selbstbehauptung im Gesicht, darüber bestand nicht der geringste Zweifel. Voll Überschwang schlang sie die Arme um das dunkelhaarige Mädchen und küßte es.

„Wer is da?" rief Inspektor Jug, der sich inzwischen vernachlässigt gefühlt hatte, zur Tür, obgleich er es war, der sich ihrer Zuwendung entzogen hatte. Heute schien nicht der geeignete Tag zu sein, um sich ausschließlich auf seine beruflichen Pflichten zu konzentrieren. „Hol sie doch rein, deine Freundin", sagte er und markierte den Lässigen. Vielleicht, dachte er sich geschwind, kann Mr. Obscenity über die auch einen Report gebrauchen.

„Also gut", sagte das Mädchen. „Für meine Mappe", erklärte es Miß Flatface. Die wiederum war nicht sicher, ob sie Inspektor Jug mit jemand anderem teilen wollte oder nicht.

„Klasse, Klasse, große Klasse, was für'n flotten Zweier wir hier haben. Eine 'n bißchen älter", er deutete auf Miß Flatface, die geschmeichelt war, daß sie zuerst genannt wurde. „Eine 'n bißchen jünger", sagte er und zeigte auf die Studentin von Ehe & Familie. „Eine Blonde", er deutete auf Miß Flatface. „Und eine Brünette" – das Mädchen. „Eine mit Grübchen auf den Knien", es handelte sich um Miß Flatfaces Knie, die jetzt getätschelt wurden, „und eine mit Tennisspieler-Knien", der Inspektor streichelte die Kniekehlen des Mädchens. „Eine mit einem Muttermal auf dem ..."

„Inspektor Jug!"

Aber ach, jäh wurde hier Inspektor Jugs anatomische Inventur unterbrochen. Neben dem Kamin stand Mr. Obscenity, schwarz gewandet, die Arme ausgebreitet wie eine Fledermaus mit Riesenschwingen. Sein Monokel glitzerte im reflektierten Sonnenlicht, so daß ein Auge gnadenlos wie ein Obsidian erschien. Die Zähne wirkten länger, und sein Gesicht zeigte nackten Ingrimm. Nicht die leiseste Spur von Hohn, von Leidenschaft. Inspektor Jug erbleichte, hielt aber seine Stellung. Die Hände, die auf den Hintern der beiden Frauen lagen, rührte er nicht vom Fleck.

„So kann man mit mir nicht reden, Mr. Obscenity."

Das Mädchen löste sich aus Inspektor Jugs festem Griff und streifte seinen Rock runter.

„Sie, Jug, waren von meinen Assistenten derjenige, in den ich am meisten Vertrauen gesetzt hatte", sagte Mr. Obscenity streng, „und Sie haben das Vertrauen mißbraucht. Sie kennen meine Devise: Geschäft ist Geschäft. Ich kenne meins. Und Sie hätten Ihres kennen sollen."

Inspektor Jug, das war deutlich zu sehen, bekam es mit der Angst. Miß Flatface fühlte, wie die Hand, die ihren Hintern so begierig umschlossen hatte, den Zugriff lockerte, von zaghafterer Lust kündete und sich ganz zurückzog. Sie verspürte da, wo Inspektor Jugs Hand sie gehalten hatte, ein leicht unangenehmes Gefühl von Kühle.

Mr. Obscenity trat näher, die Hände zu Krallen gekrümmt.

„Aber Mr. Obscenity – Sir –"

Bei diesen stockenden, respektvollen Worten war es Miß Flatface klar: das Spiel war aus. Inspektor Jug kam gegen

Mr. Obscenity nicht besser an als die andern. Der König des Dschungels, folgerte sie, bleibt immer der König.

„Du!" schrie Mr. Obscenity in gebieterischem Ton zu Miß Flatface. „Bleib, wo du bist. Ich hab' ein Wörtchen mit dir zu reden, sobald ich diesen kriecherischen Hundsfott einen Kopf kürzer gemacht habe."

„Bleib, Laura", flehte Inspektor Jug, „sag ihm, wie geschäftlich ich war, als ich zur Tür reinkam. Mir kann man rein gar nichts anhängen. Sag's ihm, Laura! Sag's ihm! Bitte!"

Mr. Obscenity grub seine Hauer durch den Wintermantel und alles, was drunter war, in die Schulter des Inspektors. „Kommt man hier irgendwie raus?" fragte Miß Flatface und drehte sich zu dem dunkelhaarigen Mädchen um, das neben der Tür kauerte. Das Mädchen deutete stumm in eine Richtung. Miß Flatface vernahm das Geräusch trommelnder Hufe. „So sieht eine Flucht aus", verkündete sie den beiden Männern.

„Dich krieg ich schon", schrie Mr. Obscenity. „Flucht gibt's hier nicht, hier gibt es nur Vertreibung." Der Speichel floß ihm in Strömen aus den Mundwinkeln.

„Ich dich auch, Laura!" rief Inspektor Jug. Er preßte ein Taschentuch auf seine blutende Schulter. „Dich mach ich fertig, weil mich der Boß bloß wegen dir auf dem Kieker hat, du grindig pigmentierte Mieze!"

„Ich bleibe", sagte das dunkelhaarige Mädchen, ließ ihren Rock zu den Knöcheln sinken und zog den Pulli über den Kopf. Die beiden Männer schenkten ihr keine Beachtung – das erste Mal, daß sie sich übereinstimmend verhielten. Und sie schickten die glühendheiße Begierde, die, kommt sie nicht vorschnell, immer zu spät am heißesten ist, Miß Flatface nach. Sie entfernte sich erhobenen Hauptes.

Sie hat ihren Weggang nie bereut. Ihre Lehrzeit war abgeschlossen. Strenggenommen konnte sie der eingeschlagenen Karriere im horizontalen Gewerbe ja nur draußen nachgehen, in der eigentlichen Welt. Die Sache ließ sich nicht uneben an. Denn das Leben einer Frau, die sich weder durch ihre Herkunft (man denke an ihre makellose weiße, protestantische Abstammung) noch durch die Lebensumstände (Jim, die drei Kinder, die Frauenwählerinitiative, die Rabattmarken) zu diesem Beruf hingezogen fühlt, ist bitter und einsam. Sie hätte scheitern können. So wie die Dinge standen, hatte sie allen Grund, der Einsamkeit zu frönen. Sie wußte genau, so rasch würden die beiden nicht aufgeben.

Verfolgt von Mr. Obscenity und Inspektor Jug, durchquerte Miß Flatface, der Länge nach, der Breite nach, die Vereinigten Staaten, mit ihrer warmen Goldgrube zwischen den Beinen. Überall, wo sie hinkam, stieß sie auf ihr früheres Ebenbild: bleiche, raffgierige Frauen, Meisterinnen der Selbstverleugnung, gewappnet mit automatischen Infrarot-Toastern und mit in Kistchen ruhenden rostfreien Steakmessergarnituren, Made in West Germany. Bedrückt vom Anblick ihres früheren Lebens, reiste Miß Flatface mit leichtem Gepäck. Keine Frage, sie verkaufte sich für Bares. Der Geist von William Jennings Byron und der Geist von Leland Stanford mahnten sie, wenn sie keinen guten Schnitt machte.

Ihr Mentor, Mr. Obscenity, erwischte sie zuerst im Nordwesten, in einer Holzfällerkolonie, irgendwo an der kanadischen Grenze. Er war ohne Monokel, trug auch seine

Knickerbocker nicht. Das karierte Hemd war nachlässig in verblichene Jeans gestopft. Miß Flatface, die gerade vor dem einzigen Kino des Städtchens ihrem Gewerbe nachging, erkannte ihn anfänglich nicht. Er schien, von den Strapazen der letzten Zeit, gealtert. Er hatte etwas Fett angesetzt und wirkte weniger gepflegt.

Was sie aufmerken ließ, war die übertrieben tiefe Verbeugung, die er machte, als sie verführerisch an ihm vorbeiwippte.

„Wehe, Sie kommen mir zu nahe – ich schreie", gab Miß Flatface ihm erstaunlich selbstsicher zurück.

„Nur keine Angst. Du wirst zu nichts gezwungen. Hab' ich dich je zu was gezwungen?"

Miß Flatface dachte zurück. Die Antwort lautete nein. „Komm nach Hause", sagte er. „Wir vergessen alles, was war."

„Hört sich ganz nach Jim an", sagte sie.

In seinen Gesichtszügen lag eine Art schmollende Koketterie. Er war entschlossen, ihre letzte Bemerkung zu übergehen. „Bin nicht auf der Höhe, wie sonst", sinnierte er laut. „Ich weiß nicht, aber ich bin müde."

„Ich nicht", sagte sie. „Jedenfalls noch nicht."

„Dann sag mir eins. War diese Scheißratte Jug schon hier?" Allmählich begann Miß Flatface die neue, ihr wie in den Schoß gefallene Macht über Mr. Obscenity zu schätzen. „Wenn ja", fauchte er, „und du hörst auf ihn, mach' ich euch beide kalt. Hör zu! Siehst du nicht, daß er alles kaputtgemacht hat, was wir beide aufgebaut haben?"

Miß Flatface schätzte die Sache auch so ein, aber sie gönnte ihm nicht die Genugtuung, mit ihm einer Meinung zu sein.

„Komm", sagte er, „laß uns nicht lang fackeln. Ein Freifick, versteht sich."

„Mit Sicherheit nicht", sagte Miß Flatface ernst. „Ich bin doch kein Wohltätigkeitsverein."

„Ich war einer", sagte Mr. Obscenity.

Seine Ironie, aufgeboten, um Mitleid zu erregen, bewirkte das Gegenteil. Miß Flatface lachte. Mr. Obscenity trat der Schaum vor den Mund, den er zu unheilverkündendem Lächeln teilte, um seinen ganzen Satz rasierklingenscharfer Zähne zu entblößen. Schauerlich, wie er näherrückte. Unerbittlich.

Miß Flatface machte das Zeichen des Kreuzes. Was nichts half. Genau im richtigen Augenblick jedoch stürzte ein Baum um, der ihn am Schädel streifte. Zeit genug für Miß Flatface, in eine Seitengasse zu schlüpfen und zu entkommen.

Ihr Anhängsel, Inspektor Jug, sprach sie zum ersten Mal einige Monate später an. Ihr brannte gerade der Gaumen von einem Stück stürmisch verschlungener Peperonipizza. Nebeneinander eingeklemmt standen sie an einer rund um die Uhr geöffneten Imbißhalle am Times Square.

„Menschenskind, Laura", seufzte er, ganz außer Atem. „Das war vielleicht ein Schlauch, dich einzutreiben."

„Ich habe Ihnen nichts zu sagen", sagte sie und wischte sich die Lippen mit einer Papierserviette.

„Wer sagt denn, daß du mir etwas sagen mußt. Sorg bloß, daß ich mit dem Boß klarkomme. Der Junge ist wahnsinnig sauer auf mich."

„Wie geht's der Schulter?" fragte Miß Flatface im Tonfall routinierten Mitgefühls.

„Mies, Laura."

„Also ich kann Ihnen auch nicht helfen. Erst muß ich mal an mich selbst denken. Und hören Sie bloß auf, mir den schwarzen Peter zuzuschieben. Zeigen Sie, daß Sie ein Mann sind. Soll der doch denken, was er will. Wissen Sie denn nicht, daß wir in einem freien Land leben. Und Sie sind frei. Und ich auch. Und ich hab' im Sinn, von der Freiheit, die mir Gott und Verfassung gewähren, Gebrauch zu machen."

Nach dieser militanten Erklärung machte Inspektor Jug einen ausgesprochen niedergeschlagenen Eindruck.

„Ist das Ihr Ernst", wollte Miß Flatface wissen. „Ich mein', ist das wirklich der einzige Grund, warum Sie mir überallhin gefolgt sind? Klar, Ihr fieses Telegramm nach New Orleans hab' ich bekommen. Nur sah ich nicht die geringste Veranlassung, darauf zu antworten." Sie bestellte ein weiteres Stück Pizza.

„Also, Puppe, der einzige Grund gerade nicht. Hab' 'ne Schwäche für dich. So wie du bist. Hast Feuer in dir. Hab' mir irgendwie gedacht, wir sollten uns zusammentun, Laura, vielleicht 'ne kleine Agentur aufmachen, mit dir als vollwertigem Kompagnon. 'n Haufen Scheidungsfälle, wie du siehst, und ähnliches Zeugs. Eine Frau is' für die Klärung der Fälle noch besser als ein Mann. Wie wär's damit?"

„Wollen Sie damit sagen, Sie hätten mich landauf, landab verfolgt, um mir einen Geschäftsantrag zu unterbreiten?" Der Geist von John Brown und der Geist von Dashiell Hammett flüsterten ihr heiser ins Ohr, lockend und drohend.

„Also, ich geb's ja zu, das war's auch nicht allein, ich mein', daß ich mich zu dir hingezogen fühlte. Komm, wir gehen in mein Hotel und –"

„Hören Sie", sagte Miß Flatface, „es war mein vollster

Ernst, als ich sagte, dies ist ein freies Land. Und ich selbst habe lange genug gebraucht, meine eigene Freiheit zu finden; ich denke nicht daran, sie aufzugeben. Zumindest so lange nicht, bis ich nicht *selbst* auf die Idee gekommen bin, und nicht jemand anderes.“ Und nach diesen eindrücklichen Worten ließ sie das Stück Pizza stehen und schritt hinaus in den Trubel der Straße. Als sie zurückschaute, sah sie, daß Inspektor Jug ihr nicht gefolgt war.

Sie meinte sie ernst, ihre tapferen Worte zu Mr. Obscenity und Inspektor Jug. Sie liebte ihre Freiheit. Was nicht hieß, daß sie nicht gelegentlich einsam war.

Im Kampf gegen die Einsamkeit frönte Miß Flatface einer neu entdeckten Lust, der Lust an Katastrophen. Nicht an politischen Katastrophen (ganz selten schaute sie am Times Square auf die vorbeiflutenden Nachrichten), nein, ihrer Lust an privaten, häuslichen Tragödien. In den Pausen, wenn sie nicht gerade Dienst hatte, den sie in einem günstig gelegenen Hotel an der Tenth Avenue absolvierte, kaufte und verschlang sie die wöchentlichen Skandalblättchen. Die Schlagzeilen fand sie unwiderstehlich. „EIGENE MUTTERMILCH TÖTETE MEINE NEUN BABIES“, „ZWEIUNDVIERZIG JAHRE BLIND AUS LIEBE ZU MANN“, „SO SAH ICH VOR MEINER SCHÖNHEITSOPERATION AUS“, „GEKOCHT BEI LEBENDIGEM LEIBE“, „ICH GEHÖRE ZUM VIERTEN GESCHLECHT“, „SCHWÄGER TRIEBEN FRAU NÄGEL IN DEN SCHÄDEL“, „ICH SEHE NICHT HÄSSLICH AUS, NUR KOMISCH“, „SIEBZEHN JAHRE DRAUSSEN VOR DER TÜR“. Die Artikel waren dann meistens weniger ergreifend als die Schlagzeilen, aber das machte nichts. Die Schlagzeilen befriedigten ihr Bedürfnis nach Einfühlung aufs Lustvollste. Und sie war entschlossen sich selbst als völlig normal aussehend zu finden. Nie war es vorgekommen, daß einer ihrer Kunden die leiseste Reserve wegen ihres platten Gesichts gezeigt hätte.

Doch obgleich Männer sie im großen und ganzen anziehend fanden, mußte sie gestehen, daß sie sich nicht zu jedwedem Mann hingezogen fühlte. Der vollkommene erotische Kitzel war nicht jederzeit abrufbar. Aber schon beim Anblick einer Person, die sie im ersten Augenblick für Mr. Obscenity oder gar den Langweiler Jug gehalten hatte, stand sie in Flammen.

Miß Flatface versuchte ihre gelegentlichen Anflüge von Unzufriedenheit durch Unterwegssein abzufangen. Auf diese Weise lernte sie ihr Land außergewöhnlich gut kennen – seinen unerschöpflichen menschlichen Reichtum, seine erhabenen Naturkulissen. Hin und wieder nahm sie sich Urlaub, reiste einfach des Reisens wegen (was ihr außerdem half, Mentor und Anhängsel abzuschütteln). Um ein bißchen zu sparen, trampte sie oder nahm den Bus zum Grand Canyon, zum Yosemite National Park oder zu den Carlsbad Caverns. Einmal blieb sie ganze zwei Wochen in einer kleinen Hütte in den Ozarks, wo sie alte Nummern der Saturday Evening Post aufarbeitete und gelegentlich den Avancen von George, dem Inhaber des „Friendly Ed Hotels“, erlag.

Es war ihr klar, jede x-beliebige andere Arbeit ist weniger aufreibend als die Anschafferei. Telephonistinnen, Büroangestellte bei J. C. Penneys oder Kellnerinnen hatten es leichter als sie, und zwar nicht bloß wegen der Ansteckungsgefahr. Sondern wegen der Steherei oder, was noch schlimmer war, der Geherei. Ihre Füße waren geschwollen, und es war gar nicht leicht, attraktive Pumps zu finden, die ihr nicht auf die Hühneraugen drückten. Aber in Wirklichkeit wollte sie ihr Leben mit keinem anderen tauschen. Dieses Leben hatte ihr Seelenfrieden geschenkt und eine Vitalität, wie sie sie früher nicht gekannt hatte. Sie, die sich durch ihre tagtäglichen Pflichten als vollautomatisierte grüne Witwe mit nur drei Kindern – zwei davon waren schon schulpflichtig – häufig abgespannt gefühlt hatte, war nun immer auf Draht, voller Energie. Wahrlich, die Macht des Sexus, selbst wenn sie spät im Leben erkannt wird, ist magischer Natur.

Ihre Energie war derart, daß sie beim ersten Mal, als sie Mr. Obscenity und Inspektor Jug zusammen traf – es war auf einer ausgestorbenen, von Warenhäusern bepflanzten Straße am nördlichen Stadtrand von Chicago –, daß sie tatsächlich den Mutterwitz hatte, die Polizei zu alarmieren und die beiden wegen Belästigung einsperren zu lassen. So was war den beiden noch nie untergekommen. Mr. Obscenity, mit Monokel, trug einen Parka, Kordhosen und hohe Gummi-Schneestiefel. Er führte Inspektor Jug in einer Art Pferdegeschirr neben sich her. So was nenne ich eine kranke Beziehung, dachte sie.

Die Polizei von Chicago ist weder berühmt für Tapferkeit noch für Unbestechlichkeit, aber der Anblick dieses seltsamen Pärchens, das Miß Flatface ihrem Gewahrsam anvertraute, schien sie nicht im geringsten zu kratzen.

„Ich wette, das war nicht das letzte Mal, daß ich die beiden gesehen hab'", überlegte Miß Flatface laut, und somit entschritt sie der Polizeistation, wo das schandbare Zweiergespann zu Protokoll genommen wurde.

In den darauffolgenden fünf Jahren machten sich Mr. Obscenity und Inspektor Jug – normalerweise einzeln, selten als Gespann – nicht weniger als hundertvierundsechzigmal an sie heran: per Telephon, per Telegraph sowie durch persönliches Erscheinen. Oft waren Miß Flatface derlei Einbrüche ins Privatleben peinlich. Sie verlor dann die Nerven. Nach und nach wurde dann doch die stärkste Empfindung, die sie für das Paar aufbringen konnte, Geringschätzung, mit einem Hauch von Besorgnis. Würden die denn nie aufgeben? Hatten die nie begriffen, was das heißt, jemanden abblitzen zu lassen? Hatten die überhaupt keinen Stolz?

Eines Tages, als Miß Flatface in einem kleinen Eßlokal am Stadtrand von Tulsa in Oklahoma saß, verliebte sie sich, zum ersten Mal in ihrem Leben. Er war Seemann, Arthur mit Namen. Er saß neben ihr an der Bar, die Füße um den Barhocker geschlungen, beschäftigt, sich seinen Weg durch drei von Ketchup und Relish triefende Hamburger zu baggern. Miß Flatface sehnte sich, rüberlangen zu können, um seine zarten, gesunden Wangen zu berühren. Der Geist von Warren G. Harding und der Geist von John F. Kennedy flüsterten ihr heiser ins Ohr, lockend und drohend. Denn Arthur ähnelte Jim ein wenig. Irgendwas in den Augen, dann die Kopfform und wie sich sein Haar im Nacken lockte. Aufgepaßt, riefen die Geister. Aber er ist nicht Jim, sagte Miß Flatface zu sich selbst. Und ich bin nicht ich.

Er ist ein Mann, da liegt die Ähnlichkeit, konstatierte Miß Flatface nach einigen Nächten in Arthurs nimmermüden Armen. Er ist genau wie Jim an sexueller Vielfalt nicht besonders interessiert. Aber wer braucht das schließlich, sagte sie zu sich selbst, wobei sie entschlossen jede Erinnerung an Mr. Obscenitys überraschende Einfälle unterdrückte. Hauptsache, er liebt mich. Und er reitet nicht immer auf mir rum – im übertragenen Sinn –, wie Jim das immer gemacht hat, denn jetzt hab' ich mir meine eigene Meinung gebildet.

Sie fuhr mit Arthur nach San Diego, wo es Hochzeitsfeierlichkeiten gab. Sie mieteten ein Zimmer mit Kochgelegenheit am Magnolia Delta, aber nach Kochen stand ihr nicht mehr der Sinn. War Arthur auf See – normalerweise war er mehrere Wochen hintereinander unterwegs – lebte sie von Büchsenravioli, die sie kalt aus der Dose aß, oder von Sardinen und gepökeltem Schinken. Morgens, wenn sie die Post raufgeholt hatte, spazierte sie zum Stadion, nachmittags wurde da Bingo gespielt. Daß sie Arthur treu war, bedarf wohl keiner Erwähnung – und sie versiegelte ihre Treue, indem sie Sportschuhe und weiße Söckchen anzog, eine eher unvorteilhafte Mode aus ihrer Realschulzeit. Und kehrte Arthur dann heim, war er liebevoll wie immer.

„Laurababy", rief er, kaum war er zur Tür hereingestürmt, und strahlte noch über das ganze gebräunte Gesicht. „Junge, wie ich mein Baby vermißt habe. Junge, Junge, Junge." Miß Flatface liebte den Jungen in Arthur noch mehr als den Liebhaber. Und wenn sie ihn dann nach der Rückkehr von einer Reise auszog, wurde als erstes nachgeschaut, ob er neue Tätowierungen mitgebracht hatte. Das war so ein Spiel zwischen ihnen. Arthurs Unterarme und Bizeps waren schon voll mit farbenprächtigen Mustern, neuerdings legte er Wert darauf, sie an etwas ungewöhnlicheren Stellen zu kriegen. Quietschend ließ er sich aufs Bett fallen – kitzlig war er auch, und das war ein weiterer Reiz an ihm. Miß Flatface forschte dann immer in seinen Achselhöhlen nach, um den Nabel herum, in den Falten um seine Lenden und an anderen geheimen Zonen.

„Wart nur, gleich pack ich dich“, brummte er unter Kichern, mit gespielter Wildheit. Miß Flatface bestand dann immer darauf, ihn weiter nach Tätowierungen abzusuchen. Dies Spielchen war ein großer Teil ihres Vergnügens aneinander. In ihrem Glück mit Arthur begann Miß Flatface, ihre früheren Leben zu vergessen.

Und doch, eines Nachts, als Arthur mit seinen Kumpels von der See irgendwo am Hafen unterwegs gewesen war, wurde sie an früher erinnert. Miß Flatface wußte schon, daß es klüger war, an solchen Abenden nicht mitgehen zu wollen, aber sie ließ es sich nicht nehmen, ihn nachher zu fragen, wie's gewesen war. „Ach, du weißt schon“, sagte er an diesem besonderen Abend. „Große Sauferei. Und so Mädchen aufgerissen; glaub ja nicht, daß ich nach anderen Mädchen suche, wo ich doch mein Baby habe, das zu Hause auf mich wartet. Hab' noch im Blue Star mit zwei komischen Typen gequatscht.“

„Was für Typen?“

„Ach, irgendso Knaben.“ Er lachte und schlug sich gegen den Brustkorb. „Die komischsten Käuze, Schatz, die einem je zu Gesicht gekommen sind. Einer mit Monokel und völlig verrückt aufgemacht, so 'n bißchen wie 'n Engländer oder so. Wie einer von diesen Polospielern. Ganz schön hochgestochen. Aber der andere Knabe war richtig nett. Wollte, daß ich ihm von mir erzähle. Hab' ihnen viel von dir erzählt, hab' ihnen erzählt, was für 'ne wunderbare kleine Puppe ich hab'.“ Und er schmatzte zum Ausdruck der Hochschätzung und setzte seine Lippen auf ihren Hals.

„Arthur", rief Miß Flatface in schrillem Ton. „Du mußt den beiden Männern aus dem Weg gehen. Erwarte bitte jetzt keine Erklärung. Geh ihnen einfach aus dem Weg. Versprichst du mir das? Hörst du?"

„Schon gut, schon gut, schon gut." Arthurs Laune war dahin. Er war es nicht gewöhnt, von seiner Frau beschimpft zu werden. Ein gemeiner Gedanke, einer der ganz wenigen, die ihm je durch den Kopf gehen sollten, kam ihm unversehens von den Lippen. „Jaja, versteh schon. Ich weiß, du hast eine ganz schön wüste Vergangenheit –"

„Arthur!"

„Ach, tut mir leid." Kuß. „Schwamm drüber. Komm, wir schauen noch ein bißchen fern und gehen dann zu Bett. Hm?"

Während der ganzen Nacht wurde Miß Flatface die dunkle Ahnung nicht los, Mr. Obscenity und Inspektor Jug könnten von verschiedenen Fenstern zusehen, wie sie und Arthur sich liebten. Immer wollte sie aufstehen und nachschauen. Und doch wollte sie Arthur nicht beunruhigen. Sie war nicht sicher, ob Arthurs Potenz – etwas angeschlagen von dem vielen Bier – diese Unterbrechung überstehen würde.

Im Morgengrauen, Arthur lag zusammengerollt auf seiner Seite, ging Miß Flatface vors Haus. Es war genau, wie sie erwartet hatte. Ihre beiden Verfolger saßen lässig auf dem Bordstein an der Bushaltestelle.

„Ich denk, ihr zwei konntet euch nicht mehr ausstehen", sagte sie pikiert.

„Haben uns ausgesöhnt", sagte Inspektor Jug. „Vereinte Streitkräfte."

„Hör nicht auf den", sagte die vertraut herrische Stimme Mr. Obscenitys, getönt von schillerndem Spott. „Du weißt, wo du hingehörst, meine Liebe. Jedenfalls nicht an die Seite von diesem – Jüngelchen." Er spuckte das Wort aus, indem noch etwas weniger als Verachtung lag. „Meinst du, ich habe dich für diesen purpurroten, rotgrünen Kindskopf Arthur von Jim befreit, dir alles, was du weißt, beigebracht. Himmelherrgott, siehst du nicht, Weib, wieviel du älter bist als er? Sieht er es nicht?"

„Wir haben nie darüber gesprochen", sagte Miß Flatface unter Tränen. „Er liebt mich."

„Aber *kennt* er dich?" insistierte Mr. Obscenity. „Kennt er dich, so wie ich dich kenne?"

„Mr. Obscenity, Sir", warf Inspektor Jug, immer bereit zu Entschuldigungen, ein.

„Schweig, Schwachkopf!"

„Aber sollten wir ihr denn nicht sagen, was ich über den rausgekriegt habe? Ich hab' doch ein ganzes Dossier."

„Was für ein Dossier?" schrie sie.

„Also Laura", sagte Inspektor Jug in vertraulichem Tonfall, „dein Arthur war nicht immer Seemann. Vorher war er ein –"

„Du Scheißer", schrie Mr. Obscenity, und er verlor, soweit Miß Flatface sich erinnern konnte, zum ersten Mal seine phantastische Selbstbeherrschung. „Siehst du denn nicht, daß die nicht mehr zurückzuholen ist?"

„Spielt keine Rolle", sagte Miß Flatface, der angesichts Mr. Obscenitys Aufgelöstheit Kräfte wuchsen. „Ihr könnt mir Arthur nicht schlechtmachen. Ich brauche ihn. Und ich werde nicht von ihm lassen."

„Und wenn er dreißig ist, weißt du, was du dann für eine alte Scharteke bist?"

„Spielt keine Rolle. Laßt mich sein, wie ich bin. Ihr alle beide. ‚Ich hab' meine Pflicht getan, ich hab' meine Vergnügen gehabt, jetzt will ich so sein."

Plötzlich sahen Mr. Obscenitys Knickerbocker im hellen Sonnenlicht zerknautscht und lächerlich aus. Sein Monokel wirkte abstrus affektiert. Und kein Mensch, kein einziger, trägt in Südkalifornien einen Hut, schon gar nicht in der Morgensonne.

Es vergingen noch einige Monate ihrer zweiten Ehe – Miß Flatface stand immer noch in der Blüte ihres Frauendaseins –, da wurde sie sterbenskrank. Es fing mit einer Fleischvergiftung an, die sie sich in Tijuana, gerade auf der anderen Seite der Grenze, eingehandelt hatte. Schon als sie auf den Karren des betagten Händlers zuging, und sogar noch, als sie an den Tacos, die sie übrigens nie besonders gemocht hatte, herumkaute, schrien der Geist von Margaret Fuller und der Geist von Erroll Flynn ihr warnende Worte ins Ohr. Aber sie hatte sie nicht vernommen. So sehr sie sich dem Geist Amerikas in seinen generellen Manifestationen verpflichtet fühlte, so wenig hellhörig war sie für direkte Zeichen. Arthur, der nie Stimmen hörte, begnügte sich mit einem Pepsi.

Nachdem sie zwei Wochen an ihre Castro-Bettcouch gefesselt war, versorgt mit dem Besten, was die Seemanns-Gewerkschaft an medizinischer Pflege aufzubieten hatte, wurde sie irre. Als sie den bekümmerten Mann, der neben ihr im Sessel hing, sah, schrie sie: „Jim, ich wußte gar nicht, daß du hier bist." Und darauf mit einem leisen Anflug von Unaufrichtigkeit: „Großartig von dir, Jim, daß du gekommen bist."

Nur Jim war es nicht. Es war immer noch Arthur, der sie getreulich pflegte, all diese endlosen Stunden lang, mit Bettpfanne, heißer Hühnerbrühe und feuchten Umschlägen, die er auf ihre immer noch alles andere als markanten Gesichtszüge legte. Und obgleich er die einzige Liebe in ihrem Leben war, erkannte sie seine Fürsorge fast nicht. In einem lichten Moment zwischen den Schüben verlangte sie einen Notar und diktierte ihren Letzten Willen. Selbst darin fand Arthur keine Erwähnung. Die Gegenwart spielte in ihren Erklärungen keine Rolle. Nun, da sie sich dem Tod näherte, schien sie im Geiste ganz und gar mit Erwägungen nationaler Natur beschäftigt sowie mit den Gedanken an ihren ersten Ehemann und die Kinder. Am Ende kehren wir alle zu unseren Ursprüngen zurück.

Miß Flatfaces Letzter Wille und Testament.

„An dich, Amerika – ich grüße dich, besonders die Teile von dir, die nicht schön sind: deine Banken, deine Süßwarenläden, deine Parkplätze. Immer war ich bestrebt, nur das Beste in dir und deinen Leuten zu sehen, die nach außen hin immer freundlich und voll Frohsinn sind, aber innerlich ziemlich ekelhaft. Spielt auch keine Rolle. Ich habe mein Leben auf der Suche nach dir verbracht, das heißt auf der Suche nach meinem Selbst. Ich bin, was ich bin, denn ich bin eine Bürgerin dieses Landes, und ich bin eine Verfechterin seines Way of Life. Darum, so bitte ich inständigst, laßt mich verbrennen und mischt meine Überreste unter die Zigarettenasche neben den ungegessenen Kartoffeln auf euren Tellern – ihr seid ja auf Diät.

An die NATIONALE ORGANISATION FÜR GEISTIGE GESUNDHEIT, an den SENDER FREE EUROPE (der Hoffnungsstrahlen durch den Eisernen Vorhang schickt), an die Frauenwählerinitiative, an die NAACP (denn sie hilft, die Integration unserer beiden großen Rassen voranzutreiben), an den Verein für NATIONALE VERSTÄNDIGUNG ZWISCHEN CHRISTEN UND JUDEN, an die Pfadfinderinnen Amerikas, an den Bahai-Tempel in Chicago, an die Universität von Vermont (mein liebstes College), nicht daß ich die TVA oder den Club für das Buch des Monats vergessen hätte, nur bedürfen sie meiner Hilfe nicht – an jedwede Körperschaft, die ihren Beitrag liefert zum spezifisch amerikanischen Way of Life, euch alle würde ich liebend gern großzügig bedenken; wenn ich könnte, würde ich jedem zehntausend Dollar hinterlassen.

An meine Kinder, die inzwischen erwachsen sein müssen und sicherlich ihre unstete Mutter vergessen haben, Jim junior, Mary und Klein-Willums, das Baby, euch hinterlasse ich meinen mütterlichen Segen und mein Aquarium, das meine eigene Mutter immer treulich versorgt hat (zumindest hat sie's versprochen), seit ich von zu Hause weg bin, um euren Vater zu heiraten, gesetzt, die Fische sind nicht alle gestorben. An meinen ehemaligen Gatten Jim, in der Hoffnung, daß er mir lange zuvor vergeben hat, ihm überlasse ich meine Policen, sämtlichst bezahlt bei der Treuhand-Lebensversicherungsanstalt.

An Inspektor Jug, ihm meine Verachtung, womit nicht die Ehre von Polizisten und Detektiven im allgemeinen angezweifelt sein soll.

An Mr. Obscenity, ihm meinen Undank, den er reichlich verdient.

(Unterzeichnete) Laura Flatface Johnson Anderson.“

Anderson war Arthurs Nachname.

In dem Bestattungsamt „LEICHT GEKOMMEN – LEICHT GEGANGEN“ am Madrinas Boulevard hatte sich ein Trüppchen Trauernder versammelt. Arthur, höchst nervös von der unerwarteten Menschenansammlung, entwich unbemerkt durch einen Seitenausgang, um später mit einem großen Karton voll Waffeltütchen und etwa zwanzig Pfund Vanilleeis aufzutauchen. Er füllte die Tütchen mit Eis, immer drei auf einmal, und verteilte sie an die Gäste. Ein Photograph lief herum. Als einige Trauergäste bemerkten, daß sie geknipst wurden, versteckten sie ihr Eis.

Unter den Trauernden fiel eine Gestalt mit Monokel auf, die irgendwie bedrückt wirkte und in Begleitung eines Mannes mit zerbeulter Kreissäge war. „Und was für eine Vergeudung“, murmelte der Mann mit Monokel die ganze Zeit. „So eine verdammte Vergeudung.“ Als Arthur dem Herrn mit Monokel ein Tütchen anbieten wollte, fegte er es großspurig beiseite und schritt aus dem Raum. Der Mann mit Kreissäge schnappte sich Arthurs Tütchen, das tropfte schon, und er raste dem Herrn hinterher. „Ungehobeltes Pack, nicht wahr“, flüsterten ein paar Trauergäste, alle aus Arthurs Verwandtschaft, die mit dieser Ehe nie einverstanden waren, bloß zur Bestattung hergerannt waren.

Ganz hinten im Empfangszimmer des Instituts saß allein ein Brocken von einem Mann mit angegrauten Schläfen, der in ein großes gelbes Taschentuch weinte.

Gerade als die Einäscherung beginnen sollte, wankte der weinende Mann nach vorn zur Absperrung und packte Arthur am Kragen.

„Ich bin Jim Johnson, wissen Sie, ihr erster Mann." Dann brach er gänzlich zusammen. „Das hat ihr gehört", sagte er unter Schluchzen, das seine Worte, gedämpft von dem Taschentuch vor seinem Gesicht, zerhackte, „haben Sie überhaupt gewußt, daß sie Gelb liebte?"

„Nein", sagte Arthur traurig. Vielleicht wäre Arthur nicht so traurig gewesen, hätte er gewußt, daß nicht einmal Mr. Obscenity, dieser Mann von Welt, mit seinem Feinsinn für alles Sinnliche, von Miß Flatfaces Vorliebe für Gelb etwas geahnt hatte.

Mit einem Anflug von Männerzärtlichkeit legte Arthur seinen Arm um Jim. Schweigend knieten sie nebeneinander, während der Leichnam verbrannte. Von droben im Himmel schaute Miß Flatface voller Genugtuung hernieder. Möge ihr das bißchen Häme verziehen sein. Es mag sehr wohl sein, daß niemand von uns je bis ins Letzte gekannt wird. Aber wer von uns wurde je so geliebt?

Originaltitel: „American Spirits"

Aus dem Amerikanischen von Marianne Frisch

Nona Fernández

wurde 1971 in Santiago de Chile geboren und ist seit ihrer Schauspielausbildung als Drehbuchautorin, Schauspielerin und freischaffende Schriftstellerin tätig. Ihre in diversen Erzählbänden veröffentlichten Kurzgeschichten sind, wie auch die Romane *Mapocho* (dt. Septime, 2012) und *Av. 10 de julio Huamachuco*, preisgekrönt. Die Arbeit an Drehbüchern für Fernsehserien und -filme, mit der sie ihren Lebensunterhalt bestreitet, beeinflusst ihre literarische Schreibweise dahingehend, als dass sie ökonomisch mit Sprache umgeht und in ihren Erzählstrukturen eindeutig den Dialog bevorzugt. Nicht zuletzt dadurch erzeugt Nona Fernández Bilder von kinematografischer Aussagekraft.

Bei der hier vorliegenden Erzählung *Der Himmel* eröffnen sich dem Leser filmische Szenen einer großstädtischen Unterwelt, in der Herkunft und Schicksal ihre Bedeutung verlieren. Stattdessen treten schwindelerregende Spuren auf den Körpern der Figuren und deren Umgebung immer mehr in den Vordergrund und graben sich wie Narben in das Gedächtnis an die Erzählung ein. Der gleichnamige Erzählband widmet sich mit Hingabe dem vielfältigen Scheitern des Menschen hinsichtlich seiner zwischenmenschlichen Beziehungen und seiner Existenz, er zeigt die Randfiguren einer Gesellschaft, die inmitten von Neonlichtern, Alkoholläden und pathetischen Ritualen ihre Vergangenheit zu vergessen versuchen.

Christiane Barnaházi, 2010

Der Himmel

Zum Himmel, so heißt der Laden. Dort gibt es Spirituosen in allen Preislagen und Geschmacksrichtungen. Langgezogene Flaschen in besonderen Farben mit fremdsprachigen Etiketten. Sie haben dort Arak, einen guten Meskal, Vodka Moskovskaya und sogar ein paar Flaschen Sliwowitz. Am Anfang war es nur ein kleiner Kiosk, die Garage eines Hauses, ein angebauter Raum. Heute ist er richtig groß, wie der Himmel.

„Weißwein, bitte", sage ich zum Besitzer.

Bevor er mir nichts empfiehlt, komme ich ihm zuvor und zeige auf die Flaschen auf dem oberen Regalboden, links, neben ein paar Flaschen Merlot Jahrgang '90.

„Die sind gut, Señorita, aber auch sehr teuer."

„Geben Sie mir fünf davon."

Ich liebe Wein. Den weißen. Ich liebe es, eine Flasche zu öffnen und, wenn sie entkorkt ist, sein Aroma bereits am Flaschenhals einzusaugen. Nichts ist so gut wie das Bouquet eines guten Weines.

„Darf es noch etwas sein?"

Ich habe bereits viele Flaschen entkorkt. Ich habe sie atmen lassen, sie verschüttet und auf den Boden erbrochen. Ich nehme meine Einkäufe und gehe hinaus. Hinkend ist das schwierig. Es ist nicht leicht, den *Himmel* zu verlassen, wenn man sich auf eine Krücke stützen und fünf Flaschen Wein tragen muss.

501 lese ich an der Wohnungstür. Ich habe mich nicht geirrt, diese Tür müsste sich öffnen. Ich drehe den Schlüssel im Schloss und drücke fest mit meiner Krücke gegen die Tür. Sie gibt nach. Hier drinnen ist alles dunkel. Ich mache Licht an – die Glühbirne baumelt tief von der Decke – und blicke auf kahle Wände, Schimmel, ein bisschen Moos, eine Matratze auf dem Boden, ein großes Fenster, mit Zeitungspapier abgedeckt. Dort unten, auf der Straße, zieht eine Kartonagensammlerin ihren Karren hinter sich her und liest Müll auf. Die Alte ist mir vom *Himmel* aus gefolgt. Ich habe das Geräusch ihres Wägelchens hinter mir gehört, und nun ist sie da draußen und beobachtet mich. In einer Ecke ein Telefon. Ich reiße das Kabel aus der Dose. Ich gehe durch die Zimmer, den Flur, das Bad. Mit meinem Taschenmesser schneide ich mir die Haare. Eine Strähne nach der anderen fällt in das Waschbecken. Ich sehe mein Gesicht im Spiegel. So viele Blutergüsse, so viele Kratzer, unter all dem bin ich. Ein Tropfen Blut fällt in das Waschbecken, rinnt langsam hinab, wird im Abfluss landen. Ein weiterer Tropfen fällt hinein und nimmt denselben Weg. Ich weiß nicht, woher sie kommen. Man sagte mir, dass sich ein paar Glassplitter nach einer Weile von alleine aus der Kopfhaut lösen werden. Aber auf meinem Kopf sind weder Kristalle noch Blut zu sehen. Ich schaue auf meine rechte Hand und entdecke eine neue Schnittwunde. Ohne es zu wollen, habe ich mich mit dem Rasiermesser geschnitten. Das Blut quillt heraus, fließt über meinen Arm und tropft in das Waschbecken. Es verfärbt die Haarsträhnen, die ich mir abgeschnitten habe. Das Blut fließt sämig und zäh, wie ein dicker Tropfen Wein. Ich mag Wein, aber nur den weißen. Nichts geht über einen Schluck, der sich langsam im Körper verteilt. Man verkostet den ersten Zug, fühlt, wie er durch den Hals rinnt, sich überall breitmacht, bis er im Kopf angelangt. Der Blick trübt sich, eine liebliche Wärme ermächtigt sich deiner, und dann gehst du. Du vergisst, bist ein Bündel auf einer alten Matratze in einer leeren Wohnung. Ich könnte Tage damit verbringen, Flaschen zu entkorken. Ich glaube, das habe ich sogar schon gemacht.

Das Lüftungsgitter an der Wand weint. Ein metallenes Gitter, alt und kreischend, beklagt sich mit schrillem Weinen, das in meinem Kopf widerhallt, kreischt mit seiner oxidierten Eisenstimme. Ich ertrage Geheule nicht, weder meines noch das von anderen. Als ob das ganze Viertel Totenwache hält, voll weinender Witwen, professioneller Heulsusen und Tränen Vortäuschender, so klingt das Gitter. Ich weiß, es ist das Lüftungsgitter. Es ist nicht die Matratze, nicht die Flaschen, nicht der Korken, der direkt davor liegt und das Wehklagen viel lauter hören muss als ich. Aber er ist sehr klein, und ein Korken weint nicht so, so erbärmlich. Heuchlerisches Gitter. Ein kleiner Glassplitter, der zwischen den Augen brennt.

„Pst …“

Es hört mich nicht. Vier Schrauben halten es an der Wand fest und verhindern jede Bewegung. Vielleicht weint es, weil es fliehen möchte, weil es eine Runde spazieren gehen möchte. Es weiß nicht, dass da draußen schon nichts mehr ist, dass es viel besser ist, hier drin zu sein, mit einem guten Glas Wein in der Hand.

„Entschuldige bitte, dass ich dich geweckt habe … Du bist die neue Nachbarin, oder? Ich habe dich heute einziehen sehen.“

Das Gitter spricht. Es hat eine Frauenstimme. Eine spitze Stimme, mit einem eigenwillig weinerlichen Ton.

„Ich warte auf jemanden, und jedes Mal, wenn ich Schritte auf dem Flur höre, dann erwische ich mich dabei, wie ich aus dem Spion spähe. Dumm, nicht wahr?"

Die Decke über meinem Kopf dreht sich, und das Gitter spricht mit mir.

„Ich bin auch neu hier. Schon seit einer Woche warte ich auf so einen Vollidioten, der mir versprochen hat, mich zu besuchen. Aber damit ist nun Schluss, morgen gehe ich. Eine Woche warten reicht doch, oder? Es reicht! Niemand kann sich derart verspäten."

Es wird wieder weinen, ich weiß es.

„Ich konnte nicht länger warten. Ich halte es hier nicht aus, so alleine."

Die Stimme dröhnt zwischen den Wänden. Die ganze Wohnung beginnt mit dem Gitter zu weinen, die Decke, der Boden, der Schimmel an den Wänden, die Türen, die verrosteten Türschlösser. Eine ganze Prozession, die hier drinnen heult.

Mara heißt sie. Sie hat an die Wohnungstür geklopft und sich vorgestellt. „Ich bin Mara, die Frau von nebenan", sagte sie, während sie eintrat, um sich hier auf die Matratze zu setzen. Ich habe ihr ein wenig Wein angeboten, und nun trinkt sie ihn. Ihre Augen sind geschwollen, rot, die Schminke zerlaufen. Auf der linken Wange hat sie eine dicke Narbe, die sie unablässig mit ihren Fingerspitzen betastet. Wulstige Haut auf der Höhe ihrer Lippen, es sieht aus wie eine Verbrennung.

„Es tut weh bei Kälte. Ich vermute, das werden wohl die Nerven sein. Bei Kälte, bei Angst ... Seit ich hier bin, hat es nicht aufgehört wehzutun. Sag, ist sie sehr rot?"

Die Narbe bewegt sich in ihrem Gesicht. Ein gewundener Wulst, der ihr die Haut abdrückt, sie einklemmt, damit sie nicht auseinanderfällt. Ein roter Wirbel, der sich durch ihr Gesicht zieht. Nein, schüttle ich den Kopf.

„Es ist nur, weil ich Kosmetikerin bin. Ich vollbringe wahre Wunder mit Narben, aber mit der hier ist es so schwierig. Ich versuche, sie mit Puder abzudecken. Mit diesem hier. Tadeo mag den Geruch."

Es riecht nach Blumen, nach Beileidskarte, nach Friedhofssatzung.

„Er ist sehr sanft, er reizt die Haut nicht."

Mara sieht mich an. Sie betrachtet mein Gesicht, die Wunde auf meiner Stirn, die Kratzer, die blauen Flecke.

„Ich könnte etwas für dich tun. Ich könnte deine Haare richten. Ich habe ein wenig Ahnung vom Frisieren."

Mit ihrer rechten Hand berührt sie meinen geschorenen Kopf.

„Das hast du selbst gemacht, oder? Ich schneide mir die Haare auch selbst. Am Anfang konnte ich das auch noch nicht so gut, aber nach einer Weile habe ich dem ganzen Viertel die Haare geschnitten. Jetzt schneide ich mir die Spitzen, mehr nicht. Tadeo mag es, wenn meine Haare lang sind."

Mara unterbricht sich und trinkt aus ihrem Glas.

„Warum er wohl nicht gekommen ist? Seit einer Woche lässt er mich in dieser Scheißwohnung warten. Da drüben raschelt es. Am ersten Tag dachte ich, es seien Ratten, aber ich war mir nicht sicher. Jetzt denke ich, dass es Geister sind, Seelen. Irgendein Toter, dem es einfiel, zurückzukehren und sich hier einzunisten, um mich zu erschrecken."

„Tote kehren nicht zurück", sage ich.

„Trotzdem strafen sie, sie erschrecken."

„Die Toten kehren nie zurück."

Mara beobachtet mich. Einen Augenblick lang bleibt sie stumm, dann murmelt sie ein „Entschuldigung", so langsam, als ob es eine formelle Geste gäbe, Dummheit zu entschuldigen.

„Bist du verheiratet?", fragt sie. „Dieser Ring ist doch ein Ehering."

„Nicht mehr."

„So sind die Männer. Es ist unmöglich, ihnen zu vertrauen. Du endest immer alleine."

Mit ihren Fingerspitzen berührt sie meine verkratzte Stirn.

„Es war aber nicht er, der dir das angetan hat? Oder? Was ist passiert? Bist du hingefallen? Hattest du einen Unfall?"

Eine Naht auf dem Schädel.

„Du hattest einen Unfall."

Die Stimme des Gitters klingt plötzlich so spitz und nervenaufreibend wie das Geheule. Ich leere die Flasche in einem Zug. Ich trinke, bis ich mich verschlucke.

„Die Wohnung nebenan gehört Tadeo. Ich weiß nicht, wo er sie herhat, aber es ist seine. Eines Tages kam er hier im Viertel an und sagte mir: ‚Süße, ganz sicher, diesmal wirklich, ich verspreche es dir, diesmal wird alles anders.' Wir wollten von vorne anfangen, da drinnen."

Ich erahne die bevorstehenden Schluchzer Maras.

„Er ging los, um Geld aufzutreiben. Das brauchten wir,

um in Ruhe leben zu können. ‚Warte auf mich, Süße, ich komme zurück, sobald ich kann. Ich werde mit soviel Geld zurückkommen, dass ich mich nie wieder in schmutzige Geschäfte verwickeln lassen muss. Wir werden einen Laden aufmachen, Süße, wir werden heiraten ...'"

Sie tut es schon wieder, wie vorhin, ohne Ehrgefühl, ohne Scham.

„Aber er ist nie da, wenn man ihn braucht. Früher oder später verschwindet er immer. Ich habe die ganze Woche auf ihn gewartet. Ich habe so oft auf ihn gewartet. Warum kam er denn nicht? Scheiße! Ich hasse dieses Haus."

Mara legt sich auf meinen Schoß, ohne dass ich es ihr angeboten hätte. Sie drückt ihre entzündete Narbe an mich und sagt, dass sie es nicht mehr aushalte, dass das alies zu viel sei. Sie weint und rotzt auf meine schmutzigen Hosen. Sie ist nicht fähig, diesen Knoten in ihrem Hals auszuhalten, ihn hinunterzuschlucken, ihn dahin zurückzuschicken, wo er herkam, bevor das Geheule losbricht. Ich bekomme Gänsehaut. Ich brauche ganz dringend ein Glas, aber die Flasche ist leer. Die Gitterfrau weint auf mir, und ich weiß nicht, wohin ich meine Hände legen soll.

Ich hasse den Geruch von Veilchen. Danach riecht ihr Puder, nach einem schönen, perfekt zusammengesteckten Veilchenstrauß, in den sich grüne Blätter und die eine oder andere andersfarbige Blüte mischen. Beileid bekundende Blumen, die eine klare und konzise Nachricht in einem Briefumschlag begleiten. Den Geruch von Nelken, Rosen und Lilien hasse ich auch. Vor allem den von Lilien. Mara ist gegangen. Ihre Absätze wandern auf der anderen Seite der Wand umher, dort in ihrer Wohnung. Sie gehen zur eigenen Tür und verlassen die Wohnung. Sie hat ihren Puder mit Veilchenduft hier auf dem Boden liegen gelassen, neben der Matratze. Ich wachte auf und sah, dass sie dort an die Wand, neben das Lüftungsgitter, *Danke für den Wein* geschrieben hatte. Es sind rote und cremige Buchstaben, gezeichnet mit Rouge. Von draußen fallen ein paar Sonnenstrahlen durch die Risse der Tageszeitung, die das Fenster abdeckt, und enden direkt an dem Wort *Wein*. *Wein* ist ein wenig verzerrt. Ich brauche ein Glas. *502* lese ich auf Maras Tür, als ich hinausgehe. Am Türschloss hängt ein Schlüsselbund. Ich weiß nicht warum, aber ich bewahre ihn in meiner Tasche auf. Ich drücke den Knopf am Fahrstuhl, und bevor ich das verrostete Gitter zuziehe, sehe ich die zwei Türen der Wohnungen vor mir. 501 und 502, eine neben der anderen.

Die Alka-Seltzer-Tablette fällt in den Wein und löst sich langsam auf. Tausende kleiner Bläschen steigen von der schäumenden Tablette auf. Champagner, Cava, kleine Kreise, die sich in der Flüssigkeit zu Wirbeln drehen. Winzige Ringlein, die sich auflösen, die im Zentrum meines Glases explodieren. Sie beschweren sich, schreien. Das Glas beginnt zu vibrieren, es wird jeden Moment zerbersten, in kleine Kristallsplitter, die durch die Luft fliegen.

„Willst du ein Bier?"

Ein Typ setzt sich neben mich an die Bar.

„Du magst Wein", sagt er.

Ich kann seinen Blick auf mir spüren. Er betrachtet meine Haare, die Hämatome in meinem Gesicht. Und das einzige, was ich mache, ist, mit meinem Ring zu spielen.

„Drückt er? Meiner drückt auch manchmal. Deshalb ziehe ich ihn ab, wenn ich ausgehe."

Ein weißer Streifen an seinem Ringfinger verrät einen abwesenden Ring.

„Bist du verheiratet? Willst du nicht reden?"

Ich ziehe den Metallring von meinem Finger und lasse ihn in mein Glas fallen. Noch eine Blase, die an die Glaswand schlägt und sich auf dem Boden festsaugt. Ich beobachte ihn durch das Glas, lese das Datum und die Initialen, die innen eingraviert sind. Ich schließe die Augen, und mit einem einzigen Schluck trinke ich aus. Ich klopfe auf meine Brust, damit er hinabrutscht, damit er seinen Weg ins Innere nimmt. Ein metallener Geschmack bleibt auf meiner Zunge zurück. Mein Begleiter beobachtet mich mit offenem Mund und bietet mir nichts mehr an. Er nimmt einen Schluck Bier und geht.

Ein Geruch kann dich beerdigen. Ich habe Maras Schlüssel genommen, und als ich die Tür öffnete, schlug mir ein zäher Gestank ins Gesicht. Ich erkenne ihn, ich habe ihn schon einmal gerochen. Ein süßlicher Geruch, klebrig. Er steigt in die Nase und bleibt darin haften, tief drin, tagelang, monatelang. Du duschst dich, duschst dich nicht, versuchst, ihn loszuwerden, scherst dir deine Haare, wirfst deine Kleidung weg, schließt dich in einer verlassenen Wohnung ein, um zu trinken, aber nichts. Ich dachte, ich wäre ihn losgeworden, aber er kehrt in dem Moment zurück, als ich diesen Ort betrete.

„Geh nicht zu nah ans Fenster, das kann gefährlich sein!"

Ein Häufchen am Boden spricht zu mir. Eine schwache,

jammernde Stimme steigt von ihm auf. Ich erkenne keine Einzelheiten, alles ist dunkel.

„Sag mir, dass du nicht wütend bist. Ich wollte nicht so lange fortbleiben, die Dinge haben sich verkompliziert. Auf jeden Fall habe ich den Koffer gebracht. Nimm ihn dir."

Die Silhouette des Mannes zeichnet sich ein wenig ab. Er versucht, etwas in seiner Nähe zu greifen, aber während er das tut, jammert er, stößt einen lauten Schrei aus. Ich bleibe stehen. Der Lichtschalter vor mir. Ich bediene ihn. Eine Glühbirne geht an.

„Mach das Licht aus!"

Ich wusste es. Ich konnte Blut auf seinem Hemd sehen. Viel Blut.

„Mach das Licht aus! Sie dürfen nicht wissen, dass wir hier sind. Sie suchen mich."

Ich gehorche. Seine Wunde ist viel größer als irgendeine von meinen.

„Ein Arzt", sage ich.

„Du bist verrückt! Wie, meinst du denn, soll ich das hier erklären? ‚Herr Doktor, ich habe keine Ahnung, wie die Kugel in meine Eingeweide gelangt ist' ... Entschuldige, ich konnte noch nie ein Versprechen halten. Wenigstens wird einer von uns beiden in den Genuss dieses Koffers kommen."

Ein alter Koffer, einer von denen, wie sie Ärzte früher benutzten.

„Nimm ihn und geh. Ich will nicht, dass dir etwas passiert. Verschwinde von hier! Schnell!"

Ich taste mich an der Wand entlang, während ich vorwärtsgehe. Die Farbe blättert unter der Berührung meiner Finger von der Wand ab. Am Ende des Flurs, im letzten Zimmer, mache ich eine niedrig hängende Lampe an. Ich kann ein ungemachtes Bett sehen. Ich nehme die zerwühlten Bettlaken und schneide sie mit meinem Messer durch.

Ich habe schon viele Wunden gesehen, aber ich habe noch keine versorgt. Ich habe Blut gesehen, nicht nur mein eigenes. Fremdes Blut, so wie dieses hier, das auf dem Asphalt gerinnt, bis es nicht mehr ist als ein Fleck. Ich habe tiefe Schnitte gesehen, offenes Fleisch, von gekrümmtem Eisen zerfetzt, mit Glassplittern durchsetzt, durch scharfes Metall und Blech abgetrennt. Ich habe verbrannte Haut gesehen, schwarz von Ruß und Feuer, entstellte Gesichter, zerstörte Körper. Die Kugel, die mitten in seinem Körper steckt, dieses Blut, beeindruckt mich wenig.

„Lass!", sagt der Mann. „Verliere keine Zeit mehr und geh!"

Ich habe zwei Kerzen angezündet, die ich im hinteren Zimmer gefunden habe. Ich habe sie neben die Stoffstreifen und neben eine Waschschüssel mit blutigem Wasser gestellt. Ich versuche, alles zu reinigen, aber das ist schwierig. Ich stecke meinen kleinen Finger in die Wunde. Ich kann die Kugel berühren. Erneut quillt das Blut hervor, es ist, als ob es nie aufgehört hätte zu fließen. Der Geruch hängt immer noch schwer in der Luft. Ich brauche mehr Wasser, noch mehr saubere Stoffstreifen. Ich nehme die Waschschüssel und gehe ins Bad. Das ist schwierig ohne die Krücke.

„Hinkst du?"

Ich schütte das blutgetränkte Wasser in das Waschbecken.

„Was ist passiert? Sie sind doch nicht etwa gekommen, oder? Haben sie dir etwas getan?"

Ein roter Wirbel fließt durch die Öffnung des Abflusses, und wieder fällt mir diese Geschichte ein. Sie hat sich mir eingebrannt, wie diese Glasscherben. Ein Hase und eine Schildkröte entschließen sich, ein Wettrennen zu machen. Der Hase ist sich der Langsamkeit der Schildkröte so sicher, dass er lieber noch eine Runde schläft, bevor er zu rennen beginnt. Stunden vergehen, und der Hase wacht nicht auf, er träumt einfach weiter. Als er endlich die Augen öffnet, läuft er bis zum Ziel und stellt fest, dass die Schildkröte schon da ist. Der Hase kann es nicht glauben. Die Schildkröte geht zum Hasen und sagt ihm etwas.

„Mara!"

Was sagt sie ihm? Das Blut dreht sich immer noch in der Öffnung des Ausgusses. Ich betrachte mein Gesicht, und ein Sprung im Glas des Spiegels fällt mit meiner linken Wange zusammen. Es sieht aus wie eine Schraube, wie ein Strudel, wie eine frische Narbe. Eine fremde Verbrennung auf meinem Gesicht.

Scheiß Alte. Die ganze Nacht hat sie da unten mit ihrem Wägelchen verbracht. Sie durchsucht den Müll, zieht Kartons, Flaschen, Papier heraus, wickelt Essensreste ein, mischt sie mit anderen, verpackt sie wieder mit anderen Resten. Haufen über Haufen auf ihrem Holzkarren. Sie läuft von einer Straßenseite zur anderen, lässt die Räder über den Asphalt rattern. Alte Schwarze aus Dreck, gemacht aus vielen schwarzen Röcken, aus vielen schwarzen Stoffresten, Rock über Rock. Abfall und Müll zwischen ihren Stoffen.

„Das sind sie, Mara. Geh doch endlich!"

Unglücksrabe.

„Das ist eine Alte. Eine Kartonagensammlerin, die mit ihrem Wagen herumstreunt“, sage ich.

Dieser Mann wird sterben. Ich habe diesen Ausdruck schon gesehen, ich kann ihn wiedererkennen. Er weiß es nicht, aber er wird sterben, da kann man nichts machen. Ich kann ihn da liegen sehen, zwischen den zwei Kerzen, unbeweglich, sein Gesicht kaum erhellt.

„Es gibt da etwas, das ich dir zeigen möchte“, sagt er, „es ist im Koffer.“

Eine kleine Schachtel ist darin, zwischen vielen Geldscheinen. Ich öffne sie und erblicke einen Ring, einen vergoldeten Metallring. Ich glaube, innen drin steht etwas.

„Ich habe ihn besorgt, bevor das alles hier passiert ist. Man könnte meinen, wir wollten einmal alles richtig machen, oder? Steck ihn an, bitte.“

Ich schiebe den Ring über meinen Ringfinger. Erneut bedeckt ein Metallring die weiße Stelle.

„Passt er?“

Er passt perfekt. Die Alte da unten bewegt ihren Wagen. Ein wenig Licht fällt durch den Vorhang. Sehr wenig, und so kann ich das Gesicht des verängstigten Mannes sehen. Vielleicht sollte ich ihn kämmen. Er krümmt sich, und sein Gesicht verzieht sich zu einer schmerzverzerrten Grimasse. Erneut beginnt sich sein Hemd rot zu färben. Es hört nie auf. Vielleicht sollte ich ihm die Wangen waschen, die Kleidung wechseln. Es ist nicht gut, dass die Alte da draußen herumstreunt, während er hier liegt, ganz schmutzig, stinkend.

„Ich gehe in die Wohnung nebenan“, sage ich, „ich kenne die Frau, die dort wohnt. Sie hat was gegen die Schmerzen.“

Ich komme mit der Flasche zurück. Der Korken gleitet

mühelos heraus, ohne Widerstand. Der Wein läuft über seine Mundwinkel, fließt über seinen Hals, sein schmutziges Hemd, über seine Wunde. Der Alkohol müsste brennen auf seiner Brust, aber so ist es nicht. Der Wein beruhigt, betäubt ihn. Ich betrachte sein erleichtertes Gesicht, das sich für einen Moment zu entspannen scheint.

Vor mir stehen drei verschlossene Flaschen. Ich bin aus Maras Wohnung geflohen, ich habe diesen schlafenden Mann dort liegen lassen, um eine aufzumachen, aber ich weiß nicht, mit welcher ich anfangen soll. Ich wähle die ganz links. Es wäre schön, wenn die Flasche kälter wäre, mit Wasserperlen, die am Glas herabtropfen. Es ist ein Chardonnay, gute Traube, gutes Jahr. Ich rieche an der Flasche, atme das sich entfaltende Bouquet ein und nehme einen ersten Schluck. Ich lasse ihn langsam in meinen Mund laufen. Ich mag es, den Wein lange zu kosten, so dass er meine Zunge und meinen Gaumen umschmeichelt. *Danke für den Wein.* Ich lese die mit Rouge geschriebenen Worte an der Wand. Der Wein öffnet meinen Hals, ich fühle, wie er hinab fließt, an meiner Brust ankommt, sich in meinen Magen ergießt. Ich fühle ihn in mir drin, er zwingt sich jedem weiteren Schluck auf, rutscht hinab, zeichnet sich ab, explodiert im Zentrum meines Körpers und fordert noch ein bisschen. Immer noch ein bisschen mehr. Er fließt ohne Unterlass, ohne Luftholen, wie eine Schildkröte, die versucht, einen Hasen zu fangen. Ein Schluck nach dem nächsten, bis man den Boden der Flasche sieht. Zum Ziel kommen und mit dem Glas fertig sein, mit der Flasche, mit allem.

„Ist da jemand? Sie sind Maras Nachbarin, oder? Ist sie bei Ihnen?"

Mir ist übel.

„Ich wollte Sie um einen Gefallen bitten. Ich kann nicht so lange warten. Ich habe noch etwas, das Mara gehört, und ich wollte es an einem sicheren Ort lassen, falls sie es abholen kommt ... Sagen Sie ihr, dass es mir leidtut, dass ich nicht wollte, dass die Dinge so enden."

Ich muss das nicht tun. Ich reiße mich zusammen, atme tief ein, aber ich kann es nicht verhindern. Mein Magen verkrampft sich.

„Ist da jemand? Hören Sie mir zu?"

Der Mann atmet schwer, er keucht, jammert und weint. Ich stehe neben dem Gitter und höre ihm zu, und obwohl ich versuche, es nicht zu tun, erbreche ich mich gegen die Wand.

Maras Puder bedeckt mein Gesicht. Er versteckt meine Narben, bedeckt meine Blutergüsse. Mit dem Zeigefinger kratze ich ein wenig Rouge von der Wand und schmiere es mir auf die Lippen. Das Wort *Wein* verläuft, um mir die Lippen zu bemalen. Ich betrachte mich im Spiegel. Wenn ich mir nicht die Haare geschnitten hätte, wenn ich einen kleinen roten Wirbel auf meiner linken Wange hätte, wenn ich mich dazu entschließen würde, diesen Knoten zu lösen, zu weinen, bis die Augen sich röten ... Ich lasse meine Krücke in der Badewanne zurück und versuche, mein Hinken zu verstecken, aber das ist schwierig. Meine Hände sind schmutzig, mein Atem riecht nach Erbrochenem. Ich lasse das Wasser laufen, während ich versuche, mich zu waschen. Ich werde diesen verfluchten Geruch loswerden, ich schwöre es. Wenn nicht jetzt, dann nie.

„Bist du das, Mara?"

Ich betrete die 502 und sehe ihn auf dem Boden liegen. Seine Lippen bewegen sich unmerklich, er kann kaum die Worte formen.

„Die Frau von nebenan, kann man ihr vertrauen? Nimm den Koffer und verstecke dich bei ihr in der Wohnung."

Ich nähere mich langsam. Ich versuche, nicht zu hinken. Ich versuche, die Wunde zu sehen, aber die Kerzen gehen bereits aus. Ich stecke den Finger hinein und suche die Kugel. Aber ich finde sie nicht. Der Körper dieses Mannes hat sie verschluckt.

„Ist noch mehr Wein da? Das tut weh."

Ich ziehe die Flasche heran und schenke ihm ein Glas ein.

„Ein gutes Mittel, das sie dir da gegeben haben. Willst du nicht probieren?"

Ich rieche den Wein. Ich atme tief ein, um das Aroma einzusaugen, damit es diesen süßen und zähen Muff vertreibt, der mich umgibt.

„Ich sterbe. Süße, ich habe Angst. Ich hätte nie gedacht, dass das so sein würde. Ich habe mir vorgestellt, dass ich alt sein würde, in meinem Bett liegend, mit dir an meiner Seite, mit meinen Kindern, meinen Enkeln. Ich weiß, das ist dumm, aber so dachte ich ... Ich wollte, dass es so geschehen würde. Sag mir, dass du mir verzeihst."

Ich weiß nicht, was ich sagen soll.

„Ist schon gut, du brauchst nichts zu sagen. Nicht einmal so würde ich in den Himmel kommen. Der Heilige Petrus würde mich mit einem Fußtritt hinausjagen nach allem, was ich gemacht habe."

„*Zum Himmel*“, sage ich, „so heißt der Laden an der Ecke. Dort gibt es Spirituosen in allen Preislagen und Geschmacksrichtungen.“

„*Zum Himmel*?“

„Die Frau von nebenan hat dort ein paar Flaschen Weißwein gekauft. Ich habe sie begleitet.“

Tadeo lächelt schwach.

„Ihr habt euch angefreundet.“

„Seit Tagen wird sie von einer Alten verfolgt, einer Trödlerin.“

„Ich weiß, wen du meinst. Sie lungert da unten herum. Sie hat mich angestarrt, als ich ins Haus ging.“

„Die Frau von nebenan hat Angst vor der Alten – Scheiß Alte!“

Der Wagen der Alten bewegt sich da unten. Metallräder, die sich auf dem Asphalt drehen. Sie bleibt nicht stehen, spaziert und schleicht herum, sie überwacht mich. Das ist meine Gelegenheit, um den Geruch des Todes ein für allemal zu beerdigen. Ich leere das Weinglas in einem Zug. Der Wettlauf beginnt von neuem, ich muss mich beeilen.

„Eine Schildkröte und ein Hase wollen einen Wettlauf machen“, sage ich, „der Hase ist sich der Langsamkeit der Schildkröte so sicher, dass er sich lieber noch einen Moment schlafen legt, bevor er zu laufen beginnt. Stunden vergehen, aber der Hase wacht nicht auf. Als er die Augen öffnet, springt er auf und läuft schnell zum Ziel. Als er es erreicht, bemerkt er, dass die Schildkröte längst angekommen ist. Der Hase kann es nicht glauben. Die Schildkröte kommt näher und sagt etwas zu ihm ...“

Ich wollte nicht so plötzlich bremsen, wollte nicht mit

quietschenden Reifen über den Asphalt rutschen, aber weiter weiß ich nicht, ehrlich, ich kann nicht weiter erzählen.

„Und was sagt sie ihm?“, fragt mich Tadeo. „Hat man dir das Ende des Märchens nicht erzählt?“

Die Windschutzscheibe zerbirst, explodiert, wieder fliegen Glassplitter durch die Luft. Metall verbiegt sich, Schreie, Sirenen.

„Es ist etwas passiert. Der, der mir die Geschichte erzählt hat, konnte nicht zu Ende erzählen.“

Wieder der Kopf, er schmerzt ein bisschen.

„Und du?“, es ist der einzige Weg, um weiterzumachen, ich habe keine andere Wahl.

„Ja?“

„Kennst du das Ende?“

Ich frage ihn. Er lacht sanft, ganz langsam. Dann nimmt er meine Hand, und es scheint mir, als ob er mich sieht, als ob er diesmal ohne Probleme zu Ende erzählen würde, ohne dass ihn etwas überraschen könnte. Ohne quietschende Reifen, ohne Krankenwagensirenen, ohne Schreie, ohne Weinen, ohne Glassplitter, einfach nur wie jemand, der die Geschichte beendet, die er zu erzählen begonnen hat.

„‚Es ist vorbei‘“, sagt er, „‚das ist das Ende‘, das sagt die Schildkröte.“

Ich habe mir so viele Möglichkeiten ausgemalt, aber niemals diese. „Es ist vorbei.“ Vielleicht hat sie ihm genau das gesagt.

„Dieser Duft.“

Tadeo schließt die Augen und riecht an meiner gepuderten Haut.

„Das ist dein Veilchenpuder. Ich hatte Angst, dass ich diesen Duft nie wieder würde riechen können."

Jetzt versucht er, meine Wange zu berühren. Er fährt mir mit seinen Fingern über das ganze Gesicht, betastet es vorsichtig. Er sucht die einzige Narbe, die ich nicht habe. Er findet sie nicht.

„Bist du das, Mara?"

Der Mann zieht seine Hand zurück. Schnell, mit der wenigen Energie, die ihm bleibt.

„Wer bist du?"

Ich fühle, wie sich ein Glassplitter aus meiner Kopfhaut nach oben drückt. Aber es ist nur das, ein Gefühl. Ich fasse hin, und da ist nichts. Sie sind noch alle unter der Haut.

Diesmal wird es keine Überraschungen geben. Der Hase wird zuerst ankommen und dann erst die Schildkröte, so wie es sein soll. Es ist alles vorbereitet. Du liegst auf dem Boden zwischen den zwei Kerzen, die langsam niederbrennen, und ich habe dein Gesicht und deine Brust gewaschen. Ich habe dir das schmutzige Hemd ausgezogen und dir die Haare gekämmt. Ich habe dir das Gesicht gepudert mit diesem Puder, der nach Blumen riecht. Du siehst gut aus. Weniger ausgezehrt, nicht so blass. Diesmal wird uns keiner unvorbereitet treffen. Wir sind bereit, „das ist das Ende", diesmal weiß ich es. Du weißt das auch, aber du schaust mich kaum an, atmest schwer, und es ist, als ob dich dein ganzer Körper schmerzte, als ob du erneut nicht darauf vorbereitet wärst. Ich möchte nicht diese Grimasse schminken. Ich würde es vorziehen, auf einem friedlichen Lächeln zu arbeiten. Unten geht die Alte ein ums andere Mal vorbei. Ich habe sie durch das Fenster gesehen. Sie schleicht um das Gebäude auf der Suche nach Abfällen. Sie macht keine Pause, wie eine Schnecke spaziert sie mit ihrem Wagen als Häuschen auf dem Rücken, wie eine Schildkröte. Sie will uns überraschen, aber ich weiß, dass sie da unten ist, dass sie schon seit einer Weile da ist, und deshalb halte ich alles bereit.

Ein Auto bremst und hält direkt vor dem Gebäude. Es ist ein Lieferwagen, drei Kerle steigen aus und bleiben vor dem Eingang unten stehen. Sie klopfen mit lauten Schlägen an die Tür, die bis hier oben widerhallen.

„Das sind sie", haucht er.

Sicher sind sie das. Ich weiß nicht wer. Abgesandte der Alten, Kinder ihres Wagens voller Dreck, Ratten aus der Kloake. Sie. Ich gehe dorthin, wo Tadeo liegt und nehme ihn bei den Schultern. Groß ist sein Körper, der mit dem ersten Licht des Tages viel besser zur Geltung kommt. Ich schleife ihn so gut ich kann bis zur Tür und ziehe ihn aus dieser vergammelten Wohnung heraus. Wir verstecken uns in der 501. Flaschen auf dem Boden, der Geruch von verschüttetem Wein auf den Dielen.

„Der Koffer ..."

Die Typen sind bereits ins Gebäude eingedrungen. Ihre Schritte hallen durch die Flure. Ich höre den Aufzug, der nach oben fährt. Er quietscht und knarrt seit dem Moment, in dem er losgefahren ist.

„Der Koffer! Lass nicht zu, dass sie ihn finden!"

Die bittere Grimasse, das Gesicht des Schmerzes. Sei nicht so, du musst ruhig sein, friedlich, lächelnd. Ich gehe raus und renne so schnell ich kann. Ich vergesse zu hinken, den Schmerz, die Wunden und renne schnell, ohne einen Vorsprung zu gewähren, wie ein Hase, der mit voller Geschwindigkeit versucht, ins Ziel zu gelangen. Ich betrete erneut Maras Wohnung, greife den Koffer und laufe in unser Versteck in der 501 zurück. Ich schaffe es, die Tür zuzumachen, bevor sie mich sehen.

„Mach auf, Scheiße!"

Voller Wut klopfen sie an Maras Tür. Ich schaue ihnen durch den Türspion zu. Sie sind zu dritt. Sie ähneln sich alle, dreckig wie ihre Mutter, dunkle Augen, unrasiert. Einer hat einen dicken Ring an seiner linken Hand, einen schwarzen Stein, mit dem er gegen die Holztür von nebenan klopft. Eins und zwei, ohne Unterlass, harte, trockene Schläge. Jetzt reden sie und laufen auf dem Flur auf und ab. Ich kann ihre Stimmen, ihre Schritte hören. Ich wische das Rouge von meinem Mund, wische den Veilchenpuder von meinem Gesicht und nehme die Flasche Wein, die hier auf dem Boden zurückgeblieben ist. Ich lege zuerst die Türkette an, bevor ich die Tür einen Spaltbreit öffne.

„Mara?"

Ich schüttele den Kopf und zeige auf die Tür nebenan, auf die, an die sie geklopft haben. Die Kerle gucken sich an, und einer von ihnen gibt ihr einen Tritt, die sie aus den Angeln hebt. Sie stürmen sich gegenseitig anrempelnd hinein. Sie durchsuchen alles, rufen, treten Dinge durch die Wohnung, gehen wieder hinaus. Ich höre sie durch den Lüftungsschacht.

„Da ist niemand", sagen sie zu mir, aber ich sehe sie nur an und nehme einen großen Schluck aus der Flasche.

„Jedes Mal, wenn ich jemanden höre, gehe ich hin und spähe durch den Spion. Dumm, nicht wahr?"

Die Typen gucken sich wieder an.

„Da drüben raschelt es. Am ersten Tag dachte ich, das seien Ratten. Mittlerweile denke ich, dass das Geister sind, Seelen. Irgendein Toter, der auf die Idee kam, zurückzukehren."

Die Ratten gucken sich untereinander an. Sie versichern sich der Wohnungsnummer, erforschen mein Gesicht, ein Stück meines Körpers.

„Die ist besoffen", sagt einer.

Sie warten nicht lange und lassen mich in Ruhe. Keine Anzeichen eines plötzlichen Angriffs. Ich bin vorsichtig, sehr vorsichtig. Durch den Spion sehe ich, wie sie sich entfernen. Ich habe Wein im Mund. Ich schlucke ihn nicht hinunter, ich lasse ihn aus meinen Mundwinkeln rinnen. Er tropft, fällt auf den Boden.

Die Hände zittern mir immer noch. Ich habe die Hälfte dieser Flasche geleert, und meine Hände zittern immer noch. Das ist nie so, es reicht ein Schluck, es reicht die Gewissheit, dass es bald einen Schluck geben wird, damit das Zittern aufhört. Ich brauche mehr. Ich muss warten, bis das Morgengrauen vorbei ist. Du wartest hier. Dein leerer Blick haftet auf der roten Schrift an der Wand. Ein wenig Licht fällt herein und erleuchtet dir dein geschminktes Gesicht. Es ist ein gutes Gesicht.

„Tadeo."

Ich versuche, mein Zittern zu verbergen und nähere mich dir. Ich setze mich an deine Seite und lege deinen Kopf in meinen Schoß. Ich habe immer gedacht, dass es so hätte sein sollen, nicht auf einmal, nicht plötzlich. Ein bisschen Zeit haben, genügend um sich zu verabschieden.

„Sie sind weg. Der Koffer ist hier, ich habe ihn bei mir, du musst dir keine Sorgen mehr machen."

Ich weiß, dass du mich noch hörst. So etwas wie ein Lächeln deutet sich auf deinem Gesicht an, und du runzelst die Stirn bei dem Versuch, mich anzuschauen. Aber diese schreckliche Grimasse ist immer noch da. Alles tut dir weh, ich weiß, so sollte es nicht sein.

„Hier, trink soviel du kannst."

Tadeo trinkt. Es ist nicht viel übrig, aber er gehorcht.

Ich weiß, er fühlt diese Ruhe, die liebliche Wärme, die ihn langsam ergreift.

„Erzähle mir vom Himmel", sagt er ganz langsam mit schwacher Stimme.

Ich setze mich an seiner Seite auf und reibe eine seiner kalten Hände.

„Er ist groß und hell erleuchtet. Er hat einen eisernen Rollladen, der erst spät in der Nacht geschlossen wird und eine Neonschrift, die immer leuchtet. *Zum Himmel* steht da. Man kann ihn gar nicht verpassen. Sogar der Betrunkenste findet ihn."

Tadeo lächelt. Er versucht etwas zu sagen, aber er kann nicht. Mit seiner rechten Hand zeigt er auf die rote Schrift an der Wand. *Danke für den Wein.*

Tadeo lächelt immer noch. Eine rötlich-gelbliche Flüssigkeit fließt aus seinem Mund. Ohne Widerstand, ohne Schmerzen ergießt sie sich über seine Brust, um sich mit dem Blut aus seiner Wunde zu vermischen. Plötzlich bleibst du still, deine Atmung erlischt, deine Augen werden größer, treten aus ihren Höhlen hervor, und dein Mund lächelt.

„Tadeo", sage ich. Aber, wie ich es bereits erwartet habe, antwortest du nicht mehr. „Tadeo ..."

Diesmal kann ich in aller Ruhe deine geöffneten Lider schließen. Es gab keine Überraschungen, wir sind zuerst angekommen.

Die Alte sitzt auf dem Bürgersteig. Sie durchwühlt Papier, Kartons, Essensreste. Ich gehe so schnell ich kann auf sie zu, aber das ist schwierig, mit dem Weinen, das mir die Nackenhaare sträubt. Ich ertrage Geheule nicht, weder mein eigenes, noch das anderer. Ich möchte ihr sagen, dass ich schnell laufen kann, dass ich ihr voraus bin, dass sie mich diesmal nicht überrascht hat, aber ich kann nicht. Ich schaffe es gerade mal, ihr den Arm entgegenzustrecken und ihr den Koffer zu reichen. Sie sieht mich fest an. Ich bin voller Blut, voller Wunden und blauer Flecken. Ich habe kurz rasierte Haare, bin nur ein Stofffetzen, ein weiterer Lumpen für ihren Karren. Ich sehe ihre dicken Röcke, sie wirken weich, wie ein sauberes Kopfkissen. Ich will das nicht tun. Ehrlich nicht, alte Scheißhure, aber mir knicken die Knie ein. Es ist so schwierig ohne Krücke.

„Eine Schildkröte und ein Hase", flüstere ich der Alten ins Ohr, und ich würde gerne ins Ziel laufen, jetzt, da ich es weiß. Aber ich kann nicht weitermachen, weil jemand weint.

Sie heult laut, ohne Ehrgefühl, ohne Scham. Sie rotzt, sie sabbert, sie zittert. Ich kann es nicht mehr zurückhalten. Ein großer entwaffneter Knoten, der den Baumwollgeruch der warmen Röcke dieser Alten nässt. Dort drüben, auf der anderen Straßenseite, kann ich die Türen *des Himmels* sehen, die sich gerade öffnen. Ein metallener Rollladen, der das Licht einer Neonröhre entfliehen lässt. Flaschen. Viele Flaschen. Ich fühle, wie sich die Glassplitter aus meiner Kopfhaut lösen. Sie explodieren lautlos und schieben sich durch meinen Kopf, einer nach dem anderen drücken sie sich durch meine Wangen, meinen Hals, durch meinen Nacken.

„Es ist vorbei", denke ich, „das war's." Die Splitter sind draußen. Ich fühle, wie meine Tränen sie ausschwemmen.

Originaltitel: „El Cielo"
Aus „I Cielo", Editorial Cuarto Propio © 2000, Nona Fernández
Aus dem chilenischen Spanisch von Anna Gentz

Yôko Ogawa

wurde 1962 in Okayama, Japan, geboren und studierte an der Waseda-Universität in Tokio. Seit 1988 veröffentlicht sie Romane, Novellen und Erzählungen.

Schon für ihre Debütarbeit, die Erzählung *Der zerbrochene Schmetterling (Agehachô ga kowareru toki)*, erhielt sie 1988 den Kaien-Preis, für die vorliegende Novelle *Tagebuch einer Schwangerschaft* (*Ninshin Karenda*) wurde sie nur drei Jahre danach mit dem bedeutenden Akutagawa-Preis geehrt.

Der Literaturnobelpreisträger Kenzaburô Ôe brachte das Werk der Schriftstellerin so auf den Punkt: „Yôko Ogawa ist in der Lage, die subtilsten Funktionsweisen der menschlichen Psyche in ihrer Prosa zum Ausdruck zu bringen, sanft und doch durchdringend."

Auf Deutsch erscheint Yôko Ogawas Werk im Liebeskind Verlag, neben ihren Erzählbänden sind hier die Romane *Hotel Iris* und *Der Ringfinger* erwähnenswert. Letzterer wurde 2005 unter der Regie von Diane Bertrand verfilmt.

Yôko Ogawa

Tagebuch einer Schwangerschaft

29. Dezember (Montag)

Meine ältere Schwester war heute in der M-Klinik.

Da sie abgesehen von ihren Terminen bei Dr. Nikaido noch nie in einem Krankenhaus gewesen ist, war sie dementsprechend aufgeregt und überlegte lange hin und her, was sie anziehen oder wie sie sich dem wildfremden Arzt gegenüber verhalten sollte. Noch am Morgen hockte sie mit ratlosem Gesicht am Frühstückstisch und machte keinerlei Anstalten, sich zu erheben.

„Wie viele von den Tabellen mit meiner Temperatur soll ich ihnen denn zeigen?" fragte sie mich.

„Zeig ihnen doch alle."

„Aber ich habe zwei Jahre lang gemessen, das macht insgesamt 24 Blätter", erwiderte sie mit hoher Stimme und rührte mit dem Löffel in ihrem Joghurtglas.

„Eigentlich sind es doch nur ein paar Tage, die für die Schwangerschaft von Belang sind. Am besten, ich zeige ihnen nur die Kurve von diesem Monat."

„Aber wäre das nicht Verschwendung, wo du doch zwei Jahre lang jeden Morgen gemessen hast?"

„Mir wird schon elend, wenn ich mir vorstelle, wie ich die ganzen 24 Blätter vor dem Arzt ausbreite. Damit er seine Nase in meine Angelegenheiten stecken kann."

Sie starrte auf den Joghurt, der milchig, weiß glänzend und zäh von ihrer Löffelspitze troff.

„Du machst dir zu viele Gedanken. Die Kurven geben doch bloß Tatsachen wieder", sagte ich. Ich verschloß den Joghurt und stellte ihn in den Kühlschrank.

Am Ende beschloß meine Schwester, nun doch alle Tabellen mitzunehmen. Übrigens war es gar nicht so einfach, sämtliche 24 zusammenzusuchen. Sie hatte zwar jeden Morgen ihre Temperatur gemessen, aber die Bögen nicht an einem festen Platz aufbewahrt. Eigentlich hätten sie ja ins Schlafzimmer gehört, statt dessen lagen sie überall herum, zum Beispiel im Zeitschriftenständer oder auf dem Telefontischchen. Beim Aufräumen war mein Blick immer wieder zufällig auf die gezackten Graphiken gefallen. Im Nachhinein erinnere ich mich, daß ich beim Zeitunglesen oder Telefonieren manchmal gedacht habe: „Aha, heute hat sie ihren Eisprung" oder „Diesen Monat bleibt ihre Temperatur aber lange niedrig."

Bis meine Schwester alle 24 Tabellen beisammen hatte, mußte sie fast die ganze Wohnung durchsuchen.

Ihre Entscheidung für die M-Klinik hat sentimentale Gründe. Ich hatte ihr zwar zu einem größeren und moderner ausgestatteten Krankenhaus geraten, aber sie beharrte auf ihrem Entschluß. „Schon als ich noch klein war, stand für mich fest, daß ich ins M gehe, falls ich ein Baby bekomme."

Die M-Klinik war ein kleines privates Geburtskrankenhaus noch aus der Zeit unseres Großvaters, in dessen Garten wir oft Verstecken gespielt hatten. Von vorne wirkte das alte zweistöckige Holzgebäude mit der moosbewachsenen Mauer, dem verblichenen Schild und den blinden Scheiben zwar düster, aber der Garten dahinter war sonnig und hell. Gerade dieser Kontrast war es, der uns faszinierte.

Der Garten bestand aus einer gepflegten Rasenfläche, auf der wir mit Vorliebe herumrollten. Dabei hatte ich abwechselnd das Grün der spitzen Halme und die grellen Strahlen der Sonne im Gesicht, bis sich Grün und Sonnenschein in meinen Augen allmählich zu einem klaren Blau vermischten. Dann entfernten sich Himmel, Wind und Erde von meinem Körper, und es kam ein Augenblick, in dem ich schwebte. Diesen Moment liebte ich sehr.

Am meisten Spaß aber machte es uns, ins Innere der Klinik zu schauen. Dazu stellten wir uns auf alte Gaze- und Wattekartons, die in einer Ecke des Gartens herumlagen, und spähten durch ein Fenster ins Untersuchungszimmer.

„Das gibt Ärger, wenn wir erwischt werden."

Ich war immer ängstlicher als meine Schwester.

„Ach Quatsch, wir sind doch noch Kinder. Da drücken sie sicher ein Auge zu", erwiderte meine Schwester ungerührt, während sie die von unserem Atem beschlagene Scheibe mit ihrem Blusenärmel abwischte.

Sooft ich mein Gesicht gegen das Fenster drückte, nahm ich den Geruch von weißer Farbe wahr. Bis heute verbinde ich diesen leicht beißenden Geruch mit der M-Klinik und muß, sobald es irgendwo nach Farbe riecht, sofort daran denken.

Vor Beginn der Nachmittagssprechstunde war das Untersuchungszimmer ruhig und menschenleer, so daß wir es eingehend bis in den letzten Winkel betrachten konnten.

Besonders geheimnisvoll erschienen mir die verschiedenen Fläschchen, die auf einem ovalen Tablett standen. Sie hatten weder Kronkorken noch Schraubverschlüsse, sondern nur gläserne Stopfen, die ich für mein Leben gern einmal herausgezogen hätte. An den Fläschchen hafteten dunkle Spuren, braun, violett oder rot, je nach der Flüssigkeit, die sich in ihnen befand. Wenn die Sonne darauf fiel, sah es aus, als ob die durchsichtigen Essenzen leicht vibrierten.

Auf dem Schreibtisch des Arztes lagen Stethoskop, Pinzette und ein Blutdruckmesser herum. Die schmalen, gewundenen Schläuche, der stumpf silbrige Glanz und die Gummibirne erinnerten an ein seltsames Insekt. Die alphabetisch geordneten Buchstaben auf den Karteikarten strahlten eine erregende, geheimnisvolle Schönheit aus.

Neben dem Schreibtisch stand eine schlichte Liege, die mit einem verwaschenen Laken bezogen war. Auf ihr lag ein kastenförmiges Kissen. Ich fragte mich, was es für ein Gefühl sein mußte, wenn man den Kopf auf dieses merkwürdig geformte, offenbar sehr harte Kissen legte.

An der Wand hing ein vergilbtes Poster mit dem Titel „Geburtsstellung bei Steißlage des Kindes“. Eine Frau in einer schwarzen Strumpfhose preßte mit gespreizten Beinen ihre Brust auf den Boden. Da die Strumpfhose ihre Beine wie angegossen umspannte, wirkte die Frau wie nackt. Ausdruckslos starrte sie in die Ferne.

Das Läuten einer Schulglocke in der Nachbarschaft kündigte uns die Zeit für die Nachmittagssprechstunde an. Sobald sich die Schritte der vom Mittagessen zurückkehrenden Schwester hinter der Tür näherten, mußten wir uns zurückziehen.

Meine Frage, was wohl im ersten und zweiten Stock vor sich gehe, beantwortete meine Schwester so prompt, als kenne sie sich dort bestens aus: „Oben sind die Zimmer der Patientinnen, ein Raum für die Babys und der Speisesaal.“

Manchmal erschienen Frauen an einem der Fenster im zweiten Stock. Wahrscheinlich hatten sie gerade entbunden. Sie waren ungeschminkt, trugen dicke Nachthemden und hatten die Haare zurückgebunden. Nur an den Seiten hingen ein paar dünne Strähnen herunter. Ihr Blick war meist leer.

Damals wunderte ich mich immer, daß sie so gar nicht glücklich wirkten, obwohl sie doch über dem Untersuchungszimmer mit den wunderbaren Gerätschaften schlafen durften.

Ob auch meine Schwester im Nachthemd, mit zurückgebundenen Haaren und bleichen Wangen aus einem der Fenster im zweiten Stock auf den Rasen starren wird? Daß sie sich unbedingt in der M-Klinik behandeln lassen will, hängt bestimmt mit den starken Eindrücken aus unserer Kindheit zusammen. Jetzt, wo ich es aufgegeben habe, wird niemand sie davon abhalten, denn mein Schwager ist wie üblich jedem Konflikt aus dem Weg gegangen.

„Ist doch gut und so schön nah", hat er gesagt. „Da kann ich zu Fuß hingehen."

Meine Schwester kehrte von der Untersuchung zurück, als ich gerade von der Arbeit kam. Wir begegneten uns im Flur.

„Was haben sie gesagt?"

„Eineinhalb Monate. Genau sechs Wochen."

„So exakt können die das bestimmen!"

„Ja, dank meiner Tabellen."

Während sie sprach, zog meine Schwester ihren Mantel aus und ging rasch ins Zimmer. Sie wirkte nicht sonderlich beeindruckt.

„Was gibt es zum Abendessen?“

„Bouillabaisse.“

„Aha.“

„Tintenfisch und Miesmuscheln waren im Angebot.“

Unsere Unterhaltung war so alltäglich, daß ich ganz vergaß, ihr zu gratulieren.

Aber wollte ich meiner Schwester und meinem Schwager überhaupt zu ihrem Kind gratulieren? Als ich das Wort im Wörterbuch nachschlug, stand da: „Gratulieren – frohe Teilnahme bekunden; Glück für die Zukunft wünschen“.

„An sich bedeutet das gar nichts“, murmelte ich, während ich mit dem Finger die Worte nachfuhr, die überhaupt keine Freude ausdrückten.

30. Dezember (Dienstag), 6 Wochen und 1 Tag

Schon als Kind hatte ich nichts für den 30. Dezember übrig. Den 31. konnte ich als letzten Tag des Jahres akzeptieren, aber diesen vorletzten Tag empfand ich als etwas Halbfertiges und Unvollständiges. Die Vorbereitungen für das Neujahrsessen, der Großputz, die Einkäufe waren noch nicht gemacht, und überhaupt war nichts richtig erledigt. In diesem häuslichen Durcheinander blieb mir nichts anderes übrig, als mich an die Hausaufgaben zu setzen, die wir über die Feiertage aufhatten.

Seit der Krankheit und dem darauffolgenden Tod meiner Eltern hat die einschneidende Bedeutung dieser Feiertage sowieso abgenommen. Daran hat auch der Einzug meines Schwagers nichts geändert.

Weil ich Semesterferien habe und mein Schwager Urlaub hat, saßen wir heute morgen in aller Ruhe beim Frühstück.

Mein Schwager hockte auf seinem Stuhl und blinzelte hinter seinen Brillengläsern.

„Selbst bei diesem winterlichen Licht sind meine Augen vor lauter Schlafmangel sehr empfindlich."

In der Morgensonne, die aus dem Garten unter den Tisch fiel, warfen unsere Hausschuhe Schatten auf den Boden.

„Ist wohl spät geworden gestern?" fragte ich.

Mein Schwager hat gestern an einer Jahresabschlußfeier in der Zahnklinik, in der er arbeitet, teilgenommen, und ich schlief schon, als er nach Hause kam.

„Ich habe gerade noch die letzte Bahn erwischt", sagte er und führte seine Kaffeetasse zum Mund. Mit dem Dampf breitete sich ein süßer Geruch über der Tischdecke aus.

Da mein Schwager eine Menge Sahne und Zucker in seinen Kaffee schüttet, riecht es bei uns am Frühstückstisch immer wie in einer Konditorei. Ich frage mich, wie er als Zahntechniker seinen Kaffee so süß trinken kann, ohne an Karies zu denken.

„Die letzte Bahn ist noch fürchterlicher als die morgens im Berufsverkehr, oder? Sie ist nicht nur voll, sondern die Fahrgäste sind auch noch betrunken."

Meine Schwester kratzte mit dem Messer auf ihrem Toast herum. Obwohl der gestrige Besuch beim Gynäkologen ihre Schwangerschaft bestätigt hatte, war keine Veränderung an ihr zu bemerken. Das erstaunte mich, ich hatte mit größerer Aufregung gerechnet, mit mehr Freude oder zumindest Verunsicherung. Normalerweise gerät sie wegen jeder Lappalie aus dem Häuschen – wenn ihr Friseur geschlossen hat, eine Nachbarskatze an Altersschwäche gestorben ist oder wegen irgendwelcher Reparaturen einen Tag lang das Wasser abgestellt wird. Dann rennt sie vor lauter Nervosität sofort zu Dr. Nikaido.

Mit welchen Worten sie wohl meinem Schwager von der Schwangerschaft erzählt hat? Ich habe keine Ahnung, wie die beiden sich unterhalten, wenn ich nicht dabei bin. Überhaupt habe ich kaum eine Vorstellung, was es bedeutet, ein Ehepaar zu sein. Dieser Zustand erscheint mir wie irgendein mysteriöses Gas zu sein. Ein form- und farbloses, flüchtiges Gas, das nicht vom transparenten Glas eines Laborfläschchens zu unterscheiden ist.

Meine Schwester stocherte mit der Gabel in ihrem Omelett herum und murrte, daß zu viel Pfeffer daran sei. Da sie sich immer übers Essen beschwert, tat ich, als hätte ich nichts gehört. Von den Zinken der Gabel tropfte Eidotter – wie gelbes Blut. Mein Schwager aß eine in Scheiben geschnittene Kiwi. Ich kann Kiwis nicht leiden, weil die schwarzen Samen mich immer an ein Insektennest erinnern. Die Kiwi war sehr reif und löste sich fast auf. Die Butter schwitzte derart in ihrer Dose, daß sich kleine Feuchtigkeitsperlen auf ihr bildeten.

Die beiden machten keine Anstalten, über die Schwangerschaft zu reden, also wollte ich auch nicht davon anfangen. Im Garten zwitscherten die Vögel. Hoch am Himmel schwebten Schleierwolken.

Niemand schien daran zu denken, daß heute der vorletzte Tag des Jahres war. Wir haben keine Kiefernzweige an der Tür, keine schwarzen Bohnen und keine Reiskuchen.

„Eigentlich sollten wir einen Großputz machen", sagte ich wie zu mir selbst.

„Du mußt dich jetzt schonen und darfst dich keinen unnützen Anstrengungen aussetzen", sagte mein Schwager zu meiner Schwester und leckte sich den Saft der Kiwi von den

Lippen. Er hat die Angewohnheit, im freundlichsten Ton die fürchterlichsten Gemeinplätze von sich zu geben.

3. Januar (Samstag), 6 Wochen und 5 Tage
Die Eltern meines Schwagers kamen zu Besuch und brachten einen Kasten mit Neujahrsleckereien mit. Es belastet mich, daß ich nie weiß, worüber ich mit ihnen reden oder wie ich sie nennen soll.

Da wir die ganzen Feiertage nur zu Hause verbracht haben und uns, wenn wir Hunger hatten, höchstens eine Fertigpizza aufgebacken oder einen Becher Kartoffelsalat aufgemacht haben, waren wir überwältigt von diesen Köstlichkeiten. Sie waren so ausgefallen und kunstvoll zubereitet, daß sie kaum wie etwas zu essen aussahen.

Wie immer fand ich, daß die Eltern meines Schwagers ausgesprochen nette Leute sind. Obwohl im Garten überall totes Laub herumliegt und der Kühlschrank bis auf einen Rest Apfelsaft und Frischkäse leer war, machten sie meiner Schwester keine Vorhaltungen, sondern freuten sich einfach nur über ihr zukünftiges Enkelkind.

Als sie gegangen waren, stieß meine Schwester einen tiefen Seufzer aus, warf sich aufs Sofa und erklärte, sie sei völlig erschöpft. Sie schlief auf der Stelle ein, so als hätte jemand sie ausgeknipst. In letzter Zeit schläft sie dauernd. Sie scheint im Schlaf zu versinken wie in einem tiefen, kühlen Sumpf. Ob das von ihrer Schwangerschaft kommt?

8. Januar (Donnerstag), 7 Wochen und 3 Tage
Mittlerweile leidet meine Schwester unter Schwangerschaftsübelkeit.

Ich wußte nicht, daß es so plötzlich kommt. Kurz vorher hatte sie noch betont, daß sie nichts dergleichen verspüre. Sie haßt es, in irgendeiner Weise wie alle anderen zu sein, und ist überzeugt, als einziger Mensch weder hypnotisiert noch betäubt werden zu können.

Als wir beide zu Mittag Makkaronigratin aßen, hielt sie sich plötzlich den Löffel vor die Nase und starrte ihn an.

„Findest du nicht, daß dieser Löffel komisch riecht?"

Für mich war es ein ganz normaler Löffel.

„Er riecht nach Sand." Sie schnupperte daran.

„Nach Sand?"

„Ja. Genauso hat es gerochen, wenn ich früher als Kind im Sandkasten gespielt habe. Ein trockener, rauher, dumpfer Geruch."

Sie legte den Löffel auf den Teller und wischte sich mit der Serviette den Mund ab.

„Ißt du nichts mehr?" fragte ich.

Sie schüttelte den Kopf und stützte das Kinn in die Hände. Auf dem Herd summte der Kessel. Meine Schwester sah mich wortlos an. Mir blieb nichts anderes übrig, als allein weiter zu essen.

„Findest du nicht, daß die weiße Soße des Gratins irgendwie an Verdauungssäfte erinnert?" murmelte meine Schwester.

Ich ignorierte sie und nahm einen Schluck Wasser.

„Wie sie so lauwarm an der Zunge klebt, und dann diese klumpige Konsistenz."

Sie saß mit rundem Rücken da und sah mich mit zur Seite gelegtem Kopf an. Ich stocherte mit meiner Löffelspitze in dem Gratin herum.

„Außerdem ist die Farbe irgendwie komisch. So satt und fettig."

Ich ignorierte sie weiter. Es war bewölkt, und ein kalter Winterwind rüttelte an den Scheiben. Auf der Edelstahltheke in der Küche standen noch der Meßbecher, die leere Milchtüte und die Kasserolle mit dem hölzernen Kochlöffel, die ich für die Zubereitung des Gratins gebraucht hatte.

„Die Makkaroni haben doch auch eine seltsame Form. Wenn ich auf so ein Röhrchen beiße, habe ich das Gefühl, auf Gedärmen herumzukauen. Schleimige Röhrchen, in denen Galle oder Sekrete aus der Bauchspeicheldrüse fließen."

Den Blick traurig auf den Mund meiner Schwester gerichtet, dem unaufhaltsam Worte entströmten, strich ich mit dem Finger über das Zierrelief auf meinem Löffel. Nachdem meine Schwester alles, was ihr durch den Kopf ging, gesagt hatte, erhob sie sich langsam und verließ den Raum. Das Gratin auf dem Tisch war zu einer starren weißen Masse erkaltet.

13. Januar (Dienstag), 8 Wochen und 1 Tag

Als meine Schwester mir das Foto zeigte, dachte ich an Regen, der aus einem eisigen Nachthimmel fällt.

Ansonsten sah es aus wie ein gewöhnliches Foto. Es hatte einen weißen Rand, und auf der Rückseite stand der Name des Herstellers. Dennoch wußte ich sofort, daß es kein gewöhnliches Foto war, als meine Schwester von einer Untersuchung nach Hause kam und es achtlos auf den Tisch legte.

Mir wurde fast schwindlig, als ich in die tiefe, klare Schwärze dieses Nachthimmels starrte, der wie von dunstigen Regenschleiern überzogen war. Inmitten dieser Schleier tat sich unvermittelt eine bohnenförmige Öffnung auf.

„Das ist mein Baby.“

Meine Schwester deutete mit ihrem manikürten Finger auf die Ecke des Bildes. Wegen ihrer Übelkeitsanfälle sah sie sehr blaß aus.

Als ich die bohnenförmige Höhlung genauer in Augenschein nahm, war mir, als hörte ich den feinen Regen, der die Nacht durchtränkte. Der Schatten in einem Winkel der Höhlung war das Baby. Er war so schwach, daß ein Windstoß genügt hätte, um ihn in den nächtlichen Abgrund zu wehen.

„Das ist der Grund für meine Übelkeitsanfälle.“

Meine Schwester hatte seit dem Morgen nichts gegessen und ließ sich erschöpft aufs Sofa fallen.

„Wie wird denn so ein Foto gemacht?“

„Keine Ahnung. Ich mußte mich nur auf eine Liege legen, und nach der Ultraschalluntersuchung hat der Arzt mir diesmal das Foto gegeben. Zur Erinnerung, hat er gesagt.“

„Stimmt, das ist wirklich mal eine Erinnerung!“

Ich nahm das Foto nochmals in Augenschein.

„Wie ist denn der Arzt in der M-Klinik?“

Bei dieser Frage fiel mir sofort der Farbgeruch an den Fensterrahmen ein.

„Er ist ein weißhaariger Herr in mittlerem Alter. Nicht gerade gesprächig. Außer ihm gibt es noch zwei Krankenschwestern, die überhaupt kein Wort reden. Sie sind auch nicht mehr ganz jung. Ungefähr in seinem Alter. Die beiden sehen sich so ähnlich, daß sie Zwillinge sein könnten. Es ist seltsam. Sie haben die gleiche Größe, die gleiche Frisur, die gleiche Stimme. Bis hin zu den Flecken auf ihren weißen Kitteln ist bei ihnen alles gleich. Ich kann sie noch immer nicht unterscheiden. In dem Untersuchungszimmer herrscht eine Stille, daß einem direkt die Ohren klingen. Außer ganz leisen Geräuschen wie dem Rascheln der Karteikarten, dem hellen Klicken der Pinzette und dem Geräusch, wenn sie die Spritzen aus der Schachtel nehmen, ist nichts zu hören. Die Schwestern und der Arzt brauchen nichts zu sagen, sie verständigen sich auch ohne Worte, durch Zeichen, die nur sie verstehen. Eine Geste oder ein Blick genügt, und sie reichen ihm, was er braucht – das Blatt mit dem Blutbild oder die Fieberkurve ... Ich finde es faszinierend, wie eingespielt sie sind."

Meine Schwester lehnte sich auf dem Sofa zurück und schlug die Beine übereinander.

„Hat sich das Krankenhaus verändert, seit wir dort gespielt haben?"

Meine Schwester schüttelte entschieden den Kopf.

„Überhaupt nicht. Ich bin auch den gleichen Weg gegangen, am Tor der Grundschule vorbei, und dann am Blumengeschäft abgebogen. Als ich das Schild sah, hatte ich den Eindruck, die Zeit sei stehengeblieben. Mit jedem Schritt, den ich näher kam, bis zu dem Moment, als ich den Türknauf umfaßte, steigerte sich das Gefühl, in die tiefste Vergangenheit zurückversetzt zu werden."

Selbst jetzt, wo sie zu Hause war, bekam meine Schwester kein bißchen Farbe. Ihre Wangen blieben bleich und durchsichtig.

„Nicht einmal das Untersuchungszimmer hat sich verändert. Ich konnte mich noch ganz genau an alles erinnern: die lange, schmale Vitrine mit den Medikamenten, der solide Holzstuhl, auf dem der Arzt sitzt, der Paravent aus Milchglas. Alles uralt und unmodern, aber gut gepflegt und sauber.

Im Untersuchungszimmer gibt es nur ein einziges nagelneues Stück. Weißt du, was das ist?“

Ich schüttelte den Kopf.

„Das Ultraschallgerät.“

Meine Schwester sprach das Wort langsam aus, als sei es von ganz besonderer Bedeutung.

„Vor der Untersuchung muß ich mich auf der Liege ausstrecken sowie Bluse und Unterhemd hochziehen, um meinen Bauch freizumachen. Dann kommt eine von den schweigsamen Krankenschwestern und drückt aus einer Tube – ein bißchen größer als eine Zahnpastatube – eine gelartige, transparente Masse auf meine nackte Haut und verstreicht sie. Das Gefühl in diesem Augenblick gefällt mir sehr. Das Zeug ist glatt und klar wie Gelatine. Es fühlt sich eigenartig an, als ob mein Bauch gestreichelt wird.“

Bevor sie weitersprach, stieß meine Schwester einen tiefen Seufzer aus.

„Dann drückt der Arzt einen kleinen Kasten, der wie eine Art Sender durch ein schwarzes Kabel mit dem Ultraschallgerät verbunden ist, auf meinen Bauch. Das Gel sorgt für perfekte Haftung. Und dann sieht man mein Inneres auf dem Bildschirm.“

Meine Schwester beschrieb mit ihrem Finger einen Kreis auf dem Foto.

„Wenn die Untersuchung beendet ist, wischt die Krankenschwester mit einem frischen Tuch aus Baumwollgaze meinen Bauch ab. Das ist eher ein trauriger Augenblick, denn ich würde dieses Gefühl gern länger genießen.“

Meine Schwester sprach ohne Pause.

„Danach gehe ich als erstes auf die Toilette und hebe meinen Rock hoch, um nachzuschauen, ob noch Gel an meinem Bauch klebt. Aber immer vergebens, es bleibt nichts zurück. Und wenn ich darüber streiche, fühlt er sich nicht mehr glatt an oder feucht und kühl. Dann bin ich jedesmal enttäuscht."

Meine Schwester seufzte.

Einer der Handschuhe, die sie gerade ausgezogen hatte, lag auf dem Boden. Draußen begann es zu schneien.

„Was ist das für ein Gefühl, von innen fotografiert zu werden?" fragte ich, während ich das Schneetreiben vor dem Fenster beobachtete.

„Ungefähr so, als würde er einen Gebißabdruck von mir nehmen."

„Dein Mann?"

„Ja, ein etwas peinliches, kitzliges, unheimliches Gefühl."

Danach verfiel sie in Schweigen. Meine Schwester hat die irritierende Angewohnheit, nach einem kaum zu bremsenden Redeschwall abrupt zu verstummen. Dieses Verhalten bedeutet, daß ihr etwas zu schaffen macht und sie unter nervlicher Anspannung steht. Bestimmt ist sie bald reif für Doktor Nikaido.

Zwischen uns beiden lag der blasse Schatten eines Föten, eingehüllt in nächtliche Dunkelheit.

28. Januar (Mittwoch), 10 Wochen und 2 Tage

Die Übelkeitsanfälle meiner Schwester haben sich verschlimmert. Sie ist niedergeschlagen, weil unabsehbar ist, ob sich ihr Zustand bessern wird. Auch weiß sie nicht, wie lange er überhaupt andauert.

Jedenfalls kann sie nichts essen. Ich schlug ihr alle Arten von Speisen vor, die mir einfielen, aber sie wollte keine davon. Ich kramte die Kochbücher hervor, die wir im Haus haben, und blätterte sie Seite für Seite mit ihr durch. Ohne Erfolg.

Es geht mir auf die Nerven, daß die Nahrungsaufnahme sich zu einem so mühseligen Akt entwickelt hat.

Wenn meine Schwester die Leere in ihrem Magen nicht mehr aushält, weil sie bohrende Schmerzen bekommt, sagt sie: „Ich muß irgend etwas zu mir nehmen." Nie spricht sie von „essen".

Heute entschied sie sich für ein Croissant. Es hätte nicht unbedingt ein Croissant sein müssen, um ihre Magenschmerzen zu beruhigen – eine Waffel oder ein paar Kartoffelchips wären genauso gut gewesen. Zufällig war jedoch vom Frühstück noch ein Croissant im Brotkorb übriggeblieben.

Meine Schwester brach ein Stück von dem halbmondförmigen Gebäck ab, steckte es sich in den Mund und schluckte es fast ohne zu kauen hinunter. Damit es ihr nicht im Hals steckenblieb, nahm sie angeekelt einen winzigen Schluck aus einer Dose mit einem Fitness-Getränk. Der ganze Vorgang hatte nichts von einer Mahlzeit an sich, sondern wirkte eher wie ein mystisches Ritual oder eine Askeseübung.

Mein Schwager entdeckt eine Zeitschrift nach der anderen mit Artikeln wie „Die Rolle des Ehemanns bei Schwangerschaftserbrechen" oder „Sonderteil: Wie ich meine Schwangerschaftsübelkeit überwinde". Es erstaunt mich, wie viele Zeitschriften über Schwangerschaft und Babys es gibt. „Verhinderung von Schwangerschaftstoxikose!", „Was Sie gegen Blutungen in der Schwangerschaft tun können" oder „Finanzierungsplan für die Niederkunft". Allmählich bin ich diese ganzen Probleme leid, die sich meiner Schwester stellen könnten.

Erstaunlicherweise hat mittlerweile auch mein Schwager den Appetit verloren, er stochert bei Tisch nur mehr mit der Gabel im Essen herum und bekommt kaum einen Bissen hinunter.

„Wenn es ihr schlecht geht, fühle ich mich eben auch mies“, versucht er sich zu rechtfertigen und seufzt.

Meine Schwester scheint sein schlechtes Befinden für Mitgefühl zu halten. Während sie an ihrem Croissant würgte, streichelte mein Schwager ihr den Rücken und hielt sich selbst dabei mit leidendem Ausdruck die Brust. Wie zwei verwundete kleine Vögel wichen die beiden einander nicht von der Seite, verschwanden schon früh im Schlafzimmer und kamen bis zum Morgen nicht mehr heraus.

Ich halte meinen Schwager für einen ziemlichen Jammerlappen. Es gibt keinen Grund für ihn, sich so hängen zu lassen. Es macht mich wütend, wenn ich an seine wehleidigen Seufzer denke. Litte ich unter Schwangerschaftsübelkeit, würde ich mir einen Mann wünschen, der trotzdem ein vollständiges französisches Menü bis auf den letzten Bissen verzehren kann.

6. Februar (Freitag), 11 Wochen und 4 Tage

Inzwischen esse ich immer allein. Dabei betrachte ich in aller Ruhe die Blumenbeete im Garten und die ziehenden Wolken. Ich trinke schon mittags Bier, rauche, obwohl das meiner Schwester verhaßt ist, und genieße die freie Zeit. Einsam fühle ich mich nicht. Ich glaube, alleine zu essen entspricht mir.

Als ich mir heute morgen in der Pfanne Eier mit Speck briet, kam meine Schwester die Treppe heruntergerannt.

„Was ist das für ein ekelhafter Geruch? Mach was dagegen!" schrie sie und raufte sich aufgeregt die Haare. Sie schien den Tränen nahe zu sein. Ihre nackten Füße, die aus ihrer Schlafanzughose hervorschauten, wirkten kalt und transparent wie Glas. Mit einer schroffen Handbewegung schaltete sie den Gasherd aus.

„Das sind ganz normale Spiegeleier mit Speck", sagte ich leise.

„Das ist überhaupt nicht normal. Dieser Gestank nach Fett, Eiern und Schwein zieht durchs ganze Haus. Man kriegt ja kaum noch Luft."

Meine Schwester stützte sich auf den Küchentisch und fing tatsächlich an zu weinen. Ratlos schaltete ich die Lüftung ein und öffnete das Fenster.

Ihr Schluchzen kam aus tiefster Seele. Direkt bühnenreif. Die Haare fielen ihr übers Gesicht, ihre Schultern bebten und ihre Stimme war tränenerstickt. Um sie zu trösten, legte ich ihr meine Hand auf die Schulter.

„Könnte ich es dir doch nur verständlich machen. Wenn ich morgens aufwache, dringen die schrecklichsten Gerüche auf grausamste Weise in meine Nase, meine Lunge, meinen Magen ein und drehen mir die Eingeweide um", stieß sie schluchzend hervor. „Warum erfüllen nur so viele Gerüche unser Haus? Ekelerregende Gerüche, die in jeden Winkel kriechen."

„Es tut mir so leid. Von jetzt an passe ich besser auf", sagte ich ängstlich.

„Es sind ja nicht nur die Eier mit Speck. Sondern auch die Pfanne, die Porzellanteller, die Seife im Bad, der Vorhang im Schlafzimmer – eben alle Gerüche. Der eine breitet sich widerlich aus wie Amöben, der nächste nebelt alles ein, der dritte verbindet sich mit ihnen ... es nimmt kein Ende."

Meine Schwester rieb ihr tränennasses Gesicht am Tisch. Die Hand auf ihrem Rücken, betrachtete ich ratlos das Muster auf ihrem Schlafanzug. Der Motor der Lüftung schien lauter zu sein als sonst.

„Weißt du, wie entsetzlich Gerüche sein können? Unentrinnbar. Erbarmungslos fallen sie über mich her. Ich möchte an einen geruchlosen Ort fliehen. In einen sterilen Raum im Krankenhaus. Dort würde ich mir alle Eingeweide aus dem Leib ziehen und sie so lange mit klarem Wasser ausspülen, bis sie ganz sauber sind."

„Ist ja gut, ist ja gut", murmelte ich.

Ich atmete tief ein. Gerüche konnte ich keine mehr ausmachen. Die Küche an einem frischen Morgen. Im Schrank reihten sich ordentlich die Kaffeetassen, das Küchentuch, das an der Wand hing, war blendend weiß und trocken. Im Fenster spiegelte sich ein eisblauer Himmel.

Ich weiß nicht genau, wie lange meine Schwester weinte. Vielleicht nur ein paar Minuten, vielleicht auch länger. Auf alle Fälle weinte sie sich richtig aus, hob dann mit einem tiefen Seufzer ihr Gesicht und sah mich an. Ihre Wimpern und Wangen waren naß, aber sie hatte sich wieder gefangen.

„Nicht, daß ich nicht essen wollte", sagte sie ruhig.

„Eigentlich würde ich am liebsten alles essen, mich vollstopfen wie ein Pferd. Ich bin richtig deprimiert und sehne mich nach der Zeit, als ich noch Appetit hatte. Ständig habe ich alle möglichen Phantasien. Ich sehe einen festlich gedeckten Tisch mit Rosen und im Kerzenschimmer funkelnden Weingläsern, eine dampfende Suppe oder ein Fleischgericht.

Natürlich alles geruchlos. Oder ich stelle mir vor, was ich als erstes esse, wenn die Übelkeitsanfalle aufhören. Obwohl ich mir unsicher bin, ob sie jemals weggehen werden. Ich male mir möglichst realistisch eine Seezunge à la Meuniere, Schweinerippchen oder einen Brokkoli-Salat aus. Ich komme mir selbst schon albern vor. Den ganzen Tag über denke ich an nichts anderes als ans Essen. Wie ein Kind im Krieg."

Meine Schwester wischte sich mit dem Schlafanzugärmel die Tränen ab.

„Das ist doch nicht albern. Du kannst doch nichts dafür", sagte ich.

„Danke", erwiderte meine Schwester mit geistesabwesender Miene.

„Von jetzt an versuche ich, die Küche nicht mehr zu benutzen, wenn du zu Hause bist."

Meine Schwester nickte.

In der Bratpfanne lagen verschrumpelt meine inzwischen völlig kalten Eier mit Speck.

10. Februar (Dienstag), 12 Wochen und 1 Tag

Mit der zwölften Woche beginnt der vierte Monat. Doch die Übelkeitsanfälle meiner Schwester sind geblieben. Sie kleben an ihr wie ein nasses Hemd.

Heute ist sie schließlich zu Doktor Nikaido gegangen. Mittlerweile spielen ihre Nerven, ihre Hormone und ihre Gefühle völlig verrückt.

Wie immer, wenn sie zu Doktor Nikaido geht, brauchte sie ewig, um sich für ihre Garderobe zu entscheiden. Auf ihrem Bett lagen alle möglichen in Frage kommenden Mäntel, Röcke, Pullover und Schals. Außerdem schminkte sie sich sorgfältiger als sonst. Ich fürchtete fast, daß mein Schwager eifersüchtig werden würde, wenn er sie so sah.

Durch ihre Übelkeitsanfälle ist meine Schwester sehr schlank geworden. Die schmalen Wangen und das spitze Kinn stehen ihr gut und lassen sie noch attraktiver erscheinen. Kein Mensch käme auf die Idee, daß sie schwanger ist.

Ich habe Doktor Nikaido einmal kennengelernt, als er meine Schwester bei einem Taifun nach Hause begleitete. Er ist ein Mann in mittleren Jahren mit einem nichtssagenden Durchschnittsgesicht, ohne besondere Merkmale wie fleischige Ohrläppchen, grobe Finger oder einen kräftigen Hals. Wie er so still und mit gesenktem Blick hinter meiner Schwester stand, machte er einen ziemlich verlorenen Eindruck, der durch seine regennassen Haare und hängenden Schultern noch verstärkt wurde.

Ich habe keine Ahnung, welche Arten von Therapie Doktor Nikaido anwendet, aber laut Auskunft meiner Schwester führt er psychologische Tests durch, arbeitet mit Hypnose und Medikamenten. Sie ist bereits seit ihrer Schulzeit, also über zehn Jahre, regelmäßig bei Doktor Nikaido in Behandlung. Trotzdem scheint sich ihr Nervenleiden keineswegs gebessert zu haben. Ihre Krankheit verläuft wechselhaft und treibt ziellos dahin, wie Meeresalgen, die nie an friedliche Gestade gelangen.

Dennoch behauptet meine Schwester, sich während ihrer Therapiesitzungen körperlich entspannt zu fühlen.

„Es ist so ähnlich, wie beim Friseur die Haare gewaschen zu bekommen. Nichts genieße ich so sehr, wie wenn sich jemand um mein körperliches Wohlbefinden kümmert", erklärte sie und schloß dabei halb die Augen, als ob allein der Gedanke daran zu ihrer Entspannung beitrug.

Ich kann mir nicht vorstellen, daß Doktor Nikaido ein herausragender Psychologe ist. Dafür wirkte sein Blick, als er am Abend des Taifuns wortlos im Flur herumstand, zu ängstlich, eher wie der eines Patienten als der eines Arztes. Wie er es wohl schafft, die labilen Nerven meiner Schwester zu beruhigen?

Die Sonne ging unter, und ein goldener Mond zog herauf, aber meine Schwester war immer noch nicht zurück.

„An einem so kalten Abend sollte sie vielleicht nicht draußen herumlaufen", murmelte mein Schwager wie zu sich selbst. Kaum hielt ihr Taxi vor der Haustür, rannte er ihr auch schon entgegen.

Sie nahm ihren Schal ab und begrüßte uns. Ihre Augen und Wimpern glitzerten kalt. Sie wirkte viel ruhiger als am Morgen.

Aber sie kann noch so oft zu Doktor Nikaido gehen, ihre Übelkeitsanfälle hören einfach nicht auf.

1. März (Sonntag), 14 Wochen und 6 Tage

Mir ist plötzlich bewußt geworden, daß ich mir noch gar keine Gedanken über das Baby gemacht habe, das bald auf die Welt kommt. Vielleicht sollte ich über sein Geschlecht, seinen Namen und seine Wäsche nachdenken. Normalerweise macht das ja auch Spaß.

In meiner Gegenwart sprechen meine Schwester und mein Schwager nie über das Baby. Sie benehmen sich, als hätte die Schwangerschaft mit dem Umstand, daß im Bauch meiner Schwester ein Kind heranwächst, nichts zu tun. Deshalb ist das Baby für mich auch so wenig greifbar.

Inzwischen ist „Chromosom" mein Schlüsselwort für das Kind geworden, mit dem es für mich Gestalt annimmt.

Ich habe einmal in einer Wissenschaftszeitung eine Fotografie von Chromosomen gesehen. Sie sahen aus wie paarweise untereinander angeordnete Zwillingslarven von Schmetterlingen. Die länglich-ovalen Larven hatten exakt die richtige Form, um sie mit Daumen und Zeigefinger zu greifen. Die kleine Verengung in der Mitte und die feuchte Oberfläche waren sehr plastisch zu erkennen. Jedes Paar hatte eine individuelle Form. Es gab wie ein Stockgriff gebogene, parallel nebeneinander ausgerichtete oder wie siamesische Zwillinge am Rücken zusammengewachsene Paare.

Sobald ich an das Baby meiner Schwester denke, sehe ich diese Zwillingslarven vor mir. In meiner Vorstellung hat ihr Kind die Form eines Chromosoms.

14. März (Samstag), 16 Wochen und 5 Tage
Obwohl meine Schwester schon im fünften Monat ist, sieht man noch kein bißchen Bauch. Nachdem sie wochenlang nur von Croissants und Fitness-Getränken gelebt hat, hat sie sogar abgenommen. Wenn sie nicht in die Klinik oder zu Doktor Nikaido geht, liegt sie wie eine Schwerkranke im Bett.

Ich bemühe mich, möglichst keine Gerüche zu verursachen. Alle Seifen habe ich gegen unparfümierte ausgetauscht, Gewürze wie Paprika, Thymian und Salbei luftdicht in Dosen verschlossen und ihre sämtlichen Kosmetika von ihrem Zimmer in meines geräumt. Weil ihr nun auch vom Geschmack der Zahnpasta übel wird, hat mein Schwager eine Munddusche besorgt. Natürlich koche ich nicht, wenn meine Schwester zu Hause ist. Wenn es unbedingt sein muß, nehme ich den Reiskocher, die Mikrowelle und die Kaffeemühle mit in den Garten, breite eine Matte aus und esse dort.

Mir wird ganz friedlich ums Herz, wenn ich allein dort sitze und beim Essen den Abendhimmel betrachte. Obwohl der Frühling gerade erst begonnen hat, ist der Wind auch nach Einbruch der Dunkelheit mild und überhaupt nicht kalt. Während meine Hände und meine auf der Matte ausgestreckten Füße im Licht der Dämmerung verschwimmen, kann ich das Aufblitzen der kleinen Sterne, die Mimosen und die Backsteinumrandung der Blumenbeete noch ganz deutlich erkennen. Außer dem Gebell eines Hundes in der Ferne höre ich keinen Laut.

Wenn ich es schließlich geschafft habe, den Reiskocher im Garten anzuschließen, steigt weißer Dampf auf und verschmilzt mit der Dunkelheit. Anschließend erhitze ich mir in der Mikrowelle ein Fertig-Ragout. Jeder Windstoß wirbelt den Dampf hoch hinauf in den Abendhimmel und bringt die Pflanzen zum Schwanken.

Eine Mahlzeit im Garten nimmt mehr Zeit in Anspruch. Ständig droht das Geschirr auf der Matte umzukippen, und wenn ich mir das Ragout auf den Teller schöpfe, muß ich aufpassen, daß ich nichts verschütte. Eigentlich ist es wie ein Spiel. Zudem scheint die Zeit im Dunkeln langsamer zu vergehen. Aus dem Zimmer meiner Schwester oben im ersten Stock dringt gedämpftes Licht. Ich stelle mir vor, wie sie von allen möglichen Gerüchen umzingelt auf dem Bett kauert, öffne weit den Mund und nehme mit dem Ragout einen großen Bissen der nächtlichen Dunkelheit in mir auf.

22. März (Sonntag), 17 Wochen und 6 Tage

Die Eltern meines Schwagers brachten etwas Sonderbares mit, das in ein Furoshiki eingeschlagen war. Auch nachdem die Mutter es sorgsam ausgewickelt hatte, konnte ich mir nicht vorstellen, was es sein sollte. Es war ein fünfzig Zentimeter breites, längliches, weißes Stück Stoff. Eine bessere Beschreibung fällt mir nicht ein.

Als mein Schwager es ausbreitete, entdeckte ich am Rand das aufgestempelte Bild eines Hundes. Er sah wachsam aus und hatte die Ohren gespitzt.

„Das heißt, heute ist der Tag des Hundes im fünften Monat", sagte meine Schwester mit schwacher Stimme, ohne sich auch nur im geringsten vor ihren Schwiegereltern zusammenzureißen.

„Vielleicht findet ihr so etwas albern, aber es soll Glück bringen", sagte die Mutter und reihte einen Bambusstab, ein Bündel roter Fäden und ein Silberglöckchen vor uns auf. Zum Schluß zeigte sie uns ein Faltblatt mit einer Erklärung, wie man diese Dinge einsetzt, um für eine leichte Geburt zu beten.

„Sogar eine Gebrauchsanweisung ist dabei", sagte ich beeindruckt.

„Im Schrein verkaufen sie das als Set", sagte die Mutter lächelnd.

Ich fürchtete, der weiße Farbstoff des Tuches oder der rätselhafte Bambusstab könnten Gerüche verströmen. Meine Schwester strich mit ihren schlanken Fingern über die Vorderseite des Faltblatts.

Zu fünft nahmen wir die Sachen in Augenschein, nickten, drehten sie hin und her und läuteten mit dem Glöckchen.

Kaum waren ihre Schwiegereltern gegangen, verlor meine Schwester jegliches Interesse an dem Set und verkroch sich im Schlafzimmer. Mein Schwager wickelte die Gegenstände einen nach dem anderen wieder ein. Das Glöckchen bimmelte schwach.

„Was bedeutet eigentlich dieser Stempel mit dem Hund?“ fragte ich meinen Schwager.

„Hunde bekommen viele Junge und haben eine leichte Geburt. Er soll Glück bringen.“

„Unterscheidet man denn bei Tieren zwischen leichter und schwerer Geburt?“

„Anscheinend.“

„Bei Hunden ist die Geburt wohl so leicht, wie wenn Erbsen aus der Schote platzen?“

„Ja, vielleicht.“

„Warst du schon einmal dabei, als ein Hund Junge bekommen hat?“

„Nein.“

Mein Schwager schüttelte den Kopf, während der auf dem Tuch aufgestempelte Hund uns anstarrte.

31. März (Dienstag), 19 Wochen und 1 Tag

Ich mußte früh aufstehen, weil der Supermarkt, in dem ich heute gearbeitet habe, weit entfernt liegt. Auf dem Weg zum Bahnhof hüllte mich dicker Morgennebel ein, so daß meine Wimpern feucht und kalt wurden.

An meinem Job gefällt mir, daß ich in Gegenden arbeite, wo ich noch nie gewesen bin und in die ich auch nie wieder kommen werde. Meist gibt es dort eine Bahnschranke, einen Fahrradständer und eine Bushaltestelle. Außerdem geben mir die fremden Leute in irgendwelchen Vorstadt-Supermärkten immer das Gefühl, auf einer Reise zu sein.

Ich zeige meinen Ausweis von der Teilzeitfirma und betrete den Supermarkt durch den Hintereingang, der wegen des Durcheinanders von Kartons, Gemüseabfällen und nassen Plastikplanen meist ziemlich desolat wirkt. Trübes Neonlicht empfängt mich. Der Wachmann, dem ich meinen Ausweis zeige, nickt mürrisch.

Da die Regale noch zugedeckt sind, bevor der Supermarkt aufmacht, und nur eine Notbeleuchtung brennt, sieht es innen genauso trübselig aus wie draußen beim Hintereingang. Alles, was ich für meine Arbeit brauche, trage ich in einer Tasche bei mir. Als erstes schaue ich mich auf der Suche nach dem geeigneten Platz für meine Arbeit im Verkaufsraum um. Heute hatte ich mich für den Gang zwischen der Gefriertruhe und der Fleischtheke entschieden. Ich baue mir einen Vorführungstisch aus Pappkartons, die ich mir am Hintereingang geben lasse, und lege eine geblümte Tischdecke darüber. Dann stelle ich Teller mit Kräckern darauf, nehme eine Schüssel und schlage mit einem Schneebesen die Sahne.

Daß der Schneebesen dabei in jedem Winkel des totenstillen Marktes zu hören ist, ist mir immer etwas peinlich. Auch heute wich ich den Blicken der Angestellten aus, die sich zur morgendlichen Besprechung an der Käsetheke versammelt hatten, und konzentrierte mich ganz auf meinen Tisch.

Der Supermarkt war frisch renoviert, und Boden und Decke glänzten blitzsauber. Ich verteilte die Sahne auf die Kräcker und bot sie den Kunden an. Der Spruch, den ich dazu aufsagen muß, steht im Handbuch der Firma.

„Heute gibt es Schlagsahne im Sonderangebot. Probieren Sie doch bitte. Wie wäre es mal mit einer selbstgemachten Torte?“ Abgesehen von diesen Sätzen spreche ich fast nichts.

Die verschiedensten Leute – eine Frau in Sandalen, ein

Jugendlicher im Trainingsanzug, eine Filipina mit krausem Haar – gehen vorbei und nehmen sich Kräcker von dem Teller, den ich ihnen anbiete. Manche fragen leise, um wieviel billiger als sonst die Sahne sei, während andere die Packung wortlos in ihren Einkaufskorb legen.

Ich bedenke alle mit dem gleichen Lächeln. Die Anzahl der verkauften Sahnepackungen hat keinen Einfluß auf meine Bezahlung. Es ist leichter, unterschiedslos alle anzulächeln, egal was für Leute es sind.

Die erste, die heute einen Kräcker kostete, war eine alte, gebückte Frau. Um den Hals trug sie einen Schal, der an ein Handtuch erinnerte, und in ihrer linken Hand baumelte ein brauner Stoffbeutel. Sie war so unauffällig, daß man sie zwischen all den Menschen leicht übersehen konnte.

„Darf ich probieren?" fragte sie zögernd.

„Ja, bitte", antwortete ich freundlich.

Zuerst starrte sie den Teller an, als sei er etwas sehr Seltsames. Dann streckte sie langsam den Arm aus, griff mit ihren knochigen Fingern nach einem Kräcker und warf ihn unnatürlich hastig in ihren Mund, den sie wie ein Kind weit aufriß. Als sie ihn wieder zumachte, schlossen sich auch ihre Augen.

Um uns herum stapelten sich unzählige Waren. Hinter ihr lag ordentlich sortiert das Fleisch, in Scheiben, als ganze Stücke oder Gehacktes. Hinter mir lagerten gefrorene Brechbohnen, Blätterteig und Kroketten im Eis. Überall reihten sich übermannshohe Regale aneinander, von denen jedes einzelne mit Lebensmitteln vollgestopft war. Der Vorrat an Frischgemüse, Milchprodukten, Süßigkeiten und Gewürzen schien unerschöpflich. Wenn man zwischen den Regalen stand und hinaufschaute, konnte einem schwindlig werden. Unzählige Menschen mit Einkaufskörben strömten auf der Suche nach Lebensmitteln durch die Gänge, als trieben sie im Wasser.

Ich finde es erschreckend, ja unheimlich, daß all diese Dinge der menschlichen Ernährung dienen und die Menschenmenge sich ausschließlich zum Zweck der Nahrungssuche versammelt hat.

Ich mußte an die trübsinnigen Blicke denken, mit denen meine Schwester ihr Croissant betrachtete, bevor sie winzige Stückchen von der Spitze des Halbmonds abbrach. Dann sah ich ihr weinerliches Gesicht beim Schlucken und die weißen Krümel auf dem Tisch vor mir.

Als die alte Frau den Kräcker aß, konnte ich ganz kurz ihre Zunge sehen. Obwohl die Frau ansonsten ziemlich gebrechlich wirkte, war diese leuchtend rot, als ob ihre rauhe Oberfläche ungeachtet der Dunkelheit der Mundhöhle das Licht reflektierte.

Geschmeidig nahm die Zunge den weißen Sahnefleck auf.

„Darf ich noch einen nehmen?"

Sie beugte sich vor und schlenkerte mit ihrem Stoffbeutel. Da es eher selten vorkommt, daß jemand zwei Stücke probiert, war ich etwas verwirrt, faßte mich aber sofort wieder und sagte lächelnd: „Bitte, bitte." Mit einer einzigen fließenden Bewegung ergriff sie genau wie beim ersten Mal den Kräcker mit ihren runzligen Fingern, öffnete weit den Mund und warf ihn hinein, wobei kurz ihre rote Zunge sichtbar wurde. Es war eine sehr vitale Art zu essen, voller Rhythmus und Schwung.

„So, ich nehme mal eine", sagte sie und legte eine Packung in ihren Korb.

Ich bedankte mich und stellte mir vor, wie sie zu Hause die Sahne essen würde. Ihre unauffällige Gestalt ging sofort in der Menge unter.

16. April (Donnerstag), 21 Wochen und 3 Tage

Heute hat meine Schwester zum ersten Mal ein Umstandskleid getragen. Allein dadurch entstand der Eindruck, daß sich ihr Bauch auf einmal wölbte, obwohl ich, als sie mich den Bauch selbst anfassen ließ, keine Veränderung spüren konnte. Es war kaum zu glauben, daß unmittelbar jenseits meiner Hand ein menschliches Wesen heranwuchs.

Meine Schwester schien sich nicht an das Umstandskleid gewöhnen zu können und band sich permanent die Schleife neu.

Ebenso plötzlich, wie sie begonnen hatten, hörten die Übelkeitsanfalle wieder auf.

Heute morgen stand sie, nachdem sie meinen Schwager verabschiedet hatte, gegen das Geschirregal gelehnt in der Küche. Ich war verblüfft, denn die Küche ist ihr, seit die Übelkeitsanfälle eingesetzt haben, richtig verhaßt.

Die Küche war vollkommen aufgeräumt, weil wir schon so lange nichts mehr gekocht haben. Alle Geräte standen ordentlich an ihrem Platz, die Edelstahltheke war trocken und die Spülmaschine leer. Der ganze Raum wirkte steril wie ein Küchenstudio.

Meine Schwester schaute sich um und setzte sich an den Küchentisch. Früher hätten Flaschen mit Sojasoße oder Ketchup herumgestanden oder eine angebrochene Kekspackung, aber jetzt gab es nichts dergleichen. Wortlos sah meine Schwester mich an. Der Saum ihres Umstandskleids hing ihr bis an die Knöchel.

„Möchtest du ein Croissant?“ fragte ich vorsichtig, um sie nicht zu reizen.

„Bitte, nerv mich jetzt nicht mit so schrecklichem Zeugs wie Croissants“, sagte sie.

Ich nickte folgsam.

„Ich möchte mal was Richtiges essen“, fuhr sie mit leiser Stimme fort.

„In Ordnung.“

Während ich überlegte, wieviel Wochen vergangen waren, seit meine Schwester von sich aus etwas zu essen verlangt hatte, öffnete ich eilig den Kühlschrank.

Er war leer. Man konnte nichts sehen außer dem Licht der Innenlampe. Seufzend schloß ich die Tür.

Als nächstes sah ich im Vorratsschrank nach, der genauso leer war. Kein ernstzunehmendes Nahrungsmittel war in Sicht.

„Haben wir was?“ fragte meine Schwester besorgt.

„Nur ein Tütchen Blattgelatine, eine halbe Tüte Mehl, getrocknete Judasohren, Lebensmittelfarbe, Hefe, Vanillearoma …“

Ich stöberte zwischen den Tüten, Dosen und Flaschen herum. Als zwei übriggebliebene Croissants zum Vorschein kamen, versteckte ich sie sofort.

„Ich will etwas essen“, sagte meine Schwester fest, als hätte sie einen wichtigen Entschluß gefaßt.

„Warte, es muß hier doch irgend etwas Eßbares geben.“

Ich steckte meinen Kopf in den Vorratsschrank und durchsuchte ihn von oben bis unten. Im untersten Fach entdeckte ich noch eine Tüte Rosinen zum Kuchenbacken. Das Herstellungsdatum lag zwei Jahre zurück, und sie waren verschrumpelt wie die Augäpfel einer Mumie.

„Magst du die essen?“ Ich zeigte meiner Schwester die Tüte mit den Rosinen. Sie nickte.

Ich wunderte mich, daß sie die harten Dinger mit so gleichmütigem Gesicht in sich hineinstopfte. Mechanisch griff sie immer wieder in die Tüte und kaute gierig mit mahlendem Kiefer. Sie konzentrierte sich sowohl körperlich als auch geistig völlig auf die Nahrungsaufnahme. Die letzte Rosine steckte sie sich, nachdem sie sie kurz betrachtet hatte, liebevoll und bedächtig in den Mund.

In diesem Moment wurde mir klar, daß ihre Übelkeitsanfälle vorüber sind.

1. Mai (Freitag), 23 Wochen und 4 Tage

Die fünf Kilo, die meine Schwester während der vergangenen vierzehn Wochen verloren hat, hat sie innerhalb von zehn Tagen wieder zugenommen.

Solange sie wach ist, ißt sie. Entweder sitzt sie am Tisch und ißt, oder sie hat eine Tüte mit Knabbergebäck in der Hand, sucht den Dosenöffner oder stöbert im Kühlschrank herum. Ihr gesamtes Dasein wird nun offenbar von ihrem Appetit beherrscht.

Essen ist so lebensnotwendig wie Atmen für sie geworden. Sie ißt gierig und unaufhörlich, wobei ihre Augen ausdruckslos und starr auf irgendeinen Punkt gerichtet sind. Ihre Lippen bewegen sich dynamisch und kraftvoll wie die Schenkel eines durchtrainierten Leichtathleten. Wie zu Zeiten der Übelkeitsanfälle beobachte ich sie auch jetzt mit großem Erstaunen.

Sie bekommt plötzlich Appetit auf die unmöglichsten Dinge. An einem Abend wollte sie Mispelsorbet. Draußen regnete es dermaßen, daß der Garten durch das aufspritzende Wasser ganz weiß aussah. Es war fast Mitternacht, und wir waren alle drei schon im Schlafanzug. In unserer Nähe gibt es kein Geschäft, das um diese Zeit noch geöffnet hat, und vor allem hatte ich keine Ahnung, ob es so etwas wie Mispelsorbet überhaupt gibt.

„Beim Mispelsorbet liegt das goldgelbe Fruchtfleisch in mehreren Schichten wie Glasscherben übereinander", erklärte meine Schwester.

„Heute abend ist es schon zu spät, aber morgen mache ich mich auf die Suche", versprach mein Schwager.

„Nein. Wenn ich es nicht jetzt kriege, dann brauche ich es nicht mehr. Ich kann an nichts anderes mehr denken. Ich kriege kaum noch Luft. So kann ich nicht schlafen", jammerte meine Schwester.

Resigniert kehrte ich den beiden den Rücken zu und setzte mich aufs Sofa.

„Es muß ja vielleicht nicht unbedingt Mispelsorbet sein. Orange oder Zitrone könnte man sicher in einem Supermarkt bekommen", sagte mein Schwager und griff nach dem Autoschlüssel.

„Willst du bei dem Regen noch mal raus?" rief ich bestürzt.

„Etwas anderes will ich nicht. Ich will die weiche, zarte Haut, den goldenen Flaum und den feinen Duft von Mispeln. Nicht ich bin es, die sich danach sehnt. Meine Schwangerschaft ist es. Ich kann nichts dafür", sagte sie, ohne mich zu beachten.

Das Wort Schwangerschaft sprach sie angeekelt aus, als handelte es sich um den Namen einer grotesken, haarigen Raupe.

Um meine Schwester zu beruhigen, legte mein Schwager den Arm um ihre Schulter und machte verschiedene Vorschläge.

„Wie wäre es mit Eiscreme?"

„Schokolade vielleicht?"

„Morgen gehe ich in die Lebensmittelabteilung von einem großen Kaufhaus."

„Nimm doch das Medikament von Doktor Nikaido, und dann gehen wir schlafen."

Nervös spielte mein Schwager mit dem Autoschlüssel.

Es ärgerte mich, daß er meine Schwester so ängstlich ansah.

Drei Erwachsene, die mitten in der Nacht über Mispelsorbet diskutieren, bieten einen lächerlichen Anblick. Es ist mir unbegreiflich, wie es zu so etwas kommen kann. Wie wir es auch drehten und wendeten, woher wir Mispelsorbet nehmen sollten, fiel uns nicht ein.

16. Mai (Samstag), 25 Wochen und 5 Tage

Manchmal denke ich über die Beziehung meines Schwagers zur Schwangerschaft meiner Schwester nach. Über den Einfluß, den er auf die Schwangerschaft hat. Falls es überhaupt einen gibt.

Mein Schwager beobachtet meine Schwester weiterhin mit einer gewissen Ängstlichkeit. Wenn meine Schwester seelisch angeschlagen ist, blinzelt er nervös und stottert fortwährend sinnlose Laute wie „aha" und „hm", um sie am Ende ratlos in die Arme zu schließen. Überzeugt davon, daß es genau das ist, was sie sich wünscht, setzt er dabei eine bemüht liebevolle Miene auf.

Von Anfang an ist mir diese Schwäche meines Schwagers aufgefallen. Das erste Mal bin ich ihm in der Zahnklinik begegnet. Er hatte meine Schwester, während sie miteinander ausgingen und auch als sie schon verlobt waren, nie nach Hause gebracht. Daher lernte ich ihn erst kennen, als ich Zahnschmerzen bekam und meine Schwester mir die Klinik empfahl, in der er arbeitet.

Die Ärztin, die mich behandelte, war eine gesprächige Frau in mittleren Jahren. Sie fragte mich gleich aus, als sie erfuhr, daß meine Schwester die Verlobte ihres Zahntechnikers war. Da mein Mund voller Speichel war, mußte ich ihn beim Antworten möglichst geschlossen halten, was ich schrecklich anstrengend fand.

Als von dem Zahn, der eine Krone bekommen sollte, ein Abdruck gemacht werden mußte, betrat mein Schwager das Behandlungszimmer. Als Zahntechniker trug er einen kürzeren weißen Kittel als die Ärztin. Er war dünner als jetzt und hatte längere Haare. Ich spürte seine Nervosität, als er vor mir stand und mich begrüßte. Durch die Gesichtsmaske klang seine Stimme gedämpft. Da ich bereits auf dem Behandlungsstuhl lag, wußte ich nicht recht, welche Haltung ich zur Begrüßung einnehmen sollte, und nickte ihm nur zu.

„Darf ich nun den Abdruck machen?“ fragte er in übertrieben höflichem Ton und beugte sich über mein Gesicht. Da es sich um einen hinteren Backenzahn handelte, mußte ich den Mund möglichst weit öffnen. Er kam ganz nah an mein Gesicht heran, und als er seine Hand in meinen Mund steckte, fühlte ich seine feuchten, nach Desinfektionsmittel riechenden Finger auf meinem Zahnfleisch. Ganz deutlich vernahm ich seinen Atem hinter der Maske.

Die Ärztin war zu einem anderen Patienten ins Nebenzimmer gegangen. Begleitet vom Geräusch des Bohrers ertönte ihre helle Stimme.

„Ihre Zähne haben eine sehr schöne Farbe", sagte mein Schwager, während er arbeitete.

Ob die Farbe meiner Zähne gut oder schlecht war, wußte ich nicht, und weil ich den Mund offen hatte, konnte ich sowieso nicht sprechen.

„Außerdem haben Sie sehr gerade Zähne. Jeder Zahn ist perfekt ins Zahnfleisch eingebettet", murmelte er. „Die Farbe des Zahnfleischs ist auch gesund. Frisch und rosig."

Mir war unklar, warum er seine Eindrücke vom Inneren meines Mundes so genau schilderte. Es paßte mir nicht, daß meine Zähne und mein Zahnfleisch derart begutachtet wurden.

Nachdem er meine Zähne untersucht hatte, setzte er sich auf einen Drehstuhl und nahm von einem Wagen mit Utensilien und Medikamentenfläschchen ein kleines Glasplättchen, auf das er ein rosa Pulver streute. Die Farbe leuchtete auf dem Boden des milchigen Glases.

Das grelle Licht der riesigen runden Zahnarztlampe schien heiß auf mein Gesicht. Mehrere Bohrerspitzen lagen nebeneinander auf einem Seitentischchen. Der silberfarbene Mundspülbecher lief über.

Er träufelte eine Flüssigkeit aus einem Tiegel auf das Glasplättchen und verrührte sie schnell mit einem Spatel. Die Bänder seiner Maske hingen lose hinter seinen Ohren. Unruhig huschten seine Augen zwischen meinen Zähnen und dem Plättchen hin und her.

„Dieser mickrige Kerl mit Maske im weißen Kittel will

meine Schwester heiraten?“ dachte ich, während ich beobachtete, wie die rosa Masse auf dem Glasplättchen nach und nach dickflüssig wurde. Ich fand das Wort „heiraten“ unnatürlich und versuchte es durch „mit meiner Schwester zusammen sein“ oder „meine Schwester lieben“ oder „mit meiner Schwester schlafen“ zu ersetzen, aber keine der Formulierungen wollte so recht passen. Der Spatel verursachte ein unangenehm schabendes Geräusch auf dem Glas. Unbeirrt rührte er weiter.

Als die Mischung schließlich die Konsistenz von Knetmasse hatte, nahm er sie mit Zeige- und Mittelfinger auf und preßte sie auf meine Backenzähne, während er mit den übrigen Fingern meinen Mund aufhielt. Die geschmacksneutrale Masse fühlte sich kühl auf der Zunge an. Er strich mit den Fingerspitzen mehrmals über die Mundschleimhaut. Am liebsten hätte ich mit aller Kraft in seine Finger und die rosa Masse gebissen.

28. Mai (Donnerstag), 27 Wochen und 3 Tage
Je mehr meine Schwester ißt, desto dicker wird ihr Bauch. Ich habe zwar schon öfter Schwangere gesehen, aber so genau konnte ich die körperlichen Veränderungen noch nie verfolgen. Deshalb betrachte ich meine Schwester mit großem Interesse.

Direkt unterhalb der Brust beginnt sich ihr Bauch dramatisch zu wölben. Er fühlt sich härter an als vermutet, wodurch ein lebhafter Eindruck dessen entsteht, was im Innern Gestalt annimmt. Die Wölbung ist nicht symmetrisch, sondern leicht verschoben. Ich finde das alles ziemlich gruselig.

„Jetzt ist die Phase erreicht, in der sich bei dem Embryo die Augenlider trennen und die Nasenlöcher herausbilden. Bei einem Jungen wächst das Geschlechtsteil, das bisher in der Bauchhöhle war, nach außen."

Meine Schwester spricht ganz nüchtern von ihrem Baby. Dennoch klingen Worte wie Embryo, Bauchhöhle und Geschlechtsteil aus dem Mund einer werdenden Mutter irgendwie unpassend, was ihre Verwandlung um so unheimlicher macht.

Vermehren sich die Chromosomen vorschriftsmäßig? Ob es in ihrem Bauch inzwischen von zahllosen Zwillingslarven wimmelt?

Heute ist bei der Arbeit ein kleiner Unfall passiert. Ein Angestellter mit einem Wagen voller Eierkartons ist auf einem Salatblatt ausgerutscht und hat dabei die gesamten Eier zerbrochen. Es geschah direkt neben meinem Vorführtisch, die Eier klatschten mir nur so vor die Füße. Der ganze Boden schwamm vor glibberigem rohem Ei. Auf dem Salatblatt, auf das der Angestellte getreten war, zeichnete sich der Abdruck seines Turnschuhs ab. Einige Eier fielen auch auf den Obststand, so daß die Äpfel, Melonen und Bananen völlig verklebt waren.

Der Marktleiter schenkte mir eine Tüte mit unverkäuflichen Grapefruits, die ich dankbar annahm, denn im Augenblick können wir alles Eßbare gut gebrauchen.

Als ich die Grapefruits auf den Tisch legte, hatte ich den Eindruck, daß sie immer noch nach Ei rochen. Es waren große, sehr gelbe, glatte Früchte aus Amerika. Ich beschloß, Marmelade daraus zu kochen.

Es war eine Menge Arbeit, sie zu schälen und das Fruchtfleisch herauszutrennen. Meine Schwester und mein Schwager waren in ein chinesisches Restaurant gegangen. Vor dem Fenster brach langsam die Nacht an, die einzigen Laute waren das Klappern des Messers und der Töpfe.

Klebriger Saft rann mir über die Finger, und im Schein der Küchenlampe trat die Struktur des Fruchtfleisches besonders hervor. Wenn der Zucker, den ich darüber streute, zerging, glänzte es noch mehr. Eine ganze Menge der hübschen halbrunden Segmente waren schon im Topf angehäuft.

Die dicken, wahllos herumliegenden Schalen wirkten nutzlos und fehl am Platz. Also schälte ich die weißen Teile ab und schnitt das Gelbe in feine Streifen. Dabei spritzte der Saft über das Messer, meine Hände und das Küchenbrett. Die Schale hat ein regelmäßiges Porenmuster, das an menschliche Haut unter dem Mikroskop erinnert.

Nachdem ich den Topf aufgesetzt hatte, ließ ich mich erleichtert auf einen Stuhl fallen. Das leise Brodeln der köchelnden Grapefruits durchdrang die tiefe Dunkelheit. Mit dem Dampf erhob sich ein säuerlicher Geruch.

Während ich zusah, wie das Fruchtfleisch im Topf zerplatzte, fiel mir die AG „Nachdenken über die Umweltverschmutzung und ihre Gefahren für die Menschheit“ wieder ein, zu der eine Kommilitonin mich irgendwann mitgeschleppt hatte. Die im Raum 313 stattfindende AG war kein großer Erfolg, dennoch waren die Studenten von heiligem Eifer erfüllt. Von meinem Pult ganz hinten konnte ich auf eine Reihe von Pappeln auf dem Campus blicken.

Eine dünne Studentin mit altmodischer Brille hielt ein Referat über den sauren Regen, woraufhin irgend jemand eine schrecklich komplizierte Frage stellte. Ich spielte gelangweilt mit der Broschüre, die zu Beginn der AG verteilt worden war. Auf der ersten Seite war eine amerikanische Grapefruit abgebildet.

„Gefährliche Importlebensmittel" stand daneben.

„Grapefruits werden bis zu ihrem Versand mit drei verschiedenen Giften behandelt."

„PWH, ein stark krebserregendes Mittel gegen Schimmel, greift die menschlichen Chromosomen an!"

Allmählich drängten die Sätze aus der Broschüre wieder in mein Bewußtsein.

Als das Fruchtfleisch und die Schale sich zu vermischen begannen und Geleeklümpchen sich bildeten, kamen meine Schwester und mein Schwager nach Hause. Meine Schwester marschierte schnurstracks in die Küche.

„Was riecht denn hier so köstlich?" fragte sie und schaute in den Topf, den ich gerade vom Herd genommen hatte.

„Ah, Grapefruitmarmelade, wie ausgefallen!" Kaum hatte sie das gesagt, nahm sie sich auch schon einen Löffel von der heißen Marmelade.

„Nicht so ausgefallen wie Mispelsorbet", murmelte ich.

Meine Schwester tat, als hätte sie nichts gehört, und schob sich gierig den Löffel in den Mund.

Sie trug ein neues Umstandskleid, Ohrringe und eine Handtasche am linken Arm. Mein Schwager stand ein wenig abseits.

Meine Schwester löffelte die Grapefruitmarmelade zügig in sich hinein. Ihr ausladender Bauch gab ihr etwas Despotisches. Das nun sehr weiche Fruchtfleisch glitt die Kehle meiner Schwester hinunter.

Ich starrte auf die Marmelade im Topf, die furchtsam zu

zittern schien, und überlegte, ob das PWH wohl die Chromosomen des Embryos angreifen würde.

15. Juni (Montag), 30 Wochen

Seit die Regenzeit begonnen hat, regnet es wirklich unablässig. Der Himmel ist von morgens bis abends grau verhangen, und wir müssen den ganzen Tag im Haus das Licht anlassen. Als hätte man Ohrensausen, umgibt einen ununterbrochen das Rauschen des Regens, der so kühl ist, daß man Zweifel am Herannahen des Sommers bekommt.

Am Appetit meiner Schwester hat sich jedenfalls nichts geändert.

Sie wird immer dicker. Dem Umfang des Bauches entsprechend haben auch ihre Wangen, der Hals und die Knöchel Fett angesetzt. Weißliches, trübes Fett ohne jegliche Spannkraft.

Es ist ungewohnt für mich, daß meine Schwester so dick ist, und der Anblick ihrer aufgedunsenen Formen irritiert mich. Ihr selbst scheinen die Veränderungen ihres Körpers völlig gleichgültig zu sein. Sie ist so ausschließlich aufs Essen fixiert, daß es sowieso keinen Zweck hat, etwas zu sagen. Ihr Körper hat sich in eine einzige große, unkontrolliert wuchernde Geschwulst verwandelt.

Ich koche immer noch Grapefruitmarmelade. Überall in der Küche – in dem Obstkorb aus Rattan, auf dem Kühlschrank, neben den Gewürzen – liegen Grapefruits. Ich schäle sie, löse das Fruchtfleisch aus, zuckere es ein und koche alles auf kleiner Flamme.

Noch bevor ich die fertige Marmelade abfüllen kann, hat meine Schwester sie schon aufgegessen. Dazu stellt sie den Topf auf den Tisch, umschlingt ihn mit dem linken Arm und löffelt ihn aus. Sie ißt weder Brot noch irgend etwas anderes dazu. Nur die Marmelade. Wie Curryreis schaufelt sie sich die Marmelade mit einem Eßlöffel in den Mund. Ich frage mich, ob das die passende Art ist, Marmelade zu essen.

Ich beobachte meine Schwester, die direkt vor mir sitzt. Die Gerüche des säuerlichen Fruchtsaftes und des Regens verbinden sich und stehen zwischen uns im Raum. Meine Schwester beachtet mich nicht.

„Dir wird noch schlecht, wenn du so schlingst", sage ich, oder: „Meinst du nicht, daß es allmählich reicht?" Doch meine Ermahnungen sind völlig wirkungslos. Meine Stimme geht im Schmatzen meiner Schwester und im Rauschen des Regens unter.

Daß ich sie dauernd anstarren muß, liegt nicht allein an ihrer unnatürlichen Art, die Marmelade zu verspeisen, sondern auch an ihren seltsamen Körperformen. Ihr angeschwollener Bauch verzerrt die Proportionen aller anderen Körperteile – der Waden, der Wangen, der Hände, der Ohrläppchen, der Daumennägel und der Augenlider. Wenn sie die Marmelade gierig hinunterschluckt, erzittert das Fett an ihrem Hals. Das Muster auf dem Löffelstiel drückt sich in ihre aufgequollenen Finger. Distanziert betrachte ich jeden einzelnen Körperteil meiner Schwester.

Nachdem sie den letzten Rest vom Löffel abgeleckt hat, schaut sie mich mit einem treuherzigen, verschwommenen Blick an und murmelt: „Jetzt ist wohl nichts mehr da, oder?"

„Morgen mache ich wieder welche", antworte ich gleichmütig.

Wenn ich alle Grapefruits im Haus zu Marmelade verarbeitet habe, kaufe ich neue in dem Supermarkt, in dem ich gerade arbeite. Dabei versäume ich es nie, mich bei den Verkäufern am Obststand zu vergewissern, daß sie auch wirklich aus Amerika kommen.

2. Juli (Donnerstag), 32 Wochen und 3 Tage

Mittlerweile ist sie schon im neunten Monat. Es kommt mir vor, als wären die Wochen schneller verflogen, seit die Übelkeitsanfälle aufgehört haben. Als ob der träge, stockende Fluß der Zeit mit einem Mal in Gang gebracht worden wäre.

Immer noch verbringt meine Schwester die meiste Zeit mit Essen.

Heute ist sie ganz niedergeschlagen aus der M-Klinik zurückgekommen, weil man sie auf ihr Übergewicht aufmerksam gemacht hat.

„Hast du das gewußt? Der Geburtskanal setzt auch Fett an. Das heißt, wenn man zu dick ist, wird die Geburt schwerer, haben sie gesagt."

Gereizt warf sie ihren Mutter-Kind-Paß auf den Tisch. Ich sah, daß auf der Seite „Schwangerschaftsverlauf" mit roter Schrift „Körpergewicht reduzieren" stand.

„Es gilt als ideal, insgesamt etwa sechs Kilo zuzunehmen. Bei mir wird es sicher eine schwere Geburt."

Mit einem Seufzer strich meine Schwester sich die Haare zurück. Sie hat schon dreizehn Kilo zugenommen.

„Was soll man da machen?" murmelte ich mit einem Blick auf ihre geschwollenen Finger und ging in die Küche, um mich an die Zubereitung der Marmelade zu machen.

Mittlerweile ist es mir zur Gewohnheit geworden, Grapefruitmarmelade zu kochen. Wie man am Morgen aufsteht und sich die Haare kämmt, koche ich Marmelade, und meine Schwester ißt sie auf.

„Du hast Angst vor einer schweren Geburt, stimmt's?" fragte ich von der Arbeitsplatte her.

„Ja, große", gab meine Schwester ohne weiteres mit leiser Stimme zu. „In letzter Zeit male ich mir alle möglichen Schmerzen aus. Ich überlege, welches die schlimmsten Schmerzen waren, die ich bisher hatte, oder ob die Wehen so schlimm sind wie die Schmerzen in der Endphase von Krebs oder bei der Amputation beider Beine. Es ist sehr schwer und unheimlich, sich Schmerzen vorzustellen."

„Ja", murmelte ich zustimmend, während ich mit meiner Arbeit fortfuhr. Sie zerknüllte ihren Mutter-Kind-Paß. Das Bild des Babys auf dem Deckblatt verzerrte sich, so daß es aussah, als ob es weinte.

„Aber noch größere Angst habe ich vor der Begegnung mit meinem Baby."

Ihr Blick fiel auf ihren gewölbten Bauch.

„Ich kann einfach nicht begreifen, daß das Lebewesen, das so selbständig in meinem Bauch heranwächst, mein Kind sein soll. Einerseits ist es abstrakt und vage, andererseits aber so absolut, daß ich ihm nicht entrinnen kann. Morgens, kurz vor dem Aufwachen, wenn ich langsam aus dem Tiefschlaf auftauche, gibt es einen Moment, in dem mir die Übelkeitsanfälle, die M-Klinik, mein dicker Bauch und alles unwirklich erscheint. In diesem Moment bin ich erleichtert, weil mir die ganze Schwangerschaft wie ein Traum vorkommt. Aber wenn ich dann hellwach bin und meinen Körper anschaue, wird alles zunichte. Eine unerträgliche Traurigkeit befällt mich, und ich begreife plötzlich, daß ich Angst davor habe, mein Kind zu sehen."

Meiner Schwester den Rücken zugewandt, hörte ich zu. Zucker, Fruchtfleisch und kleingeschnittene Schale verkochten zu einer goldgelben Masse, die hin und wieder Blasen warf. Ich drehte das Gas kleiner und rührte mit einem großen Kochlöffel im Topf.

„Du brauchst doch keine Angst zu haben. Ein Baby ist einfach ein Baby. Es ist butterweich, macht Fäustchen und schreit wie am Spieß. Mehr nicht", sagte ich und rührte in der Marmelade, die Wirbel bildete, während sie sich um den Löffel wickelte.

„Wenn das so einfach wäre. Es ist und bleibt unweigerlich mein Kind. Ich kann es mir nicht aussuchen. Auch wenn sein halbes Gesicht von einem Muttermal bedeckt ist, wenn alle Finger zusammengewachsen sind, wenn es kein Gehirn hat oder wenn es siamesische Zwillinge sind …" Meine Schwester reihte ein unheilschwangeres Wort ans andere. Das dumpfe Rühren des Kochlöffels und das klebrige Schmatzen der Marmelade gingen ineinander über.

„Wie viel PWH wohl darin enthalten ist?" flüsterte eine Stimme in meinem Herzen. Der Anblick der transparent im Neonlicht schimmernden Marmelade erinnerte mich an Chemikalien in gläsernen Flakons. Auf einmal war mir, als schwappte in den durchsichtigen Fläschchen eine Chemikalie, die die Chromosomen von Embryos schädigt.

„So, fertig."

Ich packte den Topf an den Henkeln und drehte mich zu ihr.

„Hier, iß."

Ich hielt ihr die Marmelade hin. Sie warf einen kurzen Blick darauf und begann, sie schweigend zu vertilgen.

22. Juli (Mittwoch), 35 Wochen und 2 Tage

Die Semesterferien haben begonnen. Von nun an werde ich die Schwangerschaft meiner Schwester aus nächster Nähe miterleben müssen.

Aber eine Schwangerschaft dauert natürlich nicht ewig. Sie endet mit der Geburt des Babys.

Ich versuche, mir vorzustellen, wie es sein wird, wenn außer uns dreien noch ein Baby da ist, aber es will mir nicht gelingen. Ich kann mir den Gesichtsausdruck, mit dem mein Schwager das Baby im Arm hält, oder die weiße Brust meiner Schwester beim Stillen einfach nicht vorstellen. Ständig sehe ich nur das Bild der Chromosomen vor mir.

8. August (Samstag), 37 Wochen und 5 Tage

Endlich hat der letzte Monat begonnen. Das Kind kann jetzt jederzeit geboren werden, und der Umfang ihres Bauches hat eine gewisse Grenze erreicht. Man macht sich fast Sorgen, ob bei dieser Ausdehnung die inneren Organe noch richtig funktionieren. Reglos und schweigend sitzen wir drei in dem von der hochsommerlichen Hitze stickigen Haus und warten auf den Tag der Niederkunft. Meine Schwester schnappt nach Luft, und mein Schwager wässert den Garten. Nur der Ventilator ist zu hören.

Warten erzeugt immer eine gewisse Furcht und Unsicherheit. Die Warterei auf das Einsetzen der Wehen ist nicht minder bedrückend. Ich habe Angst, daß die Nerven meiner Schwester den Schmerzen nicht standhalten werden, und wünsche mir deshalb, diese heißen stillen Nachmittage würden ewig dauern. Ungeachtet der Hitze stopft sich meine Schwester immer noch die kochend heiße Grapefruitmarmelade in den Mund und schlingt sie hastig hinunter. Dabei erweckt ihr gesenktes Profil den Anschein, als würde sie vor Kummer schluchzen. Sie löffelt manisch und unentwegt, wie um aufsteigende Tränen zu unterdrücken. Im Hintergrund fällt das Sonnenlicht auf das Grün des Gartens, die Zikaden zirpen ununterbrochen.

„Ich bin schon gespannt auf das Baby", sagte ich.

Meine Schwester hielt nur kurz inne, blinzelte träge und fuhr wortlos fort, die Marmelade aufzuessen, während ich über die Form von geschädigten Chromosomen nachdachte.

11. August (Dienstag), 38 Wochen und 1 Tag

Als ich von der Arbeit kam, lag auf dem Tisch eine Notiz von meinem Schwager.

„Die Wehen haben eingesetzt. Wir sind im Krankenhaus."

Ich las die kurze Nachricht mehrere Male. Daneben lag der Marmeladenlöffel. Ich legte ihn ins Spülbecken und überlegte kurz, was ich tun sollte. Nachdem ich die Notiz noch einmal gelesen hatte, verließ ich das Haus.

Die ganze Welt war in gleißendes Licht getaucht. Die Windschutzscheiben der Autos und die Springbrunnenfontäne im Park glitzerten hell. Ich ging mit gesenktem Blick und wischte mir hin und wieder den Schweiß vom Gesicht. Zwei Kinder mit Strohhüten rannten an mir vorbei. Das Tor der Grundschule war geschlossen, der Hof lag verlassen da. Dahinter kam das kleine Blumengeschäft, in dem weder eine Verkäuferin noch ein Kunde zu sehen waren. Nur das Schleierkraut im Schaufenster zitterte leise.

Hinter der nächsten Ecke befindet sich die M-Klinik. Wie meine Schwester gesagt hatte, schien die Zeit dort stehengeblieben zu sein. Alles war noch genauso, wie ich es die ganze Zeit im Gedächtnis gehabt hatte. Am Tor der große Kampferbaum, die trübe Glastür und die abgeblätterte Schrift auf dem Schild. Kein Mensch war zu sehen, nur mein Schatten hob sich deutlich vom Weg ab.

Ich ging an der Mauer entlang zur Rückseite des Gebäudes und gelangte an den schäbigen Personaleingang. Aus irgendeinem Grund nahm ich an, daß das hintere Tor immer noch kaputt war – und tatsächlich, es hing nur an einer Angel.

Als ich durch den Spalt schlüpfte, achtete ich darauf, mir mein Kleid nicht an einem Nagel zu zerreißen. Vor mir lag der Garten mit der Rasenfläche. Ich schlich über das sorgsam gestutzte Grün und erinnerte mich an mein Herzklopfen von damals. Ich wischte mir mit der Hand den Schweiß von der Stirn und schaute zum Klinikgebäude hinauf. Die Fensterscheiben blitzten allesamt auf, so daß meine Augen schmerzten.

Als ich näher herankam, roch ich die Farbe an den Fensterrahmen. Es war keine Menschenseele zu sehen, die Luft stand, außer mir bewegte sich nichts. Auch ohne die Kartons konnte ich ganz leicht ins Untersuchungszimmer spähen. Weder Ärzte noch Krankenschwestern waren zu sehen. Es herrschte dämmriges Licht wie in einem Physiksaal nach Schulschluß. Ich strengte meine Augen an und registrierte nacheinander die Medizinfläschchen, den Blutdruckmesser, das Foto mit der Stellung bei falscher Kindslage und das Ultraschallgerät. Die Scheibe fühlte sich lauwarm an meinem Gesicht an.

Ich meinte, ganz leise ein Baby schreien zu hören. Weit abseits vom strahlenden Sonnenschein ertönte ein zittriges

Weinen. Ich lauschte, und die Stimme fand ihren Weg direkt zu meinem Trommelfell. Es tat sehr weh. Ich warf einen Blick zum zweiten Stockwerk hinauf. Von ferne sah ich eine Frau im Nachthemd. Die Umrisse ihrer Schultern spiegelten sich im Glas. Wirres Haar bedeckte ihre bleichen Wangen, so daß ich nicht wußte, ob es meine Schwester war. Die Frau hatte die blutleeren Lippen leicht geöffnet und blinzelte, als ob sie weinte. Obwohl ich meine Augen anstrengte, blendete die Sonne so stark, daß ich nichts mehr erkennen konnte.

Ich folgte dem Schreien des Babys und stieg die Feuertreppe hinauf. Bei jedem Schritt knarrten die hölzernen Stufen, als würden sie etwas murmeln. Obwohl mir sonst sehr warm war, fühlten sich meine Hand auf dem Geländer und meine Ohren, die auf das Geschrei des Babys fixiert waren, kühl an. Je weiter ich mich vom Rasen entfernte, desto intensiver wurde das Licht.

Das Baby schrie unablässig weiter. Als ich die Tür zum zweiten Stock öffnete, wurde die Helligkeit von draußen für einen Moment unterbrochen, und mir schwindelte. Ich konzentrierte mich ganz auf das Weinen, und als ich einen Moment innehielt, tauchte der Flur im Dämmerlicht vor mir auf. Ich ging auf den Raum mit den Neugeborenen zu, um mir das behinderte Baby meiner Schwester anzuschauen.

Originaltitel: „Ninshin Karenda“
Aus „Yôko Ogawa, Schwimmbad im Regen“

Aus dem Japanischen von Ursula Gräfe und Kimiko Nakayama-Ziegler

James Tiptree Jr.

ist das männliche Pseudonym von Alice B. Sheldon. Tiptrees geheimnisvolle Identität faszinierte die Fans und gab Anlass zu vielen Spekulationen, freilich glaubten alle, es müsse sich um einen Mann handeln. Die Aufdeckung, noch zu ihren Lebzeiten, war ein Schlag: Diese knappen, harten und frechen Kurzgeschichten, die nur allzu häufig mit dem Tod enden, waren von einer alten Dame mit weißen Federlöckchen verfasst worden.

Sie zählt unter Science-Fiction-Fans zu den großen Klassikern, gleich neben Philip K. Dick und Ursula K. Le Guin. Ihre Kurzgeschichten, die sie erst im Alter von einundfünfzig Jahren zu schreiben begann, und von denen einige wohl zu den besten des späten 20. Jahrhunderts gehören, brachten ihr schnell Ruhm und zahlreiche Auszeichnungen ein.

Dennoch litt sie ständig unter schweren Depressionen und Todessehnsucht. Nach einem vorab geschlossenen Selbstmordpakt erschießt Sheldon im Alter von einundsiebzig Jahren erst ihren vierundachtzigjährigen Mann und dann sich selbst.

Die hier vorgestellte Erzählung ist für einen großen Teil ihres Werks bezeichnend.

Ab 2010 erscheinen bei Septime ihre gesammelten Erzählungen sowie die Biografie von Julie Phillips: *James Tiptree Jr., Das Doppelleben der Alice B. Sheldon* (siehe S. 209).

Frauen, die man übersieht

Das erste Mal sehe ich sie, als die Mexicana 727 nach Cozumel runter kachelt. Ich komme vom Klo, taumele gegen ihre Sitzreihe und sage „Tschuldigung" zu zwei verschwommenen Flecken Weiblichkeit. Der vordere Fleck nickt stumm. Der jüngere im Fenstersitz schaut weiter hinaus. Ich gehe den Gang weiter entlang und kriege nichts mit. *Nada.* Ohne einen zweiten Blick oder einen Gedanken an die beiden.

Der Flughafen von Cozumel ist die übliche Mischung aus panischen Amis in Klamotten für den Sandkasten und gelassenen Mexikanern in Klamotten für ein Essen beim *presidente.* Ich bin ein abgewetzter Ami in Klamotten für ernsthaftes Fischen; ich befreie meine Ruten und die Reisetasche aus dem Durcheinander und wandere auf der Suche nach meinem Charterpiloten über das Flugfeld. Ein Kapitän Estéban hat sich verpflichtet, mich dreihundert Kilometer die Küste runter nach Belize zum Sandbankfischen zu bringen.

Kapitän Estéban erweist sich als ein Meter fünfzig großer echter Maya. Inklusive Mahagonifarbton und verkniffener Miene. Er sagt, meine Cessna sitze irgendwo fest und seine Bonanza sei für einen Flug nach Chetumal gebucht.

Na ja, Chetumal liegt im Süden; kann er mich nicht mitnehmen und anschließend nach Belize bringen? Skeptisch erwägt er diese Möglichkeit – *wenn* die anderen Passagiere nichts dagegen haben, und wenn sie nicht zu viel *equipajes* dabei haben.

Die Chetumal-Leute kommen. Es sind die Frau und ihre junge Mitreisende – die Tochter vielleicht. Vorsichtig suchen sie sich ihren Weg über das Vorfeld aus Schotter und Yuccas. Ihre Ventura-Reisetaschen sind genau wie sie: klein und unauffällig, farblich neutral. Kein Problem. Als der Kapitän fragt, ob ich mitfliegen darf, sagt die Mutter sanft: „Aber ja." Ohne mich anzusehen.

Ich glaube, an der Stelle kommt das erste schwache Klicken meines inneren Macke-Detektors. Wie kann diese Frau mich schon sorgfältig genug in Augenschein genommen haben, um mich in ihr Flugzeug zu lassen? Ich ignoriere es. Paranoia bringt einen in meiner Branche schon seit Jahren nicht mehr weiter, aber man wird die Gewohnheit nur schwer wieder los.

Als wir in die Bonanza klettern, fällt mir auf, dass die Kleine mit ein bisschen Feuer glatt als attraktiv durchgehen könnte. Sie hat bloß keins. Kapitän Estéban faltet einen wollenen Umhang zusammen und legt ihn auf seinen Sitz, damit er über die Motorhaube sehen kann. Er geht sorgfältig die Checkliste durch. Dann sind wir in der Luft und gondeln über dem türkisen Wackelpudding der Karibik in einen steifen Südwind hinein.

Die Küste zu unserer Rechten gehört zum Bundesstaat Quintana Roo. Falls Sie Yucatán noch nie gesehen haben, stellen Sie sich den weltgrößten durchweg platten grün-grauen Teppich vor. Ein leer wirkender Landstrich. Wir passieren die weiße Ruine von Tulum und den klaffenden Schnitt der Straße nach Chichén Itzá, ein halbes Dutzend Kokosnussplantagen und dann bis ganz zum Horizont nur noch Riffe und niedriges Dschungelgestrüpp, ganz so, wie es vor vierhundert Jahren die Konquistadoren gesehen haben.

Lange Wolkenketten rasen auf uns zu und verdunkeln die Küste. Ich hab mir schon gedacht, dass die düstere Stimmung unseres Piloten zum Teil vom Wetter herrührt. Eine Kaltfront klingt über den Agavenfeldern von Mérida im Westen ab, und der Südwind hat eine Kette von Küstenstürmen aufgehäuft: *Lloviznas* sagt man hier dazu. Estéban umfliegt routiniert ein paar kleinere Gewitterwolken. Die Bonanza legt sich schief, und ich werfe, mit der vagen Idee, die Frauen zu beruhigen, einen Blick nach hinten. Sie sind ganz darauf konzentriert, sich Yucatán anzusehen, so gut es geht. Sie hätten den Blick vom Copilotensitz aus haben können, aber das wollten sie ja nicht. Zu schüchtern?

Vor uns schwillt wieder eine *llovizna* an. Estéban bringt die Bonanza hoch und erhebt sich in seinem Sitz, um besser sehen zu können. Ich entspanne mich zum ersten Mal seit einer Ewigkeit, freue mich darüber, dass mein Schreibtisch immer weiter wegrückt und eine Woche Fischen vor mir liegt. Das klassische Mayaprofil unseres Kapitäns zieht meinen Blick an: die Stirn, die in eine raubvogelhafte Nase ausläuft und darunter, zurückgesetzt, Lippen und Kinn. Würden die schräg gestellten Augen noch einen Tick mehr schielen, hätte er nie seinen Schein machen können. Die Kombination sieht gut aus, ob Sie's glauben oder nicht. Bei den kleinen Mayamädels in ihren Minikleidern und mit schimmernder Pampe auf diesen schiefen Augen sogar überaus erotisch. Kein Vergleich zu der orientalischen Püppchenhaftigkeit; die Menschen hier haben Knochen aus Stein. Wahrscheinlich könnte Kapitän Estébans altes Großmütterchen die Bonanza an einem Seil hinter sich her ziehen …

Mit einem Ruck wache ich auf, als die Kabine an mein Ohr knallt. Estéban brüllt gegen das Prasseln von Hagel in sein Mikrofon; die Fenster sind dunkelgrau.

Ein wichtiges Geräusch fehlt – das des Motors. Mir wird klar, dass Estéban mit einem Flugzeug ohne Antrieb kämpft. Dreitausendsechshundert Fuß; wir haben zweitausend verloren!

Er klackt mit den Tankschaltern herum, während der Sturm uns schüttelt, und grollt mit gebleckten, großen Zähnen etwas von wegen *gasolina*. Während er nach einem Kippschalter über sich greift, sehe ich, dass die Tankanzeigen auf voll stehen. Vielleicht eine verstopfte Zuleitung; wie man hört, ist Treibstoff hier unten schlecht gefiltert. Er lässt das Mikro fallen; eins zu eine Million, dass uns in diesem Sturm auf diese Entfernung irgendjemand hören kann. Zweitausendfünfhundert – wir stürzen ab.

Seine elektrische Einspritzpumpe scheint sich einzuschalten: Der Motor knallt los – geht aus – knallt los – und geht endgültig aus. Auf einmal sind wir unten aus den Wolken raus. Unter uns eine lange weiße Linie, die im Regen kaum zu erkennen ist: das Riff. Aber nirgendwo dahinter Strand, nur eine große mäandernde Bucht mit ein paar Mangrovenniederungen – und sie kommt uns rasend schnell entgegen.

Das wird übel ausgehen, sage ich mir wenig originell. Die Frauen hinter mir haben keinen Muckser von sich gegeben. Ich drehe mich um. Sie sitzen nach vorn gebeugt da, die Mäntel zusammengerollt vor ihren Köpfen. Bei einer kritischen Geschwindigkeit von um die Achtzig wird das Ganze nicht viel bringen, aber ich keile mich auch ein.

Estéban brüllt wieder in sein Mikro, steuert ein abstürzendes

Flugzeug. Und er versteht was davon – während das Wasser uns entgegen rast, zwingt er die Kiste in eine halsbrecherische Wende und hängt uns in den Wind – mit einer langen, bleichen Sandbank direkt vor unserer Nase.

Wo zum Teufel er die aufgetrieben hat, keine Ahnung. Die Bonanza geht runter, und wir schlagen mit dem Bauch auf – etwas birst ohrenbetäubend – prallen ab – schlagen wieder auf – und alles dreht sich wild, als wir eine Pirouette in die Mangroven am Ende der Sandbank drehen. Peng! Schepper! Das Flugzeug verwickelt sich in das gigantische Gestrüpp einer Würgefeige, einen Flügel in der Luft. Das Krachen hört auf, und wir sind alle noch ganz. Und nirgendwo Flammen. Fantastisch.

Kapitän Estéban stemmt seine Tür auf, die jetzt im Dach ist. Hinter mir sagt eine Frau leise immer wieder: „Mutter. Mutter." Ich steige den Boden rauf und sehe die Kleine, wie sie versucht, sich aus der Umarmung ihrer Mutter zu befreien. Die Augen der Frau sind geschlossen. Dann öffnet sie sie und lässt plötzlich los, geistig völlig klar. Estéban fängt an, die beiden nach draußen zu schaffen. Ich greife mir den Erste-Hilfe-Koffer und klettere hinterher, hinaus in die grelle Sonne und den Wind. Der Sturm, der uns erwischt hat, verschwindet schon die Küste hinauf.

„Großartige Landung, Herr Kapitän."

„Oh, *ja!* Das war wunderbar." Die Frauen sind zittrig, aber von Hysterie keine Spur. Estéban mustert die Umgebung mit der Miene, die seine Vorfahren für die Spanier aufgesetzt haben.

Wenn Sie so was schon mal mitgemacht haben, kennen Sie die zeitlupenhafte Hirnlosigkeit, die damit einhergeht. Als erstes Euphorie. Wir zuckeln die Würgefeige hinunter und auf die Sandbank hinaus in den brausenden, heißen Wind, stellen ohne Beunruhigung fest, dass es in alle Richtungen meilenweit nichts als kristallklares Wasser gibt. Es ist nur vielleicht dreißig Zentimeter tief, und der Boden hat das Olivgrün von Schlamm. Die ferne Küste überall um uns herum ist nur flacher Mangrovensumpf, total unbewohnbar.

„Bahía Espíritu Santo." Estéban bestätigt meine Einschätzung, dass wir unten in dieser riesigen Wasserwildnis sind. Hier wollte ich immer mal angeln.

„Wo kommt der ganze Rauch her?" Das Mädchen zeigt auf die Fahnen, die überall am Horizont verwehen.

„Alligatorjäger", sagt Estéban. Mayawilderer haben in den Sümpfen Feuer gelegt. Mir kommt der Gedanke, dass wir dann mit Signalfeuern wenig Aufmerksamkeit erregen werden. Und mir fällt auf, dass unser Flugzeug unter dem Berg von Gestrüpp praktisch verschwindet. Aus der Luft kaum zu sehen.

Gerade als mir die Frage kommt, wie zum Teufel wir hier wegkommen sollen, fragt die ältere Frau ruhig: „Wenn niemand Sie gehört hat, Herr Kapitän, wann wird man dann mit der Suche beginnen? Morgen?"

„Korrekt", bestätigt Estéban hart. Mir fällt ein, dass man Seenotrettung hier ziemlich locker nimmt. So nach dem Motto, haltet mal ein Auge nach Mario offen, seine Mutter meint, er wär die ganze Woche noch nicht zu Hause gewesen.

Mir dämmert, dass wir hier vielleicht ein Weilchen festsitzen werden.

Hinzu kommt dieses Dieselmotorgeräusch links von uns. Das ist das Karibische Meer, das wieder zurück in die Mündung der Bucht läuft. Der Wind schiebt es uns entgegen, und die unten herum freiliegenden Mangroven zeigen, dass unsere Sandbank bei Flut überspült wird. Mir fällt ein, dass ich heute Morgen in – ernsthaft – St. Louis einen Vollmond gesehen habe. Was maximale Gezeiten bedeutet. Na ja, wir können in das Flugzeug klettern. Aber was ist mit Trinkwasser?

Hinter mir macht leise etwas *platsch*. Die ältere Frau hat von der Bucht gekostet. Sie schüttelt den Kopf, lächelt traurig. Es ist der erste richtige Gesichtsausdruck der beiden; ich nehme ihn als Startzeichen, um sich vorzustellen. Als ich sage, dass ich Don Fenton aus St. Louis bin, erzählt sie mir, dass sie die Parsons sind, aus Bethesda in Maryland. Sie sagt es so nett, dass mir zunächst gar nicht auffällt, dass sie uns die Vornamen vorenthält. Wir loben alle noch mal Kapitän Estéban.

Sein linkes Auge ist zugeschwollen, eine Unannehmlichkeit, die er als Maya gar nicht wahrnimmt, aber Mrs. Parsons fällt auf, dass er seine Rippen mit dem Ellbogen abschirmt.

„Sie sind verletzt, Herr Kapitän."

„*Roto* – ist zerbrochen, glaube ich." Dass er Schmerzen hat, beschämt ihn. Wir kriegen ihn dazu, sein Surfer-Hemd auszuziehen. Sein extrem gut gebauter, dunkelbrauner Oberkörper weist eine üble Prellung auf.

„Gibt es in diesem Koffer Verbandszeug, Mr. Fenton? Ich hatte mal einen Erste-Hilfe-Kurs."

Sie fängt an, ihm kompetent und sehr unpersönlich einen Verband anzulegen. Miss Parsons und ich spazieren ans Ende der Sandbank und haben ein Gespräch, das mir später nicht mehr aus dem Kopf gehen soll.

„Rosalöffler", erzähle ich ihr, als drei Vögel davon flattern.

„Sie sind schön", sagt sie mit ihrer Mäuschenstimme. Sie haben beide Mäuschenstimmen. „Er ist ein Maya, nicht wahr? Der Pilot, meine ich."

„Richtig. Ein waschechter, direkt aus den Wandgemälden in Bonampak. Haben Sie sich Chichén und Uxmal angesehen?"

„Ja. Wir waren in Mérida. Jetzt wollen wir nach Tikal in Guatemala … Wollten wir, meine ich."

„Da kommen Sie schon noch hin." Vielleicht braucht die Kleine ein bisschen Aufmunterung. „Hat man Ihnen erzählt, dass die Mütter der Maya ihren Kindern ein Brett vor die Stirn gebunden haben, um diese Neigung hinzukriegen? Sie haben ihnen auch eine Talgkugel über die Nase gehängt, damit sie schielen. Das galt als aristokratisch."

Sie lächelt und guckt noch einmal verstohlen zu Estéban. „Die Leute in Yucatán sind anscheinend ganz anders", sagt sie nachdenklich. „Nicht so wie die Indianer um Mexiko-Stadt herum. Irgendwie, ich weiß nicht, unabhängiger."

„Das kommt davon, dass sie nie erobert worden sind. Gehetzt und massakriert wurden sie zuhauf, aber sie sind nie wirklich unterworfen worden. Oder haben Sie gewusst, dass der letzte Krieg zwischen Mexiko und den Maya 1935 mit einem Waffenstillstand geendet hat?"

„Nein!" Dann sagt sie ernst: „Das gefällt mir."

„Mir auch."

„Das Wasser steigt wirklich sehr schnell", sagt Mrs. Parsons sanft hinter uns.

Das tut es, und auch eine weitere *llovizna* ballt sich zusammen. Wir klettern zurück in die Bonanza. Ich versuche, meinen Parka als Regenschutz aufzuspannen, aber als der Sturm uns trifft, reißt er ihn lose. Wir finden im Chaos des Passagierraums ein paar Schokoriegel und meine Flasche Jack Daniel's und machen es uns einigermaßen gemütlich. Die Parsons nehmen jede einen Schluck Whiskey, Estéban und ich deutlich mehr. Die Bonanza fängt im Matsch zu hüpfen an. Estéban bedenkt das Wasser, das in sein Flugzeug eindringt, mit einer uralten einäugigen Mayamiene und legt sich schlafen. Wir nicken alle ein.

Als das Wasser sich zurückzieht, nimmt es die Euphorie mit, und wir sind sehr, sehr durstig. Der Sonnenuntergang ist auch verdammt nah. Ich greife mir eine Wurfrute und ein paar Dreifachhaken und schaffe es, vier kleine Meeräschen zu reißen. Estéban und die Frauen binden das winzige Rettungsfloß der Bonanza draußen zwischen den Mangroven fest, um Regenwasser aufzufangen. Der Wind ist sengend heiß. Nirgendwo Flugzeuge.

Endlich kommt wieder ein Schauer und bringt uns sechs Unzen Wasser pro Nase. Als der Sonnenuntergang die Welt in goldenen Rauch taucht, hocken wir uns auf die Sandbank und essen feuchte, rohe Meeräsche und trockene Frühstücksflocken. Die Frauen tragen jetzt kurze Hosen, nett, aber definitiv nicht sexy.

„Mir ist nie klar gewesen, wie sehr einen roher Fisch erfrischt", sagt Mrs. Parsons freundlich. Ihre Tochter kichert, ebenfalls freundlich. Sie sitzt auf der anderen Seite von Mama, weg von Estéban und mir. Ich bin mir jetzt über Mrs. Parsons im Klaren; eine Glucke, die das einzige Küken vor männlichen Raubtieren schützt. Meinetwegen. Ich bin zum Fischen hergekommen.

Aber etwas irritiert mich. Diese verfluchten Weiber haben sich noch kein bisschen beschwert, verstehen Sie? Kein Muckser, kein Zittern in der Stimme, überhaupt kein Ausdruck von Persönlichkeit. Als ob sie einem Handbuch entsprungen wären.

„Sie scheinen in der Wildnis wirklich zu Hause zu sein, Mrs. Parsons. Gehen Sie oft zelten?"

„Ach, du lieber Gott, nein." Bescheidenes Lachen. „Nicht mehr, seit ich Pfadfinderin war. Oh, schauen Sie – sind das Prachtfregattvögel?"

Eine Frage mit einer Gegenfrage beantworten. Ich warte, während die Vögel prachtvoll in den Sonnenuntergang segeln.

„Bethesda … Liege ich mit der Vermutung richtig, dass Sie für *Uncle Sam* arbeiten?"

„Na so was, ja. Sie müssen sich in Washington gut auskennen, Mr. Fenton. Führt Sie Ihre Arbeit oft dorthin?"

Überall außer auf unserer Sandbank hätte dieser kleine Trick funktioniert. Mein Jägergen zuckt.

„Bei welcher Agentur sind Sie?"

Sie gibt anstandslos auf. „Ach, nur beim Nationalarchiv. Ich bin Bibliothekarin bei der GSA."

Natürlich. Jetzt werde ich aus ihr schlau. Die ganzen Mrs. Parsons' überall in den Registraturen, Buchhaltungsabteilungen, Rechercheabteilungen, Personal- und Verwaltungsstellen. Sagen Sie Mrs. Parsons, wir brauchen eine Aufstellung der Fremdleistungsverträge für das Steuerjahr '73. Dann versetzen sie einen jetzt auch nach Yucatán? Pech aber auch … Ich bringe den müden kleinen Scherz an. „Sie wissen, wer welche Leiche im Keller hat."

Sie lächelt missbilligend und steht auf. „Es wird wirklich schnell dunkel, nicht wahr?"

Zeit, wieder ins Flugzeug zu gehen.

Ein Ibisschwarm umkreist uns; er schläft offensichtlich immer in unserer Würgefeige. Estéban holt eine Machete und eine Mayahängematte hervor. Er hängt sie zwischen Baum und Flugzeug auf, ohne sich helfen zu lassen. Seine Hiebe mit der Machete kommen spürbar verzögert.

Die Parsons gehen zum Pinkeln hinter das Leitwerk. Ich höre, wie eine von ihnen ausrutscht und leise aufkreischt. Als sie über den Flugzeugrumpf zurückkommen, fragt Mrs. Parsons: „Dürfen wir in der Hängematte schlafen, Herr Kapitän?"

Estéban lässt ein ungläubiges Grinsen klaffen. Ich protestiere wegen Regen und Moskitos.

„Ach, dafür gibt es Insektenschutzmittel, und wir sind gern an der frischen Luft."

Die Luft hat ungefähr Windstärke fünf und wird minütlich kühler.

„Wir haben unsere Regenmäntel", fügt die Kleine munter hinzu.

Na, dann los, die Damen. Wir gefährlichen Männer ziehen uns in den dampfigen Passagierraum zurück. Ab und zu höre ich über dem Wind die Frauen leise lachen; sie finden es in ihrem kalten Ibisstall anscheinend gemütlich. Eine Privatmacke, beschließe ich. Einen weniger bedrohlichen Mann als mich gibt es nicht; mein Mangel an Charisma ist jobmäßig über die Jahre sogar ein Vorteil gewesen. Haben sie Fantasien über Estéban? Oder vielleicht sind sie ja wirklich Frischluftfanatiker … Der Schlaf kommt mit unsichtbaren Dieselmotoren zu mir, die draußen auf dem Riff vorbeidröhnen.

Wir treten ausgedörrt in einen gewaltigen windigen lachsfarbenen Sonnenaufgang hinaus. Ein Diamantsplitter Sonne bricht aus dem Meer und verschwindet prompt hinter den Wolken. Ich mache mich mit der Angel und etwas Meeräschenköder ans Werk, während zwei Schauer an uns vorbeiziehen. Zum Frühstück gibt es für jeden einen Streifen labbrigen Barrakuda.

Die Parsons sind weiterhin stoisch und hilfsbereit. Unter Estébans Anleitung bereiten sie für den Fall, dass wir ein Flugzeug hören, mit einem Teil der Motorhaube und Treibstoff ein Leuchtfeuer vor, aber uns überfliegt nur ein unsichtbarer Jet, der nach Panama düst. Der Wind heult, heiß und trocken und voll Korallenstaub. Genau wie wir.

„Sie suchen zuerst im Meer“, bemerkt Estéban. Auf seiner aristokratischen Stirn stehen Schweißtropfen; Mrs. Parsons sieht ihn besorgt an. Ich schaue zu, wie über uns die Wolkendecke vorbeirast, immer höher, trockener und dichter. Solange das anhält, wird uns niemand finden, und das mit dem Trinkwasser macht keinen Spaß mehr.

Schließlich leihe ich mir Estébans Machete und hacke eine lange, leichte Stange zurecht. „Da hinten kommt irgendwo ein Bach, ich hab ihn vom Flugzeug aus gesehen. Kann nicht mehr als zwei, drei Meilen weit weg sein.“

„Ich fürchte, das Floß ist zerfetzt.“ Mrs. Parsons zeigt mir die Risse in dem orangen Kunststoff; irritierenderweise ist es eine der großen Marken aus Delaware.

„Na schön“, höre ich mich verkünden. „Die Ebbe kommt. Wenn wir von dieser Luftkammer das gute Ende abschneiden, kann ich darin Wasser holen. Ich bin schon früher durch Untiefen gewatet."

Es klingt sogar für meine Ohren verrückt.

„Besser beim Flugzeug bleiben", sagt Estéban. Er hat natürlich Recht. Und Fieber hat er auch. Ich sehe zum bedeckten Himmel und schmecke Staub und öden Barrakuda. Zum Teufel mit dem Handbuch.

Als ich anfange, das Floß zu zerschneiden, meint Estéban, ich solle den Umhang mitnehmen. „Für die Nacht." Auch damit hat er Recht; ich werde wieder die Ebbe abwarten müssen.

„Ich komme mit", sagt Mrs. Parsons ruhig.

Ich starre sie bloß an. Welcher Wahnsinn hat die Glucke jetzt gepackt? Denkt sie etwa, Estéban wäre zu angeschlagen, um etwas anstellen zu können? Während ich es nicht fassen kann, registrieren meine Augen die Tatsache, dass Mrs. Parsons jetzt ziemlich rosig um die Knie herum ist, mit ihren offenen Haaren und einem beginnenden Sonnenbrand auf der Nase. Eine schlanke, tatsächlich sehr hübsche Enddreißigerin.

„Hören Sie, das wird scheußlich, sich da durchzukämpfen. Schlamm bis an die Ohren und Wasser bis über den Kopf."

„Ich bin wirklich ziemlich fit und schwimme regelmäßig. Ich werde versuchen, Schritt zu halten. Zu zweit wäre viel sichererer, Mr. Fenton, und wir könnten mehr Wasser mitbringen."

Sie meint es ernst. Na ja, ich bin jetzt im Winter ungefähr so fit wie ein Marshmallow, und dass mich die Vorstellung deprimiert, Gesellschaft zu haben, kann ich auch nicht behaupten. Also gut.

„Dann zeige ich Miss Parsons noch, wie man mit dieser Angelrute umgeht."

Miss Parsons ist sogar noch rosiger und windzerzauster, und sie stellt sich gar nicht so blöd an mit meinem Angelzeug. Ein gutes Mädchen, diese Miss Parsons, auf ihre nichtssagende Art. Wir schneiden noch einen Stock zurecht und stellen ein bisschen Ausrüstung zusammen. In der letzten Minute zeigt Estéban, wie krank er sich fühlt: Er bietet mir die Machete an. Ich danke ihm, aber nein; ich bleibe bei meinem Wirkkala-Messer. Wir blasen ein bisschen Luft in den Plastikschlauch, damit er schwimmt, und suchen uns die am sandigsten aussehende Linie.

Estéban hebt eine dunkle Handfläche. „*Buen viaje.*" Miss Parsons hat ihre Mutter umarmt und ist zur Mangrove auswerfen gegangen. Sie winkt. Wir winken.

Eine Stunde später sind wir kaum außer Winkdistanz. Das Vorankommen ist schlichtweg beschissen. Der Sand löst sich ständig zu Schwemmsand auf, den man weder überqueren noch durchschwimmen kann, und aus dem Boden ragen tote Mangrovensprosse. Wir quälen uns vom einen Loch zum nächsten, scheuchen dabei Rochen und Schildkröten auf und hoffen inständig, nicht auf eine Muräne zu treten. Wo wir nicht schleimbedeckt sind, sind wir ausgetrocknet, und wir stinken nach Unterkreide.

Mrs. Parsons hält beharrlich Schritt. Ich muss sie nur einmal herausziehen. Dabei fällt mir auf, dass die Sandbank jetzt außer Sicht ist.

Endlich erreichen wir die Lücke zwischen den Mangroven, die ich für den Bach gehalten habe. Sie erweist sich als weiterer Arm der Bucht, hinter dem wieder nur Mangroven kommen. Und das Wasser steigt.

„Das war die lausigste Idee der Welt."

Mrs. Parsons sagt nur sanft: „Aus dem Flugzeug sieht alles immer ganz anders aus."

Ich revidiere meine Meinung über Pfadfinderinnen, und wir ackern uns an den Mangroven vorbei auf den rauchigen Dunst zu, der die Küste sein muss. Die Sonne geht vor uns unter und erschwert die Sicht. Ibisse und Reiher fliegen um uns herum auf, und einmal huscht weiter vorn ein großer Einsiedler davon, dessen Flosse einen Hahnenschwanz schneidet. Wir stürzen in noch mehr Löcher. Die Taschenlampen werden nass. In meiner Vorstellung wird die Mangrove ein weltumspannendes Hindernis; es fällt schwer, zu glauben, dass ich zum Beispiel je eine Straße hinuntergegangen bin, ohne über oder unter oder durch Mangrovenwurzeln zu stolpern. Und die Sonne sinkt und sinkt.

Plötzlich stoßen wir auf eine Kante und fallen darüber in eine kalte Strömung.

„Der Bach! Das ist Süßwasser!"

Wir schlürfen und saufen und tauchen die Köpfe ins Wasser; etwas Besseres zu trinken hatte ich im Leben nicht. „Nein so was! Nein so was! –" Mrs. Parsons kriegt sich gar nicht mehr ein.

„Diese dunkle Stelle dort rechts sieht nach richtigem Land aus."

Wir kämpfen uns durch die Strömung und folgen einer festen Untiefe, aus der eine richtige, bis über unsere Köpfe reichende Uferbank wird. Eine kurze Pause neben einem Klumpen stacheliger Bromelien, dann klettern wir hinauf und lassen uns oben tropfend und stinkend fallen. Aus reinem Reflex geht mein Arm um die Schulter meiner Kameradin – aber Mrs. Parsons ist nicht da; sie kniet und sieht sich die abgefackelte Ebene um uns herum an.

„Wie gut, wieder einmal Land zu sehen, auf dem man gehen kann!“ Der Tonfall ist zu unschuldig. *Noli me tangere.*

„Lassen Sie’s besser bleiben.“ Nicht zu fassen, was denkt diese schlammbeschmierte kleine Frau eigentlich? „Der Boden dort ist eine Aschekruste über Sumpferde und außerdem voller Baumstümpfe. Da kann man bis über die Knie drin einsinken.“

„Hier sieht er fest aus.“

„Wir befinden uns hier in einer Alligatoren-Kinderstube. Daher die Rutschbahn, die wir raufgekommen sind. Keine Sorge, inzwischen ist die alte Dame bestimmt längst unterwegs zur Handtaschenfabrik.“

„Ein Jammer.“

„Ich lege mal besser eine Leine im Bach aus, solange man noch etwas sehen kann.“

Ich rutsche wieder runter und fummele ein paar Haken zusammen, die uns vielleicht ein Frühstück einbringen. Als ich zurückkehre, wringt Mrs. Parsons Schmutzwasser aus dem Umhang.

„Zum Glück haben Sie mich gewarnt, Mr. Fenton. Das trügt enorm.“

„Ja.“ Ich bin jetzt nicht mehr verärgert; Gott weiß, dass ich Mrs. Parsons nicht *tangere* möchte, und zwar nicht bloß, weil ich völlig gerädert bin. „Man sieht es kaum, aber in Yucatán ist kein Durchkommen. Genau darum haben die Maya Straßen gebaut. Apropos – schauen Sie!“

Das letzte Sonnenlicht hebt ein paar Kilometer landeinwärts einen kleinen rechteckigen Umriss hervor; eine Maya-*ruina*, aus der ein Feigenbaum wächst.

„Davon gibt es hier eine Menge. Man nimmt an, dass sie als Wachtürme dienten."

„Was für einen verlassenen Eindruck dieses Land macht."

„Wollen wir hoffen, dass die Moskitos es auch verlassen haben."

Wir hauen uns in der Alligatoren-Kinderstube hin und teilen den letzten Schokoriegel miteinander, schauen zu, wie die Sterne in den ziehenden Wolken verschwinden und wieder auftauchen. Insekten plagen uns kaum; vielleicht hat das Feuer sie erledigt. Und heiß ist es auch nicht mehr – tatsächlich ist es nicht mal warm, so durchweicht, wie wir sind. Mrs. Parsons ist weiterhin beiläufig interessiert an Yucatán und unmissverständlich desinteressiert, was Zweisamkeit betrifft.

Gerade als ich anfange, mich genervt zu fragen, wie wir die Nacht verbringen sollen, wenn sie erwartet, dass ich ihr den Umhang überlasse, steht sie auf, raschelt auf einer Erhöhung herum und sagt: „Eine bessere Stelle werden wir wohl kaum finden, nicht wahr, Mr. Fenton?"

Damit breitet sie die Packtasche des Floßes als Kopfkissen aus und legt sich so in den Dreck auf die Seite, dass genau der halbe Umhang sie zudeckt, und die andere Ecke ordentlich aufgefaltet ist. Ihr schmaler Rücken ist mir zugewandt.

Die Vorführung ist dermaßen überzeugend, dass ich schon halb unter meinem Teil des Umhangs bin, als mich die Absurdität des Ganzen innehalten lässt.

„Übrigens. Ich heiße Don."

„Ach ja, natürlich." Ihre Stimme ist die Liebenswürdigkeit selbst. „Ich bin Ruth."

Ich krieche hinein, ohne sie wirklich zu berühren, und wir liegen den Sternen ausgesetzt da wie zwei Fische auf einem Teller und riechen den Rauch im Wind und spüren alles mögliche Zeug unter uns. Für mich ist es die absolut peinlichste intime Situation seit Jahren.

Die Frau bedeutet mir überhaupt nichts, aber ihr auffälliges Abstandhalten, die Trotzigkeit ihres kleinen Hinterteils fünfzehn Zentimeter vor meinem Hosenschlitz – gegen zwei Pesos würde ich diese Shorts runterziehen und mich vorstellen. Wenn ich zwanzig Jahre jünger wäre. Wenn ich nicht so groggy wäre … Aber da sind die zwanzig Jahre und die Erschöpfung, und mir wird mit einem Schmunzeln klar, dass Mrs. Ruth Parsons die Lage sehr präzise eingeschätzt hat. Wenn ich zwanzig Jahre jünger *wäre*, wäre sie jetzt nicht hier. Wie Medusenfische, die sich um einen übersättigten Barrakuda tummeln und im selben Moment verschwinden, in dem seine Absichten sich ändern, weiß Mrs. Parsons, dass ihre kleinen Shorts sicher sind. Diese prall ausgefüllten, dermaßen nahen kleinen Shorts …

Ein warmer Nerv regt sich in meinem Unterleib – und genau da werde ich mir einer stillen Leere unter dem Umhang bewusst. Mrs. Parsons rückt kaum merklich weg. Hat sich mein Atmen verändert? Was auch immer, ich bin mir absolut sicher, dass sie jetzt nicht mehr da wäre, wenn ich die Hand ausstreckte – und wahrscheinlich ihre Absicht verkünden würde, ein Bad zu nehmen. Die zwanzig Jahre lassen mich leise auflachen, und die Anspannung weicht.

„Gute Nacht, Ruth."

„Gute Nacht, Don."

Und ob Sie's glauben oder nicht, wir schlafen, während über uns die Armadas des Windes brausen.

Licht weckt mich – ein kaltes, weißes Gleißen.

Mein erster Gedanke lautet, Alligatorjäger. Besser wir erweisen uns so schnell wie möglich als *turistas*. Ich kämpfe mich hoch und merke, dass Ruth sich unter den Bromelienklumpen geworfen hat.

„Quién estás? Al socorro! Hilfe, *señores!*"

Keine Antwort, außer dass das Licht ausgeht, und ich nichts mehr sehen kann.

Ich rufe noch mehr, in mehreren Sprachen. Es bleibt dunkel. Irgendwo in den Brandresten ist eine Art Scharren zu hören, ein Pfeifen. Mir gefällt das alles immer weniger. Ich probiere es mit einer Ansprache, dass wir mit dem Flugzeug abgestürzt sind und Hilfe brauchen.

Ein sehr schmales Lichtbüschel flackert über uns hinweg und geht aus.

„L-fe", sagt eine undeutliche Stimme, und etwas zwitschert metallisch. Die sind definitiv nicht von hier. Mich beschleichen unschöne Vorstellungen.

„Ja, Hilfe!"

Irgendetwas macht *knister-knister zisch-zisch*, und alle Geräusche verklingen.

„Was zum Teufel!" Ich stolpere dorthin, wo sie eben noch gewesen sind.

„Schauen Sie." Ruth leise hinter mir. „Drüben bei der Ruine."

Ich sehe gerade noch ein wiederholtes Flackern, das rasch nachlässt.

„Ein Lager?“

Und ich mache zwei weitere blinde Schritte. Mein Bein bricht durch die Kruste, und etwas Spitzes fährt mir genau da hinein, wo man das Messer reinschiebt, wenn man eine Keule abtrennen will. An dem Schmerz, der durch meine Blase fährt, erkenne ich, dass meine Kniescheibe aus der Führung gesprungen ist.

Nichts setzt einen so prompt außer Gefecht wie eine kaputte Kniescheibe. Zuerst merkt man, dass man das Knie nicht mehr beugen kann, also versucht man es mit mehr Gewicht, und dann fährt einem ein Bajonett das Rückgrat rauf und renkt einem den Kiefer aus. Kleine Knorpelstücke sind in das empfindliche Lager gekommen. Das Knie versucht sich zu beugen und schafft es nicht, und es ist eine Gnade, hinfallen zu dürfen.

Ruth hilft mir zum Umhang zurück.

„Wie blöd kann man denn sein, Herrgott noch mal –“

„Aber nein, Don. War doch eine ganz normale Reaktion.“ Wir zünden Streichhölzer an; ihre Finger schieben meine beiseite, tasten. „Ich glaube, alles sitzt noch an der richtigen Stelle, aber es schwillt rasch an. Ich werde ein feuchtes Taschentuch darauflegen. Wir müssen bis zum Morgen warten, um uns den Schnitt anzusehen. Was meinen Sie, waren das Wilderer?“

„Wahrscheinlich“, lüge ich. Wohl eher Schmuggler.

Sie kommt mit einem klatschnassen Tuch zurück und legt es auf. „Wir müssen sie erschreckt haben. Dieses Licht … Es schien so hell.“

„Irgendeine Jagdgesellschaft. Die Leute hier machen verrückte Sachen.“

„Vielleicht kommen sie am Morgen noch mal hierher."

„Wäre möglich."

Ruth zieht den feuchten Umhang hoch, und wir sagen erneut gute Nacht. Keiner von uns erwähnt, wie wir es ohne Hilfe zurück zum Flugzeug schaffen sollen.

Ich liege da und starre nach Süden, wo Alpha Centauri ab und zu durch die Wolken blitzt, und verfluche mich für den schönen Schlamassel, den ich angerichtet habe. Meine erste Überlegung weicht einer, die weit unangenehmer ist.

Schmuggeln, das läuft hier auf ein paar Typen in einem Außenborder hinaus, die sich beim Riff mit einem Garnelenfänger treffen. Die lassen weder den Himmel aufleuchten noch verfügen sie über eine Art Sumpfbuggy, der ordentlich Tempo macht. Dazu noch ein großes Lager … Ausrüstung, wie Paramilitärs sie haben?

Da gab es doch neulich diesen Bericht über Sickertruppen der *guévarista*, die an der Grenze von Britisch Honduras operieren, und die ist vielleicht sechzig Meilen von hier entfernt – hundert Kilometer. Genau unter diesen Wolken dort. Wenn welche von denen nach uns gesehen haben, dann will ich heilfroh sein, wenn sie nicht noch mal wiederkommen …

Ich wache im strömenden Regen auf, allein. Meine erste Bewegung bestätigt, dass es meinem Bein wie erwartet geht – eine riesige, falsch platzierte Erektion, die aus meinen Shorts ragt. Ich stehe voller Schmerzen auf. Ruth steht bei den Bromelien und schaut auf die Bucht hinaus. Aus Süden wälzen sich schwere Gewitterwolken heran.

„Keine Flugzeuge heute."

„Oh, guten Morgen, Don. Sollen wir uns jetzt die Schnittwunde mal ansehen?"

„Nicht der Rede wert." Tatsächlich ist die Haut kaum verletzt und der Stich auch nicht tief. Kein Vergleich zu der inneren Verletzung.

„Tja, der Mensch muss Wasser trinken", sagt Ruth gelassen. „Vielleicht kommen diese Jäger zurück. Ich seh' mal nach, ob wir einen Fisch haben – das heißt, kann ich Ihnen irgendwie zur Hand gehen, Don?"

Sehr taktvoll. Ich sondere eine undankbare Verneinung ab, und sie geht weg und kümmert sich um ihre persönlichen Angelegenheiten.

Sie sind wirklich persönlich; als ich mich von meinen eigenen sanitären Anstrengungen erhole, ist sie immer noch nicht zurück. Schließlich höre ich Platschen.

„Das ist ein Riesenfisch!" Noch mehr Platschen. Dann klettert sie das Ufer mit einem dreipfündigen Mangrovenschnapper herauf – und mit noch etwas.

Erst nach der Schweinerei, den Fisch zu filetieren, fällt es mir allmählich auf.

Sie macht aus Spreu und Zweigen ein qualmendes Feuer, um die Filets anzusengen, ihre kleinen Hände sehr flink, Anspannung in dieser fraulichen Oberlippe. Der Regen hat erst mal nachgelassen; wir sind klatschnass, aber einigermaßen warm. Ruth bringt mir meinen Fisch auf einem Mangrovenspieß und hockt sich mit einem merkwürdig hauchigen Seufzen hin.

„Wollen Sie denn nichts?"

„Oh, sicher." Sie nimmt sich einen Streifen und knabbert daran, sagt rasch: „Wir haben entweder zu viel Salz oder zu wenig, nicht wahr? Ich sollte ein bisschen Salzwasser holen." Ihr Blick schweift von überall nach nirgends.

„Gute Idee." Ich höre noch ein Seufzen und komme zu dem Schluss, dass Pfadfinderinnen eine Vorlage brauchen. „Ihre Tochter erwähnte, dass Sie aus Mérida kommen. Haben Sie viel von Mexiko gesehen?"

„Eigentlich nicht. Letztes Jahr waren wir in Mazatlán und Cuernavaca ..." Sie legt den Fisch hin, runzelt die Stirn.

„Und jetzt wollen Sie nach Tikal. Nach Bonampak auch?"

„Nein." Plötzlich springt sie auf und wischt sich den Regen aus dem Gesicht. „Ich hole Ihnen etwas Wasser, Don."

Sie geht geduckt den steilen Hang hinunter und kommt nach einer ganz schönen Weile mit einem vollen Bromelientrichter zurück.

„Danke." Sie steht über mir, beobachtet ruhelos den Horizont.

„Ruth, ich sag das nicht gern, aber diese Kerle werden nicht zurückkommen, und das ist wahrscheinlich auch gut so. Was sie auch vorhatten, wir haben dabei gestört. Wenn überhaupt, dann werden sie irgendwo erzählen, dass wir hier sind. Bis sich das herumspricht, vergehen noch ein, zwei Tage, und da sind wir längst wieder beim Flugzeug."

„Sie haben gewiss Recht, Don." Sie geht zu dem kleinen Feuer hinüber.

„Und hören Sie auf, sich Sorgen um Ihre Tochter zu machen. Sie ist kein Kind mehr."

„Ach, Althea geht es bestimmt gut ... Wasser haben sie jetzt genug." Ihre Finger trommeln auf ihrem Schenkel. Es fängt wieder zu regnen an.

„Kommen Sie, Ruth. Setzen Sie sich. Erzählen Sie mir von Althea. Geht sie noch aufs College?"

Sie gibt dieses seufzende kleine Lachen von sich und setzt sich hin. „Althea hat letztes Jahr ihren Abschluss gemacht. Sie ist Programmiererin."

„Schön für sie. Und was ist mit Ihnen, was genau machen Sie bei der GSA?"

„Ich bin beim Archiv für Auslandsbeschaffungen." Sie lächelt mechanisch, aber ihre Atmung ist flach. „Es ist sehr interessant."

„Ich kenne einen Jack Wittig in der Vertragsabteilung, sagt der Ihnen was?"

Es klingt ganz schön absurd dort im Alligatorensumpf.

„Ach, mit Mr. Wittig hatte ich schon zu tun. Aber er erinnert sich bestimmt nicht mehr an mich."

„Warum denn nicht?"

„Mich vergessen die Leute immer schnell wieder."

Ihre Stimme klingt sachlich. Sie hat natürlich völlig recht. Wer war denn diese Frau, Mrs. Jannings, Janny, die jahrelang mit meinem Tagessatz zurechtkam? Kompetent, freundlich, unpersönlich. Ihr Vater war schwerkrank gewesen oder so was. Aber verdammt noch mal, Ruth ist wesentlich jünger und sieht auch besser aus. Also im Vergleich jetzt.

„Vielleicht möchte Mrs. Parsons ja, dass man sie schnell wieder vergisst."

Sie gibt ein vages Geräusch von sich, und mir wird plötzlich klar, dass Ruth mir überhaupt nicht zuhört. Sie umklammert mit den Händen ihre Knie und starrt landeinwärts zu der Ruine.

„Ruth, ich sag Ihnen, unsere Freunde mit den Lampen haben sich längst in den Nachbarbezirk abgesetzt. Denken Sie gar nicht mehr dran, die brauchen wir nicht."

Ihr Blick kommt zu mir zurück, als hätte sie vergessen, dass ich überhaupt da bin, und sie nickt langsam. Anscheinend kann sie kaum die Kraft aufbringen, etwas zu sagen. Plötzlich reckt sie den Hals und springt wieder auf.

„Ich sehe mal nach der Angelschnur, Don. Ich glaube, ich habe da was gehört –“ Sie huscht davon wie ein Kaninchen.

Während sie weg ist, versuche ich, auf meinem intakten Bein und dem Stock zu stehen. Mir wird schlecht vor Schmerzen; Knie haben anscheinend einen heißen Draht zum Magen. Ich mache ein paar Hüpfer, um zu testen, ob das Demerol in meinem Gürtel mich zum Gehen bringen könnte. Dabei kommt Ruth die Uferbank herauf, mit einem zappelnden Fisch in den Händen.

„Oh nein, Don! Bloß nicht!“ Sie drückt sich allen Ernstes den Schnapper an die Brust.

„Das Wasser wird mich leichter machen. Ein Versuch kann nicht schaden.“

„Und ob!“, sagt Ruth heftig und wechselt sofort die Tonart. „Schauen Sie sich die Bucht doch an, Don. Man sieht überhaupt nichts.“

Ich stehe schwankend da, Galle im Mund, und sehe auf die vermischten Vorhänge aus Sonne und Regen hinaus, die über das Wasser ziehen. Sie hat Gott sei Dank recht. Selbst mit zwei intakten Beinen könnten wir dort draußen Probleme kriegen.

„Ich schätze, eine Nacht mehr bringt uns auch nicht um.“

Ich lasse zu, dass sie mir dabei hilft, auf das sandige Plastik zu sacken, und dann huscht sie geschäftig umher, findet einen Brocken zum Anlehnen für mich, spannt den Umhang über beide Stöcke, um den Regen von mir abzuhalten, bringt mehr zu trinken, kramt nach trockenem Zunder.

„Sobald es aufhört, mache ich uns ein richtiges Lagerfeuer, Don. Dann sehen sie unseren Rauch und wissen, dass es uns gut geht. Wir müssen nur warten." Fröhliches Lächeln. „Können wir es Ihnen noch irgendwie bequemer machen?"

Lieber und Heiliger Sterculius: Da spielt sie in einem Schlammloch Vatermutterkind. Einen albernen Moment lang frage ich mich, ob Mrs. Parsons es auf mich abgesehen hat. Und dann stößt sie wieder einen Seufzer aus und sinkt mit dieser lauschenden Miene in die Hocke. Unbewusst ruckelt sie mit dem Hintern herum. Mein Ohr erkennt das entscheidende Wort: *Warten.*

Ruth Parsons wartet. Genauer gesagt, sie führt sich auf, als würde es sie umbringen, dermaßen warten zu müssen. Aber worauf? Auf jemanden, der uns hier rausholt, was denn sonst? … Aber warum war sie dermaßen entsetzt, als ich versucht habe, aufzustehen? Warum diese ganze Anspannung?

Meine Paranoia meldet sich. Ich packe sie beim Kragen und gehe das Ganze noch mal durch. Bis zu der Stelle, wo gestern Nacht wer auch immer aufgetaucht ist, war Mrs. Parsons normal, schätze ich. Ruhig und vernünftig jedenfalls. Jetzt summt sie wie ein Drahtseil. Und sie scheint hier bleiben und warten zu wollen. Bloß so zum intellektuellen Zeitvertreib, warum?

Könnte sie beabsichtigt haben, hierher zu kommen? Ausgeschlossen. Ihr Ziel war Chetumal, und das liegt an der Grenze. Wobei Chetumal ein ganz schöner Umweg ist, wenn man nach Tikal will. Gehen wir mal von dem Szenario aus, dass sie in Chetumal jemanden treffen wollte. Jemanden, der Teil einer Organisation ist. Dann weiß ihr Kontakt in Chetumal jetzt, dass sie überfällig ist. Und als gestern Nacht diese Kerle auftauchen, deutet für sie irgendwas darauf hin, dass die derselben Organisation angehören. Und jetzt hofft sie, dass man eins und eins zusammenzählt und sie holen kommt?

„Könnte ich das Messer haben, Don? Ich möchte den Fisch ausnehmen."

Ich gebe es ihr etwas zögerlich und verpasse meinem Unterbewusstsein einen Tritt. So eine grundanständige Frau, eine brave Pfadfinderin. Mein Problem ist, dass ich hinter den sorgsamen Klischees zu oft auf professionelle Gewandtheit gestoßen bin. *Mich vergessen die Leute immer schnell wieder …*

Was läuft im Archiv Auslandsbeschaffung? Wittig befasst sich mit Geheimverträgen. Da geht's um viel Geld; Devisenverhandlungen, Preisabsprachen für Rohstoffe, Industrietechnologie. Oder könnte – nur als Hypothese – es einfach ein Bündel Geldscheine in diesem schlichten beigen Ventura gewesen sein, das gegen ein Päckchen aus, sagen wir, Costa Rica ausgetauscht werden sollte? Wenn sie ein Kurier wäre, würde man an das Flugzeug heran wollen. Und was ist dann mit mir und vielleicht auch mit Estéban? Gar nicht gut, nicht einmal hypothetisch gesprochen.

Ich sehe zu, wie sie an dem Fisch herumsäbelt, die Stirn knotig vor Anstrengung, die Zähne in der Lippe. Mrs. Ruth Parsons aus Bethesda, diese summende, zurückhaltende Frau. Wie verrückt kann ich denn sein? *Dann sehen sie unseren Rauch …*

„Hier ist Ihr Messer, Don. Ich habe es abgewaschen. Tut das Bein sehr weh?"

Ich blinzele die Fantasien weg und sehe eine ängstliche kleine Frau in einem Mangrovensumpf.

„Setzen Sie sich, ruhen Sie sich aus. Sie haben ganz schön geackert."

Sie setzt sich gehorsam hin, wie ein Kind beim Zahnarzt.

„Sie sind beunruhigt wegen Althea. Und sie macht sich umgekehrt wahrscheinlich um Sie Sorgen. Wir werden morgen zurückkehren, Ruth, aus eigener Kraft."

„Ehrlich gesagt bin ich kein bisschen besorgt, Don." Das Lächeln vergeht; sie knabbert an ihrer Lippe, starrt auf die Bucht hinaus.

„Wissen Sie, Ruth, ich war überrascht, als Sie angeboten haben, mitzukommen. Nicht, dass ich es nicht zu schätzen weiß. Aber ich hätte eher gedacht, Sie würden sich Sorgen machen, Althea mit unserem guten Piloten allein zu lassen. Oder ging es nur um mich?"

Damit habe ich endlich ihre Aufmerksamkeit.

„Ich glaube, Kapitän Estéban ist eine ganz feine Art Mensch."

Die Worte überraschen mich ein bisschen. Wäre die angemessene Antwort nicht eher ein „Ich vertraue Althea" oder sogar ein empörtes „Althea ist ein anständiges Mädchen"?

„Er ist ein Mann. Althea findet ihn anscheinend interessant."

Sie sieht wieder auf die Bucht hinaus. Und dann fällt mir auf, wie ihre Zunge herausschießt und über diese zum Greifen geeignete Oberlippe leckt. Das ist kein Sonnenbrand, diese Rötung um ihre Ohren herum und am Hals, und mit einer Hand reibt sie sanft ihren Schenkel. Was sieht sie da draußen in den Untiefen?

Oho.

Kapitän Estébans Mahagoniarme, wie sie Miss Althea Parsons Perlmuttkörper umklammern. Kapitän Estébans archaische Nasenlöcher, wie sie in Miss Parsons zartem Nacken schnuppern. Kapitän Estébans kupferrote Hinterbacken, wie sie in Altheas weichen, nach oben gereckten Po pumpen … Lebhafte Angelegenheit, so eine Hängematte. Maya kennen sich aus damit.

Na so was. Dann hat die Glucke ihre kleinen Eigenheiten.

Ich komme mir ziemlich blöd vor und bin mehr als nur ein wenig verärgert. *Jetzt*, wo ich es weiß … Aber es spricht viel für Ersatzbefriedigung, hier im Schlamm und im Regen. Ich lehne mich zurück, rufe mir Miss Althea, die Computerprogrammiererin, vor Augen. Sie hat sehr gelassen zum Abschied gewunken. Hat sie ihre Mutter losgeschickt, sich mit mir durch die Bucht zu quälen, damit sie sich auf Maya programmieren lassen kann? Mir fallen honduranische Mahagonistämme ein, die im schimmernden Sand verschwinden und wieder auftauchen. Gerade als ich vorschlagen will, dass Mrs. Parsons sich meinen Regenschutz ja vielleicht mit mir teilen könnte, bemerkt sie gleichmütig: „Die Maya scheinen mir eine ganz feine Art Menschen zu sein. Ich glaube, etwas Ähnliches haben Sie zu Althea gesagt."

Was das heißt, sickert in mich ein wie der Regen. Art. Wie in Zucht, Geblüt, Beschäler. Und ich soll Estéban nicht nur als Hengst, sondern als genetischen Spender empfohlen haben?

„Ruth, wollen Sie mir damit bedeuten, dass Sie bereit sind, ein halbindianisches Enkelkind zu akzeptieren?"

„Na ja, Don, also das ist doch Altheas Sache."

Wenn ich mir die Mutter so ansehe, ist es das wohl. Ach, pfeif drauf. Auf ner Mahagoniflöte.

Ruth lauscht jetzt wieder dem Wind, aber so leicht lasse ich sie nicht vom Haken. Nicht, wo sie dermaßen auf *noli me tangere* gemacht hat.

„Was wird Altheas Vater dazu sagen?"

Sie sieht mich ruckartig an, zutiefst entsetzt.

„Altheas Vater?" Kompliziertes Halblächeln. „Er wird nichts dagegen haben."

„Er akzeptiert das auch, ja?" Sie schüttelt den Kopf, als würde sie eine Fliege plagen, und ich füge mit der Boshaftigkeit eines Krüppels hinzu: „Ihr Ehemann muss eine ganz feine Art Mensch sein."

Ruth sieht mich an, schiebt abrupt ihr feuchtes Haar zurück. Ich habe den Eindruck, dass die unscheinbare Mrs. Parsons schwer in Schieflage kommt, aber ihre Stimme bleibt ruhig.

„Es gibt keinen Mr. Parsons, Don. Es hat auch nie einen gegeben. Altheas Vater war ein dänischer Medizinstudent … Ich glaube, er hat einige Bekanntheit erlangt."

„Oh." Irgendetwas warnt mich, jetzt nicht zu sagen, dass es mir leidtäte. „Sie meinen, er weiß gar nicht von Althea?"

„Nein." Sie lächelt. Ihre Augen glänzen irre.

„Muss ganz schön hart für Ihre Tochter sein."

„Ich habe unter denselben Umständen eine durchaus glückliche Kindheit gehabt."

Peng, ich bin tot. Ach du dickes Ei. Ein verrücktes Bild macht sich in meinem Kopf breit: Generationen allein lebender Parsons, die herumreisen und sich Hengste auswählen, sich schwängern lassen. Tja, in diese Richtung entwickelt sich die Welt ja, wie man hört.

„Ich sehe besser mal nach der Angelschnur."

Sie geht. Die Glut lässt nach. *Nein.* Einfach nein, kein Kontakt. Machen Sie es gut, Kapitän Estéban. Ich finde keine gute Stellung für mein Bein. Zum Teufel mit Mrs. Parsons Fernorgasmus.

Danach wechseln wir kaum ein paar Worte, was Ruth recht zu sein scheint. Der zusätzliche Tag zieht sich in die Länge. Ruth lässt noch ein paar Filets mehr anbrennen; aber der Regen erstickt ihr Schwelfeuer; am schlimmsten gießt es anscheinend, als sich jeden Moment die Sonne zeigt.

Schließlich kommt Ruth und setzt sich unter meinen durchhängenden Umhang, aber Wärme gibt es hier auch nicht. Ich döse, bekomme mit, wie sie ab und zu aufsteht und sich umsieht. Mein Unterbewusstsein stellt fest, dass sie immer noch unruhig ist. Ich sage meinem Unterbewusstsein, dass es den Rand halten soll.

Wenig später wache ich auf und sehe, dass sie die klatschnassen Seiten eines kleinen Notizbuchs beschreibt.

„Was wird das, eine Einkaufsliste für Alligatoren?"

Automatisches, höfliches Lachen. „Ach, nur eine Nachricht. Für den Fall, dass wir – ich bin albern, Don."

„Hey." Ich setze mich auf, verziehe das Gesicht. „Ruth, hören Sie auf, sich Sorgen zu machen. Im Ernst. Wir sind hier bald raus. Dann haben Sie eine tolle Geschichte zu erzählen."

Sie sieht nicht auf. „Ja … wahrscheinlich."

„Ach, kommen Sie, es läuft doch gut. Hier droht doch keine unmittelbare Gefahr. Oder sind Sie etwa allergisch gegen Fisch?"

Wieder ein Lachen à la braves kleines Mädchen, aber darin schwingt ein Zittern mit.

„Manchmal denke ich, ich wäre gern irgendwo … ganz woanders."

Um sie am Reden zu halten, sage ich das Erste, was mir durch den Kopf geht.

„Sagen Sie mal, Ruth. Ich frage mich, warum Sie sich daheim in Washington mit einem solchen einsamen Leben zufriedengeben. Ich meine, eine Frau wie Sie …"

„Sollte heiraten?" Sie gibt ein zitterndes Seufzen von sich, schiebt das Notizbuch zurück in die feuchte Tasche.

„Wieso nicht? So kommt man normalerweise zu Gesellschaft. Sie wollen mir doch nicht weismachen, dass Sie versuchen, irgend so eine berufsmäßige Männerhasserin zu sein."

„Eine Lesbierin, meinen Sie?" Ihr Lachen klingt besser. „Mit meiner Sicherheitsstufe? Nein, ich bin nicht lesbisch."

„Ja, dann. Was Sie auch Traumatisches durchgemacht haben, so etwas geht vorbei. Sie können doch nicht alle Männer hassen."

Da ist das Lächeln wieder. „Ach, da gab es nichts Traumatisches, Don, und ich *hasse* Männer auch nicht. Das wäre genauso dumm wie – das Wetter zu hassen." Sie sieht spöttisch zum peitschenden Regen hinauf.

„Ich denke, Sie hegen einen Groll. Nicht einmal ich bin Ihnen ganz geheuer."

Wieselflink sagt sie: „Ich würde zu gern etwas über Ihre Familie hören, Don?"

Touché. Ich gebe ihr die gekürzte Fassung, wie es kommt, dass ich niemanden mehr habe, und sie sagt, wie traurig, schade. Und wir plaudern darüber, was für ein gutes Leben ein Single eigentlich hat, und wie gern sie mit ihren Freundinnen ins Theater und in Konzerte geht, und die eine ist Hauptkassiererin bei Ringling Brothers, was ich denn dazu sage?

Aber es kommt immer ruckeliger heraus, wie bei einer kaputten Kassette, und ihr Blick wandert in den Pausen den Horizont entlang, und ihr ist anzusehen, dass sie nach etwas Anderem als meiner Stimme lauscht. Was stimmt denn nicht mit ihr? Na ja, was stimmt schon nicht mit einer heimlichtuerischen, unkonventionellen Frau mittleren Alters, die abends allein ins Bett geht? Und die zugleich Geheimnisträgerin ist. Eine alte Einstellung meldet sich unfreundlich mit der Bemerkung, dass Mrs. Parsons genau das verkörpert, was man als klassische Zielperson zum Flachlegen kennt.

„– heutzutage viel mehr Möglichkeiten.“ Ihre Stimme verliert sich.

„Ein Hoch auf die Frauenbewegung, hm?“

„Die Emanzipation?“ Ungeduldig beugt sie sich vor und zupft den Umhang zurecht. „Ach, deren Schicksal ist besiegelt.“

Die düstere Formulierung weckt meine Aufmerksamkeit.

„Was meinen Sie damit, ‚besiegelt‘?“

Sie wirft mir einen Blick zu, als könnte auch ich ein bisschen Zurechtzupfen vertragen, und sagt vage: „Ach …“

„Kommen Sie, warum sollte ihr Schicksal besiegelt sein? Wurde die Gleichberechtigung nicht gesetzlich festgeschrieben?“

Langes Zögern. Als sie wieder spricht, klingt ihre Stimme anders.

„Frauen haben keine Rechte, Don, wir dürfen nur, was die Männer uns erlauben. Männer sind aggressiver und stärker, sie beherrschen die Welt. Wenn die nächste richtige Krise sie in Aufregung versetzt, schwinden unsere so genannten Rechte dahin wie – wie dieser Rauch. Dann sind wir wieder, was wir immer waren: Besitz. Und egal was dann schiefgegangen ist, schuld daran wird unsere Freiheit gewesen sein, genau wie beim Fall von Rom. Warten Sie's nur ab."

Alles das bringt sie im neutralen Tonfall absoluter Überzeugung vor. Diesen Tonfall habe ich zuletzt gehört, als ein Kollege erläuterte, warum er unbedingt lauter tote Tauben in seinem Aktenschrank aufbewahren musste.

„Ach, kommen Sie. Sie und Ihre Freundinnen sind das Rückgrat des Systems; wenn Sie alles hinwerfen, stehen in diesem Land bis Mittag sämtliche Räder still."

Darauf kein Lächeln.

„Das ist eine Illusion." Ihre Stimme nach wie vor ruhig. „So funktionieren Frauen nicht. Wir sind – wir sind zahnlos." Sie sieht sich um, als würde sie mit dem Gespräch lieber aufhören. „Frauen geht es ums Überleben. Wir leben allein oder zu zweit in den Spalten Ihrer Weltmaschine."

„Klingt nach einer Guerilla-Operation." Das ist nicht mal gescherzt, hier in der Alligatorhöhle. Im Grunde frage ich mich, ob ich mir zu viele Gedanken über Mahagonistämme gemacht habe.

„Guerillakämpfer haben etwas, worauf sie hoffen können." Auf einmal setzt sie ein fröhliches Lächeln auf. „Stellen Sie sich uns als Opossums vor, Don. Wussten Sie, dass es überall Opossums gibt? Sogar in New York City."

Ich erwidere das Lächeln mit einem Prickeln im Nacken. Ich dachte, ich wäre der Paranoide hier.

„Männer und Frauen sind keine unterschiedlichen Spezies, Ruth. Frauen tun genau dasselbe wie Männer."

„Tun sie das?" Unsere Blicke begegnen sich, aber sie scheint im Regen zwischen uns Gespenster zu sehen. Sie murmelt irgendwas, „My Lai" vielleicht, und schaut weg. „Diese ganzen endlosen Kriege …" Ihre Stimme ist ein Flüstern. „Diese ganzen riesigen autoritären Organisationen, die irgendwelche unwirklichen Sachen machen. Das Leben der Männer besteht aus Kampf gegeneinander; wir sind nur Bestandteil des Schlachtfelds. Das wird sich nie ändern, dazu müsste man die ganze Welt ändern. Ich träume manchmal davon – wegzugehen –" Sie merkt etwas und ändert abrupt die Tonlage. „Entschuldigen Sie, Don, ich plappere lauter törichtes Zeug."

„Auch Männer verabscheuen den Krieg, Ruth", sage ich, so freundlich ich kann.

„Ich weiß." Sie zuckt die Achseln und steht auf. „Aber sie führen ihn trotzdem, oder etwa nicht?"

Ende der Kommunikation. Mrs. Ruth Parsons lebt nicht einmal mit mir in derselben Welt.

Ich sehe zu, wie sie sich rastlos umher bewegt, immer wieder zu den Ruinen sieht. Solche Entfremdung kann sich zu toten Tauben summieren, was das Problem der GSA wäre. Sie kann auch dazu führen, irgendeinem Kerl zu glauben, der den Leuten verspricht, die ganze Welt zu ändern. Was theoretisch mein Problem sein könnte, wenn einer von der Sorte nämlich letzte Nacht drüben in diesem Lager war, wo sie immer wieder hinguckt. *Guerillakämpfer haben etwas, worauf sie hoffen können …* ?

Unsinn. Ich versuche es mit einer anderen Position und sehe, dass der Himmel jetzt, wo die Sonne untergeht, anscheinend aufklart. Auch der Wind lässt endlich nach. Ist doch verrückt, zu glauben, dass diese harmlose Frau in diesem Sumpf irgendeine Fantasie auslebt. Aber diese Ausrüstung gestern war keine Fantasie; wenn es zwischen diesen Burschen und ihr eine Verbindung gibt, dann werde ich im Weg sein. Ein praktischerer Ort, die Leiche loszuwerden, lässt sich kaum finden … Vielleicht ist ja irgend so ein *guévarista* eine feine Art Mensch?

Absurd. Klar … Absurder wäre nur noch, die Kriege überstanden zu haben, um mich dann auf einer Angelreise von dem Freund einer durchgeknallten Bibliothekarin ausschalten zu lassen.

Im Bach neben uns platscht ein Fisch. Ruth wirbelt so schnell herum, dass sie gegen den Umhang stößt. „Ich mache besser mal das Feuer“, sagt sie, die Augen immer noch auf die Ebene gerichtet und den Kopf leicht geneigt, lauschend.

Na schön, kleiner Test.

„Erwarten Sie Besuch?“

Volltreffer. Sie erstarrt, und ihre Augen kommen zu mir herumgeschwenkt wie in einem Filmausschnitt mit dem Titel FURCHT. Ich kann sehen, wie sie sich für ein Lächeln entscheidet.

„Ach, das weiß man nie!“ Sie lacht merkwürdig, mit unveränderten Augen. „Ich hol mal – Feuerholz.“ Sie flitzt richtig in die Büsche davon.

Niemand, paranoid hin oder her, könnte *das* eine normale Reaktion nennen.

Ruth Parsons ist entweder verrückt, oder sie rechnet damit,

dass irgendetwas passiert – und das hat mit mir nichts zu tun: Sie hat sich ja vor Angst fast eingepisst eben.

Na ja, sie könnte einen an der Waffel haben. Und ich könnte mich irren, aber es gibt Fehler, die macht man nur einmal.

Widerstrebend ziehe ich den Reißverschluss meines Geldgürtels auf. Wenn ich das denke, was ich denke, gibt es nur eins zu tun, nämlich etwas für mein Bein zu nehmen und so weit wie möglich von Mrs. Ruth Parsons wegzukommen, bevor ihr Besuch eintrudelt.

In meinem Gürtel befindet sich auch ein Aktivposten Kaliber .32, von dem Ruth nichts weiß, und der bleibt dort auch. Meine Strategie zum Altwerden überlässt die Feuergefechte dem Fernsehen und empfiehlt, woanders zu sein, wenn das Dach einstürzt. Ich kann eine absolut sichere und außerdem absolut grausige Nacht draußen in einer dieser Mangrovenniederungen verbringen … Ja, hab ich sie noch alle?

In diesem Moment steht Ruth auf und starrt unverhohlen landeinwärts, mit Hand an der Stirn. Dann steckt sie etwas in die Tasche, knöpft sich die Hose zu und zieht ihren Gürtel fest.

Das entscheidet die Sache.

Ich schlucke zwei 100-mg-Tabletten trocken runter, die müssten mich gehfähig machen und klar genug bleiben lassen, dass ich den Kopf unten halte. Nur ein paar Minuten warten. Ich versichere mich, dass ich meinen Kompass und ein paar Haken in der eigenen Tasche habe und sitze wartend da, während Ruth mit ihrem Schwelfeuer herumwerkelt und verstohlen wegsieht, wenn sie denkt, dass ich nicht hingucke.

Die flache Umgebung verwandelt sich in ein unirdisches Lichtspektakel aus Bernstein und Lila, als die erste Taubheit in mein Bein sickert. Ruth ist unter die Bromelien gekrochen, um nach weiterem trockenen Brennmaterial zu suchen; ich kann ihren Fuß sehen. Gut. Ich greife nach meinem Stock.

Auf einmal zuckt der Fuß, und Ruth schreit auf – oder besser, ihre Kehle macht dieses *Ah-ah-hhh*, das reinstes Grauen ausdrückt. Der Fuß verschwindet in einem Gerassel von Bromelientrichtern.

Ich kämpfe mich auf die Krücke hoch und sehe das Ufer entlang auf eine eingefrorene Szene.

Ruth kauert seitlich auf dem Rand, hält sich den Bauch. Sie sind einen knappen Meter tiefer, treiben in einem kleinen Boot auf dem Fluss. Während ich blöd vor mich hin überlegt habe, sind mir ihre Freunde bis unter den Arsch geglitten. Sie sind zu dritt.

Groß sind sie und weiß. Ich versuche, sie als Männer in irgendwelchen weißen Overalls zu sehen. Derjenige, der dem Ufer am nächsten ist, streckt einen langen, weißen Arm zu Ruth aus. Sie zuckt zurück, krabbelt weiter weg.

Der Arm streckt sich hinter ihr her. Er wird länger und länger. Er streckt sich fast zwei Meter weit und bleibt in der Luft hängen. Kleine schwarze Etwasse zucken an seinem Ende.

Ich sehe dahin, wo ihre Gesichter sein müssten, und sehe schwarze leere Schalen mit senkrechten Streifen. Die Streifen bewegen sich langsam …

Es besteht keine Möglichkeit mehr, dass sie menschlich sein könnten – oder sonst etwas, das ich im Leben je gesehen habe. Was hat Ruth da heraufbeschworen?

Die Szene ist absolut still. Ich blinzele, blinzele – das kann nicht wirklich passieren. Die beiden im anderen Ende des Bootes winden diese Arme um einen Apparat auf einem Stativ. Eine Waffe? Auf einmal höre ich dieselbe undeutliche Stimme von heute Nacht.

„Ghh-gib", ächzt das Ding. „G-gib …"

Lieber Gott, was auch immer hier vor sich geht, es ist Wirklichkeit. Ich habe entsetzliche Angst. Mein Gehirn versucht, bloß keine Worte dafür zu finden.

Und Ruth – Himmel, natürlich – sie hat auch Angst; sie schiebt sich das Ufer entlang von ihnen weg, glotzt die Monster in dem Boot an, die eindeutig niemandes Freunde sind. Sie hält etwas an ihren Leib gepresst. Warum geht sie nicht die Böschung hoch und hinter mir in Deckung?

„G-g-gib." Dieses Keuchen kommt aus dem Apparat. „Biiitte gib." Das Boot bewegt sich unterhalb von Ruth flussaufwärts, folgt ihr. Der Arm wallt wieder auf sie zu, seine schwarzen Finger schlängeln sich. Ruth krabbelt nach oben auf die Böschung.

„Ruth!" Meine Stimme bricht. „Ruth, kommen Sie hinter mich!"

Sie sieht mich nicht an, schiebt sich nur weiter weg. Meine Angst bricht sich als Zorn Bahn.

„Kommen Sie zurück!" Mit der freien Hand zerre ich die .32er aus meinem Gürtel. Die Sonne ist untergegangen.

Ruth dreht sich nicht um, sondern richtet sich vorsichtig auf, hält immer noch dieses Ding an sich gepresst. Ich sehe, dass ihr Mund auf und zu geht. Versucht sie ernsthaft, mit denen zu *reden*?

„Bitte …“ Sie schluckt. „Bitte redet mit mir. Ich brauche eure Hilfe.“

„RUTH!“

In diesem Moment verwandelt sich das vorderste weiße Monster in eine große S-Kurve und fliegt ans Ufer, direkt auf sie zu, zwei Meter fünfzig sich schneeartig kräuselndes Grauen.

Und ich schieße auf Ruth.

Einen Moment lang merke ich es gar nicht – ich habe die Waffe so schnell hochgerissen, dass mir der Stock ausrutscht, und ich im Feuern umfalle. Ich kämpfe mich hoch, höre Ruth schreien: „Nein! Nein! Nein!“

Dieses Wesen ist wieder unten bei seinem Boot, und Ruth ist noch weiter weg, hat die Arme um sich geschlungen. Blut läuft ihren Ellenbogen hinab.

„Hören Sie auf, Don! Die greifen Sie nicht an!“

„Um Himmels willen! Machen Sie keinen Quatsch, ich kann Ihnen nicht helfen, wenn Sie nicht von denen weggehen!“

Keine Antwort. Niemand rührt sich. Kein Geräusch, nur das Brummen eines Düsenflugzeugs hoch oben. In dem dunkler werdenden Strom unter mir bewegen sich die drei Gestalten unruhig; ich bekomme den Eindruck von Radarschüsseln, die sich ausrichten. Das Wort ergibt sich von allein in meinen Kopf: Fremde.

Außerirdische.

Was mache ich jetzt, den Präsidenten verständigen? Sie mal eben gefangen nehmen, mit meiner Erbsenpistole? … Ich bin allein am Arsch der Pampa, mit nur einem Bein und einem Gehirn, das in Meperidin-Hydrochlorid schwimmt.

„Brrr-itte", blubbert ihre Maschine wieder. „We-welche Hiff..."

„Unser Flugzeug ist abgestürzt", sagt Ruth mit einer ganz deutlichen, unheimlichen Stimme. Sie zeigt nach oben zu dem Flugzeug, hinaus in die Bucht. „Mein – mein Kind ist dort. Bitte bringt uns in eurem Boot dorthin."

Du lieber Gott. Während sie gestikuliert, bekomme ich das Ding zu sehen, das sie in ihrem verletzten Arm birgt. Es ist metallisch, wie ein großer, schimmernder Verteilerkopf. Was –?

Moment mal. Heute früh: Als sie so lange weg gewesen ist, da kann sie das Ding gefunden haben. Etwas, das sie zurückgelassen haben. Oder verloren haben. Und sie hat es versteckt, ohne mir was zu sagen. Darum ist sie immer wieder unter diesen Bromelienklumpen gekrochen – sie hat es sich angesehen. Gewartet. Und die Besitzer sind zurückgekommen und haben sie sich gegriffen. Sie wollen es. Ruth versucht, mit ihnen ins Geschäft zu kommen, Herrgott.

„– Wasser." Sie zeigt wieder dorthin. „Bringt uns. Mich. Und ihn."

Die schwarzen Gesichter wenden sich mir zu, blind und grausig. Später werde ich vielleicht einmal dankbar sein für dieses „uns". Jetzt nicht.

„Werfen Sie Ihre Waffe weg, Don. Dann bringen sie uns zurück." Ihre Stimme ist dünn.

„Einen Scheiß werde ich tun. Ihr – wer seid ihr? Was macht ihr hier?"

„Ach, Gott, spielt das eine Rolle? Er hat Angst", ruft sie ihnen zu. „Versteht ihr?"

Sie ist genauso fremdartig wie diese Wesen, dort im Zwielicht. Im Boot wird gezwitschert. Die Kiste fängt zu ächzen an.

„Ss-stu-denten", mache ich aus. „S-stu-dieren … tun-eu-chnichs … wir … bloh …" Nur noch Geblubber und dann: „G-gebt … wir … g-gehen …"

Friedliebende Studenten im Kulturaustausch – auf interstellarer Ebene jetzt. Oh, nein.

„Bringen Sie dieses Ding her, Ruth – sofort!"

Aber sie bewegt sich das Ufer hinunter zu ihnen, sagt: „Nehmt mich mit."

„Warten Sie! Ihr Arm muss verbunden werden."

„Ich weiß. Bitte nehmen Sie die Waffe runter, Don."

Sie ist schon bei dem Boot, direkt bei ihnen. Sie bewegen sich nicht.

„Herr im Himmel." Langsam, widerstrebend, lasse ich die .32er sinken. Als ich die Böschung runtergehe, stelle ich fest, dass ich schwebe; Adrenalin und Demerol sind eine schlechte Mischung.

Das Boot kommt auf mich zu geglitten, Ruth im Bug umklammert dieses Ding und ihren Arm. Die Fremden bleiben im Heck hinter ihrem Stativ, weg von mir. Mir fällt auf, dass das Boot braun und grün getarnt ist. Die Welt um uns herum ist tief dunkelblau.

„Don, bringen Sie den Wasserbeutel!"

Während ich den Plastikbeutel runterzerre, kommt mir der Gedanke, dass Ruth jetzt wirklich durchdreht, das Wasser wird jetzt nicht gebraucht. Aber mein Hirn scheint auch überlastet. Ich kann mich gerade noch auf diesen langen, weißen, gummiartigen Arm mit den schwarzen Würmern konzentrieren, die den orangen Schlauch umschließen und mir helfen, ihn reinzuhieven. Das hier passiert gar nicht.

„Schaffen Sie es hinein, Don?" Als ich mein taubes Bein hochhieve, strecken sich zwei weiße Röhren nach mir aus. *Lasst das bloß sein.* Ich steige hinein und stürze neben Ruth. Sie bewegt sich weg.

Ein schrilles Summen ertönt, es kommt von einer keilförmigen Erhöhung in der Bootsmitte. Und wir fahren, gleiten langsam auf dunkle Mangrovenreihen zu.

Ich starre stumpfsinnig auf den Keil. Außerirdische Geheimtechnologie? Ich kann nichts davon sehen, die Energiequelle steckt unter dieser dreieckigen Abdeckung, die vielleicht einen halben Meter lang ist. Die Gerätschaften auf dem Stativ sind genauso rätselhaft, nur dass die eine über eine große Linse verfügt. Ihr Licht?

Als wir die offene Bucht erreichen, wird das Summen höher, und wir gleiten immer schneller. Dreißig Knoten? Schwer zu schätzen in der Dunkelheit. Ihr Schiffskörper scheint ein abgewandelter Dreiflächler zu sein, ganz ähnlich wie bei uns, nur dass es erstaunlich wenig Klatscher gibt. Vielleicht sieben Meter lang. Pläne, es ihnen zu klauen, wirbeln durch meinen Kopf. Dafür werde ich Estéban brauchen.

Auf einmal streicht eine gewaltige Flut weißen Lichts vom Stativ her über uns hinweg, verdeckt die Fremden im Heck. Ich sehe, wie Ruth sich einen Gürtel um den Arm zieht. Sie presst immer noch das Ding an sich.

„Ich mach Ihnen das fest."

„Geht schon."

Das außerirdische Gerät glitzert oder phosphoresziert

leicht. Ich beuge mich hinüber, um es mir anzusehen, flüstere: „Geben Sie es mir, ich geb's dann Estéban."

„Nein!" Sie macht einen Satz weg, fast über den Bootsrand. „Das gehört ihnen, sie brauchen es!"

„Was? Sind Sie verrückt?" Ich bin dermaßen verdattert über diese Idiotie, dass ich ernsthaft ins Stammeln komme. „Wir müssen das tun, wir –"

„Die haben uns nichts getan. Obwohl sie es könnten, bestimmt." Ihre Augen sehen mich mit wilder Intensität an; in dem Licht hat sie das Gesicht einer Wahnsinnigen. Obwohl ich so benommen bin, wird mir klar, dass dieses verfluchte Weibsstück sich über die Bootswand werfen wird, sobald ich eine Bewegung mache. Mitsamt diesem außerirdischen Ding.

„Ich glaube, die sind freundlich", sagt sie leise.

„Um Himmels willen, Ruth, das sind Außerirdische! Völlig fremde Wesen!"

„Nichts Neues für mich", sagt sie abwesend. „Dort ist die Insel! Stopp! Anhalten!"

Das Boot verlangsamt, dreht bei. Ein Hügel aus Blattwerk sieht in dem Licht ganz klein aus. Metall glitzert – das Flugzeug.

„Althea! Althea! Geht's dir gut?"

Schreie, Bewegung beim Flugzeug. Das Wasser steht hoch, wir treiben über die Barre hinweg. Die Außerirdischen bleiben hinter uns, sodass das Licht sie verbirgt. Ich sehe eine blasse Gestalt auf uns zu platschen und dahinter eine dunkle, die sich langsamer bewegt. Estéban ist wohl verwirrt über dieses Licht.

„Mr. Fenton ist verletzt, Althea. Diese Leute haben uns auf dem Wasser zurückgebracht. Geht es dir gut?"

„Ähm – ach so.“ Althea kämpft sich heran, späht neugierig hinein. „Seid ihr wohlauf? Puh, dieses Licht!“ Automatisch will ich ihr den bescheuerten Wasserbeutel geben.

„Das soll mal der Kapitän machen“, sagt Ruth scharf. „Althea, kannst du ins Boot klettern? Schnell, es ist wichtig.“

„Komme schon.“

„Nein, nein!“ Ich protestiere, aber das Boot wackelt, als Althea eifrig hereinsteigt. Die Fremden zwitschern, und ihr Stimmkasten fängt zu ächzen an. „Ga-gib … jetzt … gib …“

„*Qué llega?*“ Estébans Gesicht taucht neben mir auf, er blinzelt grimmig ins Licht.

„Schnell, nehmen Sie es – dieses Ding, das sie hat –“, aber Ruths Stimme erhebt sich über meine. „Kapitän, heben Sie Mr. Fenton aus dem Boot. Er hat sich das Bein verletzt. Machen Sie schnell, bitte.“

„Verdammt, warten Sie!“, rufe ich, aber ein Arm umfasst meine Mitte. Wenn ein Maya einen hochhebt, hängt man in der Luft. Ich höre Althea sagen: „Mutter, dein Arm!“, und falle auf Estéban. Wir taumeln im Wasser, das mir bis zur Taille geht. Ich spüre meine Füße nicht, kein Stück.

Als ich richtig stehe, ist das Boot Meter entfernt. Die beiden Frauen stecken die Köpfe zusammen, flüstern.

„Holen Sie sie!“ Ich reiße mich von Estéban los und quäle mich voran. Ruth steht in dem Boot auf und dreht sich zu den unsichtbaren Fremden um.

„Nehmt uns mit euch. Bitte. Wir wollen mit euch gehen, weg von hier.“

„Ruth! Estéban, halten Sie das Boot auf!“ Ich werfe mich nach vorn und komme wieder nicht mit meinen Füßen klar. Die Fremden zwitschern wie verrückt hinter ihrem Licht.

„Bitte nehmt uns mit. Es ist uns egal, wie es auf eurem Planeten so ist; das lernen wir schon – wir werden alles tun! Wir werden auch keinen Ärger machen. Bitte. Ach, *bitte.*" Das Boot treibt weiter weg.

„Ruth! Althea! Sind Sie verrückt? Warten Sie –" Aber ich krieg die Beine nicht vom Fleck in dem Morast, wie in einem Alptraum. Diese verdammte Kiste keucht: „N-nicht wieder … nicht wieder … hier …" Althea dreht sich dorthin um, grinst mit offenem Mund.

„Ja, wir verstehen", ruft Ruth. „Wir wollen nicht wieder hierher zurück. Bitte nehmt uns mit!"

Ich rufe, und Estéban platscht an mir vorbei und ruft ebenfalls, irgendwas von wegen Funkgerät.

„J-j-ja", stöhnt die Stimme.

Ruth setzt sich plötzlich, umarmt Althea. In diesem Moment packt Estéban neben ihr den Bootsrand.

„Halten Sie sie fest, Estéban! Lassen Sie sie nicht weg."

Er wirft einen schlitzäugigen Blick zu mir nach hinten, und mir wird klar, dass ihn das alles überhaupt nichts angeht. Er hat die Tarnfarbe schon gesehen, und dass Ausrüstung zum Fischen fehlt. Ich mache einen verzweifelten Satz nach vorn und rutsche wieder aus. Als ich hochkomme, sagt Ruth: „Wir gehen mit diesen Leuten mit, Kapitän. Bitte nehmen Sie sich Ihr Geld aus meiner Handtasche, sie ist im Flugzeug. Und geben Sie das hier Mr. Fenton."

Sie gibt ihm etwas Kleines; das Notizbuch. Er nimmt es langsam.

„Estéban! Nein!"

Er hat das Boot losgelassen.

„Ich danke Ihnen sehr", sagt Ruth, als sie wegtreiben. Ihre

Stimme ist zittrig; sie hebt sie. „Es wird alles gutgehen, Don. Bitte geben Sie dieses Telegramm auf. Es geht an eine Freundin von mir; sie wird sich um alles kümmern." Dann fügt sie die verrückteste Bemerkung der gesamten Nacht an. „Sie ist ein großartiger Mensch; sie arbeitet bei den NIH als Abteilungsleiterin im Bereich Schwesternausbildung."

Während das Boot wegtreibt, höre ich Althea etwas sagen wie: „Dann mal los."

Du lieber Gott … Im nächsten Moment fängt das Summen an; das Licht zieht sich rasch zurück. Das Letzte, was ich von Mrs. Ruth Parsons und Miss Althea Parsons sehe, sind zwei kleine Schatten vor diesem Licht, wie zwei Opossums. Zack, geht das Licht aus, das Summen wird tiefer – und sie entfernen sich, entfernen sich weiter, sind weg.

Im dunklen Wasser neben mir verkündet Estéban, dass sie ihn alle mal *chingar* können.

„Irgendwelche Freunde", erkläre ich lahm. „Mit denen sie anscheinend weiterreisen wollte."

Er ist betont still, schleppt mich zum Flugzeug. Er weiß besser als ich, was sich hier alles rumtreiben kann, und Maya haben ihren eigenen Langlebigkeitsplan. Sein Zustand scheint besser. Beim Reingehen sehe ich, dass die Hängematte wieder an ihrer alten Stelle hängt.

In der Nacht – von der ich nicht mehr viel weiß – wechselt der Wind. Und am nächsten Morgen um halb acht brummt eine Cessna unter einem wolkenlosen Himmel die Sandbank heran.

Mittags sind wir wieder in Cozumel. Kapitän Estéban lässt sich bezahlen und verschwindet lakonisch zu seinen Kämpfen mit der Versicherung. Ich gebe die Reisetaschen der Parsons bei der Aerovías Caribe ab, deren Angestellte kaum gleichgültiger sein könnten. Das Telegramm geht an eine Mrs. Priscilla Hayes Smith, ebenfalls in Bethesda. Ich schaffe mich zum *medico*, und um drei Uhr nachmittags sitze ich mit einem geschwollenen Bein und einer doppelten Margarita auf der Terrasse des Cabaña und versuche, die ganze Geschichte zu glauben.

Das Telegramm lautete: Althea und ich ergreifen außergewöhnliche Reisegelegenheit. Sind mehrere Jahre fort. Bitte regele unsere Angelegenheiten. Alles Liebe, Ruth.

Das hat sie an diesem Nachmittag geschrieben, verstehen Sie.

Ich bestelle noch eine doppelte und wünsche mir, verdammt noch mal einen besseren Blick auf dieses Gerät bekommen zu haben. Hatte es ein Schild, *Made by Betelgeusians*? Ganz egal, wie seltsam es ausgesehen hat, wie kann man dermaßen verrückt sein, auf die Idee zu kommen –?

Und nicht nur das, sondern zu hoffen, zu planen? *Wenn ich bloß abhauen könnte …* Das hat sie gemacht, den ganzen Tag lang. Gewartet, gehofft, überlegt, wie sie Althea holen kann. Um unbesehen zu einer fremden Welt zu fliegen …

Mit der dritten Margarita versuche ich mich an einem Scherz über entfremdete Frauen, aber ich bin nicht mit dem Herzen dabei. Und ich bin mir sicher, dass es keinen Ärger geben wird, nicht die kleinsten Schwierigkeiten. Zwei Menschenfrauen, von denen eine wahrscheinlich schwanger ist, sind ausgewandert, zu den Sternen wohl, und das wird in der Gesellschaft nicht auch nur eine Welle machen. Ich brüte: Halten sich Mrs. Parsons' Freundinnen alle für irgendwelche Gelegenheiten bereit, inklusive das Verlassen der Erde?

Und wird Mrs. Parsons eines Tages irgendwie arrangieren, dass Mrs. Priscilla Hayes Smith geholt wird, dieser großartige Mensch?

Ich kann mir nur noch so eine Kaltschale bringen lassen, während ich über Althea nachdenke. Zu welchen Sonnen wird Kapitän Estébans dunkeläugiger Sprössling, so es ihn gibt, einmal hinaufschauen? „Steig ein, Althea, wir fliegen zum Orion.“ „Ähm – alles klar, Mutter.“ Ist das irgendeine bestimmte Erziehungsmethode? *Wir leben allein oder zu zweit in den Spalten Ihrer Weltmaschine … Fremde Wesen sind nichts Neues für mich …* Sie hat jedes Wort so gemeint. Das ist doch krank. Wie kann eine Frau beschließen, unter unbekannten Monstern zu leben, ihrem Zuhause, ihrer Welt Lebewohl zu sagen?

Als die Margaritas Wirkung zeigen, schmilzt das ganze verrückte Szenario zu dem Bild dieser beiden kleinen Umrisse zusammen, die Seite an Seite in dem sich zurückziehenden außerirdischen Gleißen sitzen.

Zwei von unseren Opossums sind weg.

Originaltitel: „The Women Men Don’t See“

Veröffentlicht mit Gen.Nr. 67'972 der Paul & Peter Fritz AG in Zürich
Aus dem Amerikanischen von Frank Böhmert

Nachwort zu „Frauen, die man übersieht“

Eine bestimmte Art Geschichte war in der Science-Fiction einmal sehr geläufig: Ein Mann und eine Frau finden sich in einer entlegenen Wildnis wieder. Eine geheimnisvolle, bedrohliche Kreatur bricht aus dem Urwald hervor. Der Held handelt: Er beschützt die Frau, besiegt das Monster und rettet den Tag. Kuss, Liebe, Ende der Geschichte.

Frauen, die man übersieht ist, unter anderem, eine Parodie auf diese Sorte Erzählung. In ihr fragt James Tiptree Jr.: „Wer sind die Monster? Welche Wahlmöglichkeiten haben die Menschen? Wo könnten die Loyalitäten der Frau liegen?“

Als diese schwarzhumorige Geschichte 1972 geschrieben wurde, war auch ihr Autor auf gewisse Weise unsichtbar. Obwohl Tiptree seit vier, fünf Jahren veröffentlichte, war niemand in der eng verbundenen Science-Fiction-Szene diesem geheimnisvollen, einsiedlerischen Kollegen je begegnet. Einige wenige, so etwa Philip K. Dick, Ursula K. Le Guin, Harlan Ellison und die feministische Autorin Joanna Russ, hatten „Tip“ auf dem Postweg näher kennengelernt, durch geistreiche, charmante Briefe, die allmählich länger und persönlicher wurden. Als Absenderanschrift war ein Postfach in McLean, Virginia angegeben, einer Vorstadt von Washington, DC, ein Stück die Straße hinunter vom Hauptsitz der CIA.

„Tiptree“ wurde als Pseudonym erachtet, hinter dem sich wohl eine Art Regierungsagent verbarg, ein Macho nicht unähnlich der Figur des Don Fenton. Tiptree schrieb nicht nur wie ein harter Kerl; er schien auch über ein bemerkenswertes Verständnis der weiblichen Psyche zu verfügen. Als *Frauen, die man übersieht* veröffentlicht wurde, nannte Tips Freund

Robert Silverberg es „eine zutiefst feministische Geschichte, die auf gänzlich maskuline Weise erzählt wird". Le Guin erinnerte sich später: „Frauen lasen sie und waren verblüfft, erfreut, überglücklich, dass ein Mann eine solche Geschichte schreiben konnte".

War Tiptree vielleicht schwul? Eine Frau? Nein, auf gar keinen Fall, sagten alle. Tiptree hatte beim Militär gedient, schrieb über die Jagd und das Angeln – eindeutig ein richtiger Mann. Erst fünf Jahre später ließ Tiptree das Pseudonym schließlich fallen und entpuppte sich als eine 61-jährige Frau namens Alice Bradley Sheldon.

Tatsächlich war Sheldon, eine forschende Psychologin im Ruhestand, eine ebenso faszinierende Gestalt wie Tiptree – oder besser, Tiptree war als Frau ebenso interessant, denn seine Lebensgeschichte war zugleich die ihre. Sie stellte das Pseudonym als eine Laune dar, die ihr über den Kopf gewachsen war: Sie hatte es beiläufig gewählt, einen Namen auf einem Marmeladenglas, und damit nur ihre akademische Laufbahn schützen wollen. Als dann Briefe an „Mr. Tiptree" eingingen, hatte Sheldon sie eben beantwortet. „Daran war nichts Kalkuliertes. (In so etwas bin ich nicht gut)", behauptete sie. „Ich kann nichts dafür, was andere für männliche oder weibliche Schreibweisen halten."

Sheldon (1915-1987) wurde als Alice Bradley geboren, das einzige Kind von Herbert Bradley, einem wohlhabenden Rechtsanwalt, und Mary Hastings Bradley, einer erfolgreichen Autorin von Reiseberichten und Unterhaltungsliteratur. Als sie sechs war, nahmen die Bradleys sie nach Afrika mit und reisten per Bahn und zu Fuß von Kapstadt nach Kampala, in Begleitung des Jägers, Naturforschers und Sammelreisenden Carl Akeley. Diese und weitere Reisen vermittelten Alice eine gründliche Bildung in Sachen natürlicher Schönheit, menschlicher Grausamkeit – sie wollte mit angehört haben, wie ein Mann mitten in der Nacht getötet und aufgefressen wurde, während sie in ihrem Zelt lag – und Entfremdung. Science-Fiction verdankt den kolonialen Abenteuergeschichten viel; Jahre später, als Sheldon zum ersten Mal *Star Trek* sah, erkannte sie darin sofort eine Geschichte über ihre Kindheit wieder.

Vielleicht weil ihre Mutter Schriftstellerin war, wollte Alice Malerin werden. Mit neunzehn wurde sie von ihrer Mutter in die Gesellschaft eingeführt; sie rebellierte dagegen, indem sie einen Jungen heiratete, den sie auf dem Fest kennenlernte. Die Ehe ging nicht gut, und als Alice ihren Mann 1941 verließ, gab sie zugleich auch, aus unbekannten Gründen, die Malerei auf. 1942 zog sie Schuhe mit 8-cm-Absätzen und ihre Fuchspelzjacke an und ging in Chicago zu einem Rekrutierungsbüro, um sich zum Militärdienst zu melden.

Sie wurde dem Nachrichtendienst der Luftwaffe zugeteilt und lernte dort ihren zweiten Mann kennen, Huntington Sheldon. Die beiden heirateten im September 1945 in Paris und zogen später nach Washington, DC, wo sie bei der CIA als Analytiker ihren Dienst aufnahmen. (Er blieb bei der Agency, wohingegen sie, als Frau auf einen viel langweiligeren Posten gesetzt, nach drei Jahren aufhörte.) Kurz davor lernte Alice eine Militärkrankenschwester kennen, die später „Abteilungsleiterin im Bereich Schwesternausbildung bei den NIH“ wurde (und einen kleinen Gastauftritt in *Frauen, die man übersieht* hat). Es ist nicht unwahrscheinlich, dass Alice und ihre Freundin eine Affäre miteinander hatten. Alice fühlte sich ihr ganzes Leben lang zu Frauen hingezogen, auch wenn sie ihrem Verlangen selten nachgab, wenn überhaupt je.

Ein Pseudonym kann ein wirkmächtiger Schreibzauber sein. Sheldon erachtete Science-Fiction als albern und begann, sie zum Zeitvertreib zu schreiben, aber dass sie Tiptree wurde, gab ihr eine emotionelle und kreative Freiheit, die sie als reale Person nie gehabt hatte. Tiptree, ein Mann, konnte Dinge sagen, die einer Frau aus gutem Hause nicht anstanden – über Sex, über Körper, über Gewalt und Zorn. Er konnte auch gut Gebrauch von Sheldons persönlichen Erfahrungen machen. Der yukatekische Dschungel in *Frauen, die man übersieht* war Sheldon von Angelreisen her vertraut, auf die sie ihren Mann begleitet hatte. Aber der männliche Tiptree scheint ein kompetenterer Führer durch diese Weltgegend zu sein.

Viele Schriftsteller sprechen davon, dass sie über eine Persona verfügen, die für sie die Arbeit erledigt, ein Selbst, das wenig mit ihren alltäglichen Interaktionen zu tun hat. Für Sheldon war Tiptree diese Persona: Ein Autor, der einmal einem Bekannten geschrieben hatte, dass er sich danach sehnen würde, mit dem Ringen um Worte und Entwürfe aufzuhören und stattdessen „nackt mit winkendem Ständer durch die Welt zu stürmen und rauszulassen, was immer auch kommt."

1945 schrieb Alice in ihrem Tagebuch:

Ich finde in all den Werken von Frauen einen seltsam gedämpften Ton, als ob das lebendige Wort, sowie es ihnen über die Lippen kam, hastig unterdrückt und durch ein anderes ersetzt worden war, das sich besser in ein Muster fügte, das ihnen von außen auferlegt wurde. […] Ich versuche, aus dem lebhaften Drang meines eigenen Lebens heraus, mit Gewalt Kommunikationskanäle zu öffnen, die bisher überwiegend verschlossen waren. […] Indem ich mich nackt in die dunklen Räume des Lebens hinauszwänge, baue ich vielleicht einen kleinen Teil des Weges, auf dem andere wie ich gern reisen würden.

Frauen, die man übersieht ist Tiptrees Geschichte über Alice Sheldons Dilemma. Er nimmt ihre Vorstellung, hinaus „in die dunklen Räume des Lebens" zu gehen, und verleiht ihr Gestalt, indem er sich der Idiomatik der Science-Fiction bedient. Es ist Ruth Parsons, die, in einem Akt der Verzweiflung, Anspruch auf eine realisierbare Zukunft für die Frauen erhebt. Aber Don Fenton ist es, das Alter Ego von James Tiptree Jr., der bleibt und die Geschichte erzählt.

Julie Phillips, 2010

Aus dem Amerikanischen von Frank Böhmert

James Tiptree Jr.
Sämtliche Erzählungen in sieben Bänden:
Band 1: **Quintana Roo**

Aus dem Amerikanischen von Frank Böhmert

Ein schon etwas bejahrter Urlauber begegnet an der Karibikküste Yucatáns zweifelhaften Informanten, die noch zweifelhaftere Vorkommnisse erlebt haben wollen. Besteht hier etwa eine Verbindung zur uralten Maya-Kultur?

Die drei hier erstmals in einem Band versammelten und neu übersetzten phantastischen Erzählungen teilen sich die gleiche Hauptfigur und die mystisch-fremdartige Beschaffenheit dieser Welt des Quintana Roo.

Gebunden mit Lesebändchen, ca. 150 Seiten
Erscheinungstermin: Winter 2010

ISBN: 978-3-902711-04-5

Julie Phillips
James Tiptree Jr.
Das Doppelleben der Alice B. Sheldon

Aus dem Amerikanischen von Margo Jane Warnken

Die packende Biografie über eine der bedeutendsten Science-Fiction-Autorinnen des vergangenen Jahrhunderts endlich auf Deutsch. Mit zahlreichen Abbildungen sowie einem ausführlichen Anhang.

Gebunden mit zwei Lesebändchen, ca. 750 Seiten
Erscheinungstermin: Frühjahr 2011

ISBN: 978-3-902711-05-2

Nina Horvath

ist Diplomandin an der Universität Wien im Fach Paläobiologie und Autorin von etwa zwei Dutzend Kurzgeschichten, die bereits in Sammelwerken, Magazinen und Fanzines veröffentlicht wurden. Ihr Genre ist vorrangig Science-Fiction, so spielt auch die in diesem Band enthaltene Geschichte aus ihrer Feder in der Zukunft. Horvath beweist anhand ihrer Erzählung, dass gerade dieses Genre Tiefe nicht ausschließt, sondern eben hier ein Spielraum entsteht, um diese glaubhaft erzeugen zu können.

Neben ihrer schriftstellerischen Arbeit wirkt sie zudem als Mitherausgeberin verschiedener Anthologien, zuletzt *Darwins Schildkröte*, zu der sie auch die Titelgeschichte schrieb, und *Metamorphosen – Auf den Spuren H. P. Lovecrafts*.
Homepage: http://www.ninahorvath.at

Nina Horvath

Nekropolis

Atmen! Keuchend schnappte Mira immer zwischen zwei Hustenanfällen Luft.

Panisch hustete sie, würgte sie, spuckte vor sich auf den Boden, um diesen Fremdkörper in ihrer Kehle, der sie am Atmen hinderte, loszuwerden. Dazwischen sog sie hektisch so viel Sauerstoff wie möglich ein, aber was auch immer sie tat, es schien nie genug zu sein.

Eine Hand schlug ihr auf den Rücken, aber viel zu zaghaft, um auch nur eine kleine Wirkung zu erzielen.

Eine Frauenstimme: „Ich rufe die Rettung!"

Tausend andere Stimmen: Komm zu uns! Komm zu uns, Mira!

Es war kaum mehr als ein Wispern, ein leiser Ton, der jedoch in diesem gewaltigen Chor unglaubliche Beschwörungskraft besaß. So einfach wäre es gewesen, zu kämpfen aufzuhören.

Ersticken sei schließlich nur grausam, solange man sich dagegen wehre, heißt es.

Sie fühlte die Schwäche in ihren Gliedern, bräuchte ihr nur nachzugeben, und dann käme Hilfe, die ihrem Leid ein für alle Mal ein Ende setzen könnte, sie in eine Welt bringen würde, in der es weder Krankheit noch Schmerz und keine Angst gibt.

Es wäre einfach ... Aber Mira war, solange sie denken konnte, immer den schwereren Weg gegangen.

Sie hatte einen Beruf erlernt, für den es wenige Arbeitsstellen gab, sie hatte lieber interessante als leichte Wahlfächer belegt und sich für jede Beziehung wieder einen komplizierten Mann ausgesucht ...

„Nein", keuchte sie unverständlich und stolperte vorwärts. Der plötzliche Gedanke an das Ende hatte ihr Kraft gegeben, ließ sie wieder ein wenig Luft aufnehmen. Sie hustete erneut, und mit einem Mal ging es wieder besser.

Ihr Atem kam immer noch rasselnd, aber die schlimmste Gefahr war gebannt. Sie spürte, dass sie am ganzen Körper verschwitzt war und wischte sich mit einer fahrigen Bewegung den Speichel aus dem Mundwinkel.

Einerseits war sie erleichtert, dass sich, so wie bei den bisherigen Erstickungsanfällen, alles langsam wieder zu normalisieren begann – andererseits drängte sich schon bald ein anderes Gefühl in den Vordergrund, als sie merkte, dass alle Blicke auf sie gerichtet waren: Scham.

Du solltest zu uns kommen. Wir warten auf dich. Sie können dir nicht mehr in die Augen sehen, aber wir lieben dich ...

Mira taumelte erneut und griff sich unwillkürlich an die Schläfe, auch wenn das keinen Einfluss auf das Implantat im Inneren ihres Kopfes hatte.

In letzter Zeit schien es auch ohne ihre Zustimmung die WLAN-Verbindung zuzulassen. Ebenfalls etwas, das man noch abklären sollte – wäre da nicht ein Problem. Nein, besser gesagt nicht nur eines, vielmehr gab es gleich allerhand große Schwierigkeiten und noch viel mehr kleinere Beschwernisse, die sich gemeinsam zu einem undurchschaubaren Wall verdichtet hatten. Manchmal schien es ihr, als gäbe es eine einzige große Superproblematik, und eben diese hatte auch einen Namen: Mira.

Vertieft in ihre Gedanken, in die schwelenden Stimmen, bemerkte Mira erst jetzt, dass die starrenden Blicke nicht weniger geworden waren. Eilig lief sie nach draußen und ließ sich dort im Treppenhaus auf den Boden sinken.

Sie fühlte sich erschöpft, ausgelaugt. Ausgebrannt.

Sie blieb jedoch nicht lange allein, Agnes folgte ihr.

„Wie geht es dir?“, fragte sie.

„Es geht so.“

Mira machte keine Anstalten, aufzustehen.

„Solltest du nicht zu deiner Feier zurück?“, fragte sie stattdessen.

„Wir machen uns alle Sorgen um dich! Ich verstehe nicht, warum du dich so gegen die Netzeinspeisung wehrst ... Wie lange geht das jetzt schon?“, fuhr sie Mira an.

„Lass dich doch selbst einspeisen, wenn das so toll sein soll!“

Es war eine reine Trotzreaktion, auch wenn sie das Argument, das Agnes nun vorbrachte, praktisch schon auswendig kannte: „Du weißt, dass das nicht geht. Die Kinder wären dann allein, bis ihre Persönlichkeitsentwicklung abgeschlossen ist. Vorher kann man sie nicht einspeisen.“

Agnes war wie immer ruhig und von so bestechender Sachlichkeit, dass Mira nichts mehr darauf zu erwidern wusste. Als wäre das nicht schon schlimm genug, setzte sie noch eins drauf: „Du musst wirklich mal an deine Zukunft denken! Ohne Arbeit läuft deine Versicherung auch nicht ewig weiter. Ich verstehe dich einfach nicht: Du bist krank, du verdienst kein Geld ...“

Sie sprach nicht weiter, aber Mira trafen die Worte mehr, als es ein Schlag mit der Faust ins Gesicht vermocht hätte.

Ja, sie war eine Versagerin auf der ganzen Linie, unfähig, krank und einsam. Und zu allem Überfluss war da noch dieses irrationale Zögern, das verhinderte, dass alles gut werden könnte.

Agnes sah hektisch zur Tür und drehte dann die Augäpfel nach oben, so wie sie es immer tat, wenn sie die automatische Zeitanzeige ihrer Implantate abrief.

„Weißt du, Mira", fuhr Agnes fort und lehnte sich gegen das Treppengeländer, „ich mache mir schon seit langem Sorgen um dich. Niemand kann dich zu etwas zwingen, aber du weißt natürlich auch, dass es *so* nicht weitergehen kann. Mach es uns nicht schwerer, als es ist."

Sie sah erneut zur Tür, und als zwei Männer in weißen Kitteln eintraten, wusste Mira, worauf sie gewartet hatte.

„Wie gesagt, sie können dich nicht zwingen. Du musst es selbst wollen, damit sie dir helfen können."

Agnes sah sie beschwörend an, dann lächelte sie traurig.

„Es wird alles gut, kleine Maus", sagte sie, trat an sie heran und strich ihr sanft über das Haar. Sie hatte Mira seit mehr als zwei Jahrzehnten nicht mehr so genannt – es war ein Kosename, bei dem ihre Mutter sie manchmal gerufen hatte, und Agnes hatte es ebenfalls übernommen. So mancher hatte darüber gelacht, dass ein Mädchen, das kaum älter als das andere war, ihr so einen Namen hinterher rief.

Die kleine süße Agnes, die kleine naive Mira, die große Mutter, die immer genau gewusst hatte, was zu tun war. Und jetzt – jetzt war Agnes diejenige, die so viel mehr Vernunft besaß als ihre Schwester Mira, die im Herzen immer das kleine, von anderen abhängige Mädchen geblieben war. Es schien, als ob der Krieg die beiden veränderte, nur dass

Agnes stärker wurde, und Mira, nicht zuletzt durch die Zerstörung ihrer Atemwege, schwächer.

Natürlich ging Mira mit in die Klinik.

Es war alles sehr professionell. Gutes Personal, das einfach erklärte, lächelte und die Vorbereitungsprozedur unpeinlich ablaufen ließ.

Dann folgte das Warten, während Tropfen um Tropfen ein unbekanntes Mittel über eine Infusion in ihre Venen gelangte. Mira wurde neben einem großen Bildschirm, der ihr fortlaufend kurze Videos, Cartoons und Musikclips aufdrängte, allein gelassen.

Immerhin lief alles in geordneten Bahnen. Sie fühlte sich auf eine unerklärliche Weise beschwingt, und wenn sie kurz die Augen schloss, schien es ihr, als würde sie schweben.

Ja, Mira, bald wirst du bei uns sein. Wir können den ganzen Tag spielen ...

Sie schloss die Augen und ergab sich dem Chor der Stimmen in ihrem Kopf. Es war so viel einfacher, nichts zu tun, sich tragen und leiten zu lassen, als den ewigen Kampf, der einzig und allein darauf ausgerichtet war, Tag für Tag nicht *gut*, sondern bestenfalls *halbwegs* zu überstehen, aufzunehmen.

Mira, ist es das, was du wolltest? Sollte das aus deinen vielen Träumen werden? Ein Stück verblassender Datenmüll im Netz?

Erschrocken schlug sie die Augen auf. Es war nicht der Chor dieser indifferenten Stimmen, sondern nur eine, die ganz klar erklungen war. Aber sie war immer noch allein im Raum, und der Ton kam auch nicht von den Lautsprechern des Bildschirms.

‚Es ist so still', kam ihr in den Sinn.

Ganz still. Nur die Totenuhr tickt.

Miras Blick fiel auf den Infusionsbeutel, aus dem stetig Tropfen um Tropfen durch den Schlauch und über die Nadel in ihre Vene gelangte.

Das ist erst der Anfang. Merkst du nicht, dass sie dich umbringen werden? Und das hier ist erst der Anfang. Es wird vielleicht ein sauberer, schmerzloser Tod, aber es ist immer noch – der Tod.

„Es ist das ewige Leben! Und wer bist du überhaupt?", gab Mira trotzig zurück.

Ich? Ich bin eine verblassende Seele.

„Was bedeutet das?"

Hast du dir Folgendes schon mal überlegt, Mira, ein begrenztes Netz und so viele Seelen. Wie soll denn das funktionieren, wenn immer und unendlich Nachschub folgt?

„Es gibt auch hier auf der Erde fortwährend neue Menschen!"

Ja, aber darum muss alles Lebende auch wieder sterben. Aus der alten Masse entsteht Neues, wieder und wieder. Doch was wird aus den virtuellen Menschen? Wie sollen sie ewig existieren?

„Und das soll mich jetzt überzeugen ... was auch immer zu tun?"

Nein, ich muss dich nicht bekehren. Sie wollen das, aber sie haben es nicht geschafft. In deinem Innersten findest du den Weg, den du gehen willst ...

„Und welcher Weg wäre das?"

Erst einmal einfach nach draußen. Du weißt doch selbst, dass Gevatter Hein ein zu alter Geliebter für dich ist.

Es schien, als würde die Stimme in ihrem Kopf über den eigenen geschmacklosen Witz, der Mira eine Gänsehaut über den Rücken jagte, lachen.

„Ich kann nicht."

Was kannst du nicht? Du lebst in einer Welt, die nur in solchem Ausmaß unfrei ist, so weit du es selbst zulässt. Du wirst nur dazu gezwungen, wozu du dich zwingen lässt. Du kannst einfach fortgehen, und keiner wird dich aufhalten. Es sind nur böse Worte, keine Fesseln, die dich binden ...

„Ich will hier raus!“, beendete Mira die Diskussion, die sich zwischen ihr und einer Angestellten der Klinik entwickelt hatte, die der automatische Alarm beim Entfernen der Kontrollgeräte herbeigerufen hatte. Sie wusste genau, dass man sie wieder in die Enge treiben würde, wenn sie jetzt auf deren Argumente einginge.

„Aber ...“

„Ich will nichts hören, sondern raus! Das ist mein Recht!“

Sie hämmerte an die Glastür.

„Es ist nicht abgeschlossen“, meinte die Krankenschwester erstaunt. Mira rüttelte an der Tür, ehe ihr in den Sinn kam, es mit Drücken zu versuchen.

Sie stolperte in den Gang. Sie war maßlos überrascht. Konnte es denn tatsächlich so einfach sein?

Ja, das ist es. Wenn man endlich erkannt hat, was man selbst will ...

Sie lief auf die Straße, überlegte erst, ein Taxi zu rufen, entschied sich dann aber doch dagegen. Sie stand völlig neben der Spur und hätte nicht einmal sagen können, wohin sie eigentlich wollte. Was sie dringend benötigte, war, endlich wieder einen klaren Kopf zu haben. Sie atmete die Luft tief ein, die sich angenehm kühl anfühlte. Sie ging über einen Platz, auf dem wunderbare Figuren hoch hinaufragten – filigran, abstrakt, glänzend und natürlich völlig unpolitisch.

In der Mitte des Platzes befand sich eine Pestsäule als letztes Überbleibsel aus vergangenen Zeiten, in denen Häuser gebaut, niedergerissen, neu aufgebaut, niedergebombt, ersetzt, umgebaut, wieder niedergewälzt und schließlich auf den fortschrittlichsten Stand gebracht worden waren. Drohend erhob sich der geschwärzte Stein der Säule. Der metallene Glanz der Spitze, bestehend aus der Darstellung der Heiligen Dreifaltigkeit, dem christlichen Kreuz und einer stilisierten Sonne, war im Laufe der Jahrhunderte längst trübe geworden.

Mira ...

Da war es wieder, dieses sanfte Flüstern des Chors, der sie in seine Welt locken wollte. Sie kappte die Verbindung.

Nein, für heute hatte sie genug Netzberührung!

Es fühlte sich seltsam an, so allein zu sein. Es war befreiend, aber zugleich auch erschreckend.

Ein Schwarm Vögel flog vor Mira auf, nur eine verkrüppelte Taube blieb und trippelte unbeholfen davon. Ihr Hals war kahl und von krankhaften Wucherungen bedeckt, die Klauen an einem Bein grotesk vergrößert.

Im ersten Moment dachte Mira, dass jemand kommen und die Taube erschießen sollte. Dennoch konnte sie ihren Blick nicht abwenden.

Eine zweite Taube kam hinzu – und mit einem Mal plusterte sich der entstellte Vogel auf, soweit es sein schütteres Gefieder erlaubte. Er schlug ein Rad und umkreiste seinen Artgenossen.

Und in dem Moment erkannte Mira, dass es gut war.

Nicht optimal, nicht perfekt, nein, das sicher nicht. Und dennoch stellte es auch nichts dar, das man unbedingt beseitigen musste.

Es ging nicht mehr darum, dass dieses Wesen existieren sollte, weil jemand anderer das für vernünftig hielt. Es hatte dieses Leben erhalten, ohne je darum gebeten zu haben, und es reichte, dass es selbst das alles annahm, so gut es eben ging.

„Mira!“

Ruckartig drehte sie den Kopf und sah Agnes auf sich zukommen.

„Was ...?“

„Du fragst mich, was *ich* hier mache? Ich war noch eine Viertelstunde lang mit den Formalitäten beschäftigt! Aber was ist mit dir? Warum hat es nicht geklappt?“, fragte Agnes.

„Ich ...“ Mira spürte, wie es ihr den Hals zuschnürte und suchte verzweifelt nach einer Ausrede. Dann kam ihr wieder in den Sinn, was die Stimme gesagt hatte: Niemand konnte sie zwingen.

„Ich habe mich anders entschieden“, sagte sie. Sie wollte fest in ihrer Entscheidung klingen, aber ihre Stimme war nur ein dünnes Piepsen. *Kleine Maus*, kam ihr in den Sinn. Das war es, was sie von jeher gewesen und geblieben war.

„Du hast ... was??? Ein bisschen spät, findest du nicht? Es war doch alles schon geregelt, was glaubst du, was da für Ersatzkosten und Bearbeitungsgebühren ...“

„Bearbeitungsgebühren? Geht es darum, soll ich mich umbringen lassen, wegen *Bearbeitungsgebühren*? Keine Angst, ich werde dich nicht um Geld bitten, nie mehr!“, schrie Mira.

Der Ausbruch kam für sie selbst überraschend, nun stand sie da, zitternd vor Wut und gleichzeitig mit Tränen in den Augen. Sie fühlte sich hilflos und am liebsten hätte sie all ihre

Wut zusammengeballt und in ihre Faust gelegt, um damit auf Agnes einzuschlagen.

Und in dem Moment erschrak sie über sich selbst. Immerhin war ihre große Schwester die Einzige, die sich noch persönlich mit ihr beschäftigte. Noch immer stand sie mit erhobener Hand und geballter Faust da, und Agnes starrte sie mit geweiteten Augen an.

Mira senkte hastig die Hand und murmelte: „Agnes, was ist bloß aus uns geworden?"

Tränen schossen ihr in die Augen. Sie drehte sich um und lief davon, ohne dass es eine Gelegenheit gegeben hätte, die Frage zu beantworten.

Mira ... Wenn du nicht mehr wissen solltest, wohin, dann komm zu uns ...

Die WLAN-Verbindung hatte sich offenbar wieder eingeschaltet, und da waren sie wieder, diese nicht von ihr ablassen wollenden Stimmen. Doch während sie vorher lockend geklungen hatten, erschienen sie ihr jetzt nur noch aufdringlich.

Sie wollte sich wieder ausklinken, doch es funktionierte nicht.

Komm zu uns, komm zu uns, komm zu uns ...

Die Worte hämmerten wie ein grausames Stakkato auf Mira ein.

„Hört auf!", wollte sie schreien. Aber sie tat es nicht, sie war zu sehr von der grausamen Verlockung überwältigt. Sie fühlte sich wie ein trockener Alkoholiker, dem man ein Glas Schnaps anbot. Nein, sie durfte es nicht zulassen, aber einen Schluck, einen einzigen Schluck nur ... ein wenig an der Gemeinschaft teilhaben, sei es auch nur virtuell.

Und gleichzeitig wurde ihr klar, dass sie selbst dieses kleine Versprechen auf ein bisschen Liebe nicht annehmen durfte, wenn sie dieser Welt nicht voll und ganz verfallen wollte.

Nur langsam verklangen die Stimmen in ihrem Kopf – sie konnte sie allerdings nicht gänzlich zum Schweigen bringen.

„Warum lasst ihr mich nicht einfach in Ruhe?", fragte sie.

Du bist für uns ... so eine Art Medium ...

„Ich bin ... was???", fragte sie die einzelne Stimme, die sich aus dem Chor gelöst hatte, und die sie bereits kannte.

Ein Medium, ein Vermittler zwischen den Lebenden und den Toten. Sie sind davon fasziniert und wollen, dass du zur Gänze zu ihnen gehörst ...

„Und du?"

Nein, ich habe etwas anderes mit dir vor. Es wird Veränderungen geben, und ich werde deine Hilfe benötigen ...

„Welche Veränderungen?"

Unser Nekropolis ist dem Untergang geweiht. Es kommen zu viele neue Seelen ins Netz, es gibt zu viele Daten, und die Technik kann da nicht mithalten. Es wird einen Kollaps geben – schon bald. Ein Weltuntergang für uns.

„Ich bin kein Techniker, ich kann euch da nicht helfen!"

Nein, aber du kannst unser Sprachrohr sein. Es gibt nicht viele, die Nachrichten aus der Welt der Toten so klar empfangen können wie du, Mira. Du musst vor der drohenden Gefahr und vor dem Missbrauch warnen ...

„Unsere eigene Welt steht ebenfalls vor dem Aus. Überbevölkerung und Umweltverschmutzung. Es ist nicht genug Nahrung und nicht genug unverseuchtes Wasser für uns alle da ..."

Das mag teilweise der Wahrheit entsprechen, aber das Problem liegt sowohl hier als auch da bei denjenigen, die zu viel für sich beanspruchen. Sie sehnen eine leere Welt herbei, Mira, ohne die ganzen unterprivilegierten Massen. Sie setzen alles daran, euch die virtuelle Existenz, die für Todgeweihte gedacht ist, schon in der Blüte eures Lebens schmackhaft zu machen. Die Medizin ist teuer geworden und macht nur noch Rückschritte. Ich weiß nicht, was dir fehlt, aber ich glaube, es ist nicht so schlimm, dass man es nicht behandeln könnte ...

„Aber das verstehe ich nicht ... Wenn es eine Entwicklung gibt, wie will man dann rechtfertigen, dass man nichts gemerkt haben will? Und wer wird sich nach dem Crash noch freiwillig ins Netz einspeisen lassen?"

Ich kenne den Plan. Es wird einen Infarkt des Netzes geben, und man wird Hackergruppen mit Angriffen auf die großen Server dafür verantwortlich machen. Diese Vorstöße werden als mutwillig und staatsschädigend bezeichnet und als bedauerlicher Zwischenfall präsentiert werden. Gleichzeitig wird von der Erweiterung der Sicherheit gesprochen werden. Und ja, nachdem dann Unmengen an Daten verloren gegangen sind, wird das Netz wieder viele Jahre lang stabil laufen ...

Mira war bewegt – aber nicht so sehr aufgrund des neuen Einblicks, sondern vielmehr darüber, dass sie selbst gar nicht so überrascht über diese Schilderung war, wie man es eigentlich hätte erwarten können.

Nein, was sie wirklich erschütterte, war die Tatsache, dass sie es sofort glauben *konnte*. Nicht glauben wollte, aber glauben *musste*.

Es passte einfach alles zusammen – wie die Teile eines Puzzles.

„Und wer sagt dir, dass ich dir helfen werde?“

Dass du mir diese Frage stellst, bedeutet, dass du dich schon fast entschieden hast. Ich muss dafür keine Moral bemühen und dich nicht unter Druck setzen. Du wirst dich für etwas entscheiden – so oder so. Du kannst sterben und in das untergehende Nekropolis eintreten. Es steht dir auch frei, gar nichts zu tun, du könntest weggehen und alles aufschieben, oder aber mir beistehen.

„Stellt das denn noch eine Wahl dar, bei *den* Alternativen?“

Ach, Mira, der freie Wille des Menschen scheitert meist daran, dass es nicht unendlich viele Optionen gibt. Aber was willst du von mir hören? Du hast jetzt mehr davon als noch vor einer halben Stunde ...

Es mochte ihr letzter Tag auf Erden sein – oder ihr erster in einem neuen Leben. Tief atmete sie die ozongeschwängerte Luft, als sie den Platz entlangschritt. Sie war erstaunt, wie trügerisch frisch sie sich trotz der Schadstoffe in ihren Lungen fühlte.

Als Kind hatte sie eine Schutzmaske getragen, aber diese Vorkehrung war mit den neuen Möglichkeiten des Netzes gänzlich aus der Mode gekommen. Sie erinnerte sich an den verschwommenen Blick durch die trüben Gläser, an das Geräusch des Flatterventils beim Atmen. Man musste schreien, um verstanden zu werden. Sie erinnerte sich an die Schreie des Krieges und an die Schreie hungriger Kinder in den Jahren danach und flüsterte:

Ich bin bereit.

Siri Hustvedt

zunächst bekannt als „Paul Austers schreibende Ehefrau", ist längst aus dem Schatten ihres Mannes getreten. Die amerikanische Schriftstellerin besticht durch klare Sprache, mit der sie ihre wiederkehrenden Themen, wie etwa die Suche nach Selbstfindung, zum Ausdruck bringt. Die Tochter Lloyd Hustvedts, eines Professors für skandinavische Literatur, und der Norwegerin Ester Vegan erlangte vorrangig aufgrund ihrer zahlreichen Romane Bekanntheit. Doch ist sie ebenso als Essayistin tätig und schrieb in der Vergangenheit Aufsätze über Kunstgeschichte und Malerei. Daher finden auch diese Themen immer wieder Behandlung in ihren Werken. Erstmals wirkliches Aufsehen erregte die damals junge Autorin mit der Erzählung *Mr. Morning* in *The Best American Short Stories 1990* (Hrsg. Richard Ford) und 1991 in der selben Reihe mit der in diesem Band abgedruckten Erzählung *Houdini* (Hrsg. Alice Adams). 1992 präsentierte sie dann ihre erste größere Arbeit, den Episodenroman *Die unsichtbare Frau*, in den die oben genannten Erzählungen als erste bzw. dritte Episode einfließen, und schildert darin das Leben der Iris Vegan.

Die 1975 geborene Amerikanerin lebt heute mit ihrem Ehemann in Brooklyn, New York.

Siri Hustvedt

Houdini

Am Ende wurde ich ins Krankenhaus eingeliefert. Das geschah, nachdem alle anderen Behandlungen versagt hatten. Inderal, Cafergot, Mellaril, Elavil, der kleine weiße Inhalierapparat und der berühmte „Fish-Cocktail". Ich machte jeden Tag den Test und schluckte in regelmäßigen Abständen riesige blaue Thorazin-Tabletten. Im Krankenhaus begegnete ich auch Mrs. O. Sie lag in Bett drei. Ich lag in Bett zwei und Mrs. M. in Bett vier. Bett eins war leer.

Als Migränekranke war mein Ansehen gering. Zugegeben, ich war ein schlimmer Fall: ich hatte seit sieben Monaten fast ununterbrochen Kopfschmerzen. Manchmal waren sie schwach, manchmal heftig. Meine Eingeweide plagten mich. Ich pinkelte zuviel. Ich war übernatürlich müde. Ich sah schwarze Löcher und kleine Lichtkreise; mein Kiefer zitterte, Hände und Füße waren eiskalt; mir war ständig übel. In meinem Körper gaben sich lächerliche Symptome ein Stelldichein, aber vor allem hatte ich einfach Kopfschmerzen, und Kopfschmerzen machten auf der neurologischen Station wenig Eindruck. Bei meiner Einlieferung sagte die dicke Krankenschwester: „Sie ist eine von Dr. Fish", und danach ließen sie mich ziemlich allein. Sie wechselten meine Bettwäsche und füllten meine Wasserkanne auf, aber sie sprachen selten mit mir. Sie schienen argwöhnisch. Und ich verlangte keine zusätzliche Aufmerksamkeit, weil ich schuldig war. Mir war klar, daß ich die Kopfschmerzen gemacht, das Ungeheuer selbst geschaffen hatte. Daß ich das verdammte Ding nicht loswerden konnte, hieß nicht, daß es nicht meine Schuld war. Außerdem fiel mir das Sprechen schwer. Ich mußte einen Kokon aus Thorazin durchdringen. Die Entfernung zwischen dem Ort, wo die Wörter entstanden – irgendwo tief in den Kopfschmerzen –, und dem, wohin sie gelangen sollten – in das Zimmer –, schien unüberwindlich. Am Anfang war ich eine ruhige Patientin. Erst später, nach den Zwischenfällen mit Mrs. O., nannte mich eine der Krankenschwestern eine Unruhestifterin.

Jeden Morgen steckte Dr. Fish den Kopf zur Tür herein und winkte, und ich winkte zurück und lächelte. Aber ich wußte, es hing ihm zum Hals heraus. Dr. Fish war ein Mann, der Erfolge liebte. Er liebte sie so sehr, daß er mir, bevor ich im Krankenhaus landete, sagte, es ginge mir besser, wenn es mir schlechter ging, und jetzt, wo es mir so offensichtlich nicht besserging, mied er mich. Ich war das Symbol seines Versagens geworden, ein widerspenstiger Körper, eine Verhöhnung seiner medizinischen Überlegenheit. Unser Verhältnis war von Anfang an verquer gewesen. Jetzt glaube ich, daß diese Unehrlichkeit ihre Ursache in Dr. Fishs Methode der Patientenbefragung hatte. Er benutzte einen Kassettenrecorder. Wenn er wirklich die Aussagen seiner Patienten aufgenommen hätte, wäre dieser Zugang nicht schädlich gewesen, aber es verhielt sich so, daß die einzige Stimme auf diesen Tonbändern die von Dr. Fish war. Als ich zu meinem ersten Termin kam, begrüßte er mich herzlich, bot mir zum Sitzen einen wunderschönen Ledersessel an, fragte, wie ich mich fühlte, und ermunterte mich, meine Symptome zu beschreiben. Ich erzählte ihm, daß mein Kopf mir wie üblich weh tat, und wollte gerade mit der Geschichte meiner Kopfschmerzen loslegen, als er ein Mikrophon vom Tisch nahm und laut hineinsprach: „Iris Vegan. Fall Nummer 63912. Dienstag, 2. September 1980." Dann nickte er mir zu und lächelte, das Zeichen, fortzufahren. Ich hatte mir auf Karteikarten Notizen zu meinen Kopfschmerzen gemacht und sah auf sie hinunter, um mich zu orientieren.

„Es fing im vorigen August an", sagte ich. „Ich ging über den Broadway von der Bibliothek nach Hause, und ich erinnere mich, daß die Straße für mich anders aussah, sehr klar und schön, und ich fühlte mich unglaublich glücklich. Ich sagte mir sogar: ‚Ich bin nie glücklicher gewesen als jetzt.'"

„Ja", sagte er und befingerte seinen kahlen Kopf.

Ich sah Dr. Fish an, daß er ungeduldig war, und obwohl ich ihm erklären wollte, wie wesentlich das Gefühl von Vollständigkeit und Vollkommenheit für die Geschichte war, hastete ich weiter: „Sobald ich jedoch meine Wohnung betrat, spürte ich ein Zerren an meinem linken Arm, als würde jemand daran reißen. Ich verlor das Gleichgewicht und fiel hin. Mir war so schwindlig und übel, daß ich eine ganze Weile nicht aufstehen konnte. Während ich auf dem Boden saß, sah ich Lichter, Hunderte von hellen Funken, die das halbe Zimmer füllten, und nach ihrem Verschwinden sah ich ein großes, ausgefranstes Loch in der Wand. Dieses Loch erschreckte mich zu Tode, und das Eigenartige war, daß ich es nicht als Sehstörung erlebte. Ich dachte wirklich, ein Teil der Wand würde fehlen. Ich weiß nicht, wie lange es dauerte, aber als das Loch weg war, fingen die Schmerzen an."

Dr. Fish nahm das Mikrophon. „Die Patientin hatte ein Flimmerskotom."

Dieses grausame Mitschneiden hatte eine seltsame Wirkung auf mich. Im Verlauf der Befragung fing ich an zu murmeln und zu husten, vergaß Wörter und verlor den roten Faden. Bevor ich zu Dr. Fish geschickt wurde, der in New York als der „Kopfschmerz-Zar" bekannt war, hatte ich versucht, sechs weniger berühmten Ärzten meine Geschichte zu erzählen, und jedesmal hatte ich kein Wort herausbekommen. Ich dachte, wenn ich meine Krankheit mit all ihren Aspekten nur artikulieren könnte, würde ein geübtes Ohr den Schlüssel zu meiner Gesundung finden, aber meine Worte waren immer unzulänglich. Und auch Dr. Fish konnte mit dem meisten, was ich sagte, nichts anfangen. Er überging es wie lauter Unwesentliches und unterbrach mich nur hin und wieder für eine kurze Zusammenfassung. „Die Patientin sagt, daß Erbrechen gelegentlich ihre Schmerzen linderte."

Ich ging jede Woche zu Dr. Fish, und jede Woche sah ich seiner Ansicht nach besser aus, weniger blaß, weniger mitgenommen, weniger müde. Er unterbrach mich häufiger und faßte meine Beschwerden in zunehmend optimistischem Licht zusammen. Ich selbst konnte diese Veränderungen nicht sehen oder spüren, aber Dr. Fish war zuversichtlich, und ich glaubte ihm halbwegs. In Wahrheit beteiligte ich mich an dem Betrug. Ich bereitete mich damals auf mein mündliches Examen vor und wünschte mir verzweifelt, die Behandlung möge wirken. Wenn nicht, würde ich durchfallen. Von den 647 Werken auf meiner Liste waren 233 Romane, Theaterstücke, Erzählungen und Gedichte für mich immer noch nur Titel. Bis zum fünfzehnten Mai mußte ich sie kennen. Jeden Tag saß ich in der Bibliothek und starrte in ein großes literarisches Werk, das ich nicht lesen konnte. Mein Kopf war im Weg, im besten Fall eine hartnäckige, verdunkelnde Wolke, im schlimmsten Fall ein quälender Klumpen. Den Grad meiner Schmerzen zu messen wurde zur Besessenheit. Wenn mein Kopf leichter wurde, frohlockte ich. Die Tabletten helfen, dachte ich dann. Wenn er jedoch mehr schmerzte, verzweifelte ich. Berge von Büchern stapelten sich auf meinem Tisch, und als die Tage vergingen, versetzte mich ihr bloßer Anblick in Panik. Trotzdem tat ich so, als ginge es mir gut. Es war eine Sache des Stolzes. Bei Dr. Fish war ich immer fröhlich. Ich machte Scherze über meine Nerven. Ich lächelte sogar, wenn die Kopfschmerzen tobten, und mußte meine zitternden Hände verstecken, indem ich sie fest zusammendrückte. Krankheit vor einem Arzt zu verbergen ist absurd, aber ich konnte es nicht ertragen, als das gesehen zu werden, was ich war: ein Mensch, der auseinanderfiel.

Dann, im Januar, ging es mir plötzlich schlechter. Ich konnte nicht aufstehen. Ich erbrach meine Tabletten und fühlte mich bleiern vor Erschöpfung, doch Schlafen schien den Schmerz nur zu verschlimmern. Nach einer Woche unverminderten Elends schleppte ich mich zu meinem Termin in Dr. Fishs Praxis und heulte schamlos auf seinem Ledersessel. Er sagte mir, ich sollte am nächsten Morgen in die Aufnahme des Mount-Olympus-Hospitals kommen.

Ich ging selten aus dem Zimmer. Alle seine Einzelheiten wurden mir vertraut: die kleinen Risse und Flecken an der weißen Wand neben meinem Bett, der lange, schmale Schnitt auf der Resopaloberfläche meines Nachttischs, der ausgefranste Rand meiner blauen Decke. Und ich verbrachte Stunden damit, Mrs. O.s Bettvorhang anzusehen. Einer seiner Ringe war kaputt; dadurch war die Symmetrie des Faltenwurfs gestört, und wenn der Vorhang aufgezogen wurde, hing er in der rechten oberen Ecke durch. Ich kann es noch genau vor mir sehen. Meine Sinne waren damals merkwürdig scharf. Ich war nicht immer in der Lage, die Augen zu öffnen und das grelle, fluoreszierende Licht des Raums einzulassen, aber wenn ich es konnte, sah ich seine Einrichtung mit bemerkenswerter Deutlichkeit. Jedes Geräusch auf der Station bebte in mir nach; meine Nerven waren so sensibel wie eine Stimmgabel. Der Geruch nach Antiseptika, Urin und Krankenhausnahrung war oft derartig beißend, daß ich die Nase im Kissen vergrub. Gleichzeitig war mein Körper unglaublich schwer; selbst einen Arm zu heben erforderte große Anstrengung. Es war ein komischer Zustand. Ich fühlte mich wie eine Hunderte von Jahren alte Schildkröte, deren weicher Leib von einem Steinpanzer umschlossen ist. Mir wurde nie klar, ob das, was ich sah, hörte, roch und fühlte, verzerrt war oder ob ich lediglich überempfindlich war. Jedenfalls waren die Dinge nicht so wie sonst. Ich kann nicht sagen, was dahintersteckte – ob es die Medikamente waren, die Kopfschmerzen oder mein Gemütszustand. Vermutlich alles zusammen, aber solange ich dort war, in diesem Bett lag, veränderte sich die Welt. Mrs. O. hatte eine Menge damit zu tun. Sie war das Geheimnis – Lähmung und Raserei –, doch das begriff ich erst ganz am Ende.

Mrs. M. war eine Frau, die gern dirigierte. Sie hatte im Zimmer eine den Krankheiten gemäße Hierarchie eingeführt. Ihrer Ansicht nach litt sie auf einem höheren Niveau als ich oder Mrs. O. Sie hatte eine nervöse Störung, die ihr das Gehen erschwerte, aber ihr „Geist" war davon unberührt, und sie erinnerte uns wiederholt daran. „Gott sei Dank bin ich nicht plemplem. Das ist das Schlimmste. Solange man seinen Grips noch beisammen hat, macht man sich keine Schande." Ich folgte auf Mrs. M.s Krankheitsskala mit weitem Abstand auf Rang zwei. Sie kam schnell zu der Vermutung, daß meine Beschwerden, anders als ihre, psychosomatisch waren, oder wie sie es unverblümt hinstellte: „Sie haben nicht wirklich was, stimmt's? Es ist alles in Ihrem Kopf." Dennoch rangierte meine Neurasthenie weit oberhalb des Leidens der armen Mrs. O. Mrs. M. sprach von ihrer Nachbarin zur Linken nur als von „der Irren". Mrs. M. sollte Laufen üben, tat es aber nicht gern und lief nur, wenn die Schwestern darauf bestanden, und dann schrie sie die ungehorsamen Beine an: „Bewegt euch, verdammt noch mal! Bewegt euch, ihr Idioten!" Viel lieber saß sie im Bett und redete. Einmal in Fahrt, plapperte sie pausenlos, und die gebleichten Locken ihrer Dauerwelle zitterten, wenn sie zum Nachdruck den Kopf schüttelte. Ihr Hauptthema war Geld. „Wie soll ich hier denn irgendeine Gefälligkeit bekommen, ohne was, was die Räder schmiert, um Himmels willen? Moos. Ich brauche Moos." Mrs. M. wurde gut versorgt. Ich bin ganz sicher, daß sie die Schwestern bestach. Sie machten sich viel mehr Umstände mit ihr als mit Mrs. O. oder mit mir, und einmal, frühmorgens, wurde ich Zeugin einer Transaktion. Mrs. M.

wühlte unter der Decke ihrer Matratze und drückte der dicken Schwester etwas in die Hand. Ich habe den Verdacht, sie bezahlte dafür, daß sie sie nicht Laufen üben ließ, denn solange ich da war, übte sie sehr wenig. Sie redete den ganzen Tag – mit den Ärzten, mit den Schwestern, mit ihrer Tochter am Telefon, mit allen und niemandem, über Geld, über Mrs. O., und jedes Wort klirrte und klingelte in meinem schmerzenden Kopf. „Sehen Sie sich die Irre an, ja? Sie frißt wie ein Hund. Gestern mittag hat sie Götterspeise mit den Händen gegessen. Sie hatte Soße in der Nase. Warum haben sie mich hierhin gelegt? Solche Leute sollten abgesondert werden. Ich kann gar nicht mehr hinsehen. Das wird mich was kosten. Es kostet mich immer was. Ich muß ein anderes Zimmer kriegen – ein Privatzimmer vielleicht, mit Vorhängen, richtigen Vorhängen, nicht diese billigen Gardinen." Wenn sie ihr Geld zählen wollte, was jeden Tag mindestens einmal vorkam, zog sie sich die Decke über den ganzen Körper, um ihr Tun zu verbergen, und ich hörte sie die Zahlen vor sich hin murmeln: „Zwanzig, vierzig, sechzig, siebzig, fünfundsiebzig, achtundsiebzig, achtundsiebzig Dollar und zweiundsechzig Cent." Wenn Mrs. M. mit ihrer Tochter sprach, sagte sie immer, sie hätte „keine Knete", dabei schien sie überall Scheine und Münzen versteckt zu haben – im Bett, am Körper –, und sie raschelte und klingelte bei jeder Bewegung.

Mrs. M. wollte das Zimmer beherrschen, sich darin breitmachen, aber trotz ihres unaufhörlichen Geschnatters und ihres Leibesumfangs (sie war eine fette Frau mit Hängebacken und einem ansehnlichen Busen) dominierte die kleine und stille Mrs. O. den Raum. Sie war eine zarte Frau Ende

Siebzig, das Opfer irgendeiner Nervenkatastrophe. Seit dem Ereignis oder der Reihe von Ereignissen war sie völlig aus den Fugen. Übrig blieb ein unzusammenhängendes Wesen, eine in tausend Stücke zersplitterte Person, aber diese Stückchen von Mrs. O. beseelten den Raum wie ein Haufen unsichtbarer Dämonen.

Als ich sie zum erstenmal sah, lag sie regungslos im Bett, eine gebrechliche, leichenhafte Gestalt. Als ich jedoch an ihr vorbeiging, setzte sie sich mit überraschender Energie auf und deutete auf mich. Ich sah Mrs. O. mit ihrem ausgestreckten Arm und Finger an. Ihr Gesicht war wachsam, als wartete sie darauf, daß ich reagierte. Erst als ich den Kopf abwandte, ließ sie den Arm fallen. Ich habe keine Ahnung, warum sie das tat. Es war nur insofern eine für sie typische Handlung, als sie nicht vorherzusagen war. Man wußte nie, was Mrs. O. als nächstes tun würde, und diese Eigenart machte das Leben im Zimmer zu einer unsicheren Sache.

Aufgrund der Tatsache, daß Mrs. O. für alle ein Rätsel darstellte, war sie der Gegenstand von Gerüchten, Klatsch und Spekulationen. Wie die meisten Hospitalisierten war sie ihres früheren Lebens beraubt worden. Sie war alt und in ihrem Krankenhausnachthemd geboren worden. Ich erkundigte mich nach ihr. Ich wollte wissen, wer sie gewesen war und wo sie gewohnt hatte. Niemand wußte es. Doch auf der Station wimmelte es von Geschichten über ihre Schandtaten. Gleich am ersten Nachmittag meines Aufenthalts hörte ich zwei Schwestern vor der Tür reden. Ich bin sicher, eine erzählte der anderen, daß Mrs. O. einen Arzt gebissen hatte. Es wurden auch irgendwelche „Scheußlichkeiten in der

Toilette" erwähnt. Mrs. M. schwor, daß Mrs. O. gewalttätig war und daß sie überdies eine Verschwörung ausheckte. „Sie führt was im Schilde, und zwar nichts Schönes." Noch am gleichen Tag erzählte ein Pfleger namens Washington, einer der wenigen außer Mrs. M., mit denen ich jemals ein richtiges Gespräch führte, daß Mrs. O. nach ihrer Einlieferung eine verheerende Nacht lang in den Korridoren herumgestreunt war. Es war nicht seine Schicht gewesen, aber ein Freund von ihm hatte Mrs. O. um vier Uhr morgens auf der Entbindungsstation gefunden. Sie stand draußen vor der Säuglingsabteilung, die Nase an die Glasscheibe gedrückt. „Sie hat sich einfach die Babys angeguckt, ganz ruhig und irgendwie nachdenklich." Doch im Verlauf des folgenden Tages wurden verschiedene Sabotageakte aufgedeckt: der im Treppenhaus verstreute Inhalt eines Abfalleimers, aus den Fächern eines Flurschranks gezerrte und auf den Boden geworfene Bettlaken und Handtücher, ein fehlender und unter der Dusche eines Badezimmers aufgefundener Essenswagen. Alles wurde Mrs. O. angelastet. Aber wie hatte sie durch die Flure wandern können, ohne gesehen zu werden? Washington verstand es nicht. Mrs. M. blieb hartnäckig dabei, daß Mrs. O. imstande wäre, sich mit einem Schwesternkittel zu verkleiden und unbemerkt in den Fluren herumzuschleichen. „Die Irre ist verdammt schlau", sagte sie. Aber Washington war anderer Ansicht: „Wie soll diese winzige alte Dame einen von diesen Riesenabfalleimern hochheben können?"

Am nächsten Morgen machte ein Neurologe bei Mrs. O. Visite. Er war ein junger Arzt, kräftig und gutaussehend. Mir fiel auf, daß sein Gesicht und seine Arme tief gebräunt waren. Er ging zu ihr, setzte sich auf den Bettrand und zog den Vorhang um sie beide zu. Er begrüßte sie freundlich, etwa in der Art von: „Wie geht es uns denn heute?" Keine Antwort. Ich hörte Bewegungen zwischen den Bettlaken, einige gedämpfte Grunzlaute, dann nichts mehr. Sekunden später riß der Arzt den Vorhang auf und eilte zur Tür hinaus. Er sah betroffen aus. Als ich mich vorbeugte, um Mrs. O. zu sehen, lächelte sie breit, und in dem Moment erinnerte sie mich an jemanden, den ich kannte oder gekannt hatte. Ich versuchte das versunkene Gesicht und den Namen ans Licht zu zerren, aber sie widersetzten sich. Dieser unheimliche Eindruck von Vertrautheit ließ sehr schnell nach, obwohl ein Rest davon zurückblieb, ein Zweifel, der sich hielt. Was hatte diesen Anflug von Wiedererkennen erzeugt? War es wirklich etwas in ihrem Gesichtsausdruck, oder war es etwas in mir? Ich fing an, Mrs. O. genauer zu beobachten.

Die Klinikärzte machten täglich ihre Runde, um uns dem Test zu unterziehen. Es war ein unnötiges Ritual, aber ich nahm an, sie mußten es üben. Der Test bestand aus einer Reihe von Fragen, gefolgt von ein paar sanften Nadelstichen. Offen gesagt, genossen Mrs. M. und ich das. Der Test unterbrach unseren Tag, und es war erfreulich, von diesen rosigen jungen Männern in ihren weißen Kitteln ausgefragt zu werden. Mrs. M. machte sich sogar für den Anlaß zurecht. Sie kniff sich in die Wangen und schob ihre Locken zurecht, wenn sie einen aussichtsreichen Kandidaten zur Tür hereinkommen sah. Sie war sichtlich enttäuscht, wenn der Arzt sich als weiblich entpuppte. Mrs. O. dagegen war gewöhnlich zänkisch. An manchen Tagen lag sie passiv im Bett, lächelte lammfromm und nickte, wenn ihr die einzelnen

Fragen gestellt wurden. Meistens aber war sie widerspenstig, und wenn der Fragesteller sich ihr näherte, schlug und trat sie wütend nach ihm und stieß einen schrillen Schrei nach dem andern aus. Schlimmer waren jedoch die Tage, wenn Mrs. O. erpicht darauf war, den Test zu machen. Er begann immer mit der Frage: „Wie heißen Sie?“ Mrs. O.s Gesicht verzerrte sich dann zu einem Ausdruck tiefer Verwirrung. Beim Grübeln kniff sie die Augen zusammen und mahlte mit den Kiefern in dem verzweifelten Versuch, ihrem starren Gehirn die richtigen Wörter zu entwinden, und ihr kleines Gesicht wurde rot vor Anstrengung. Sie schien zu glauben, sie könnte den Namen herauspressen, wenn sie nur fest genug drückte. Mit jeder weiteren Frage nahm ihre Anstrengung zu. „Wo sind Sie hier? Welche Jahreszeit haben wir? Welches Datum ist heute? Was ist das für ein Gegenstand?“ pflegte der Arzt zu sagen und bewegte einen Stift vor ihrem Gesicht hin und her. Wenn er sie dann mit einer Nadel in den Oberschenkel stach und fragte: „Spüren Sie das?“, war Mrs. O. erschöpft und unglücklich. Und obwohl sie keine der vorangegangenen Fragen hatte beantworten können, spürte sie die Nadelstiche. Eines Tages sah sie den Arzt an und sagte mit müder, klagender Stimme: „Warum tun Sie mir das nur an?“

Tatsächlich war Mrs. O. nicht eine Person, sie war viele, und niemand wußte, welche von einem Augenblick auf den anderen zum Vorschein kommen würde. Diese Vielfalt verbreitete im Zimmer eine erwartungsvolle Atmosphäre, und ich merkte auf einmal, daß ich den Verlauf von Mrs. O.s Wahnsinn verfolgte, als wäre es meine Berufung. Jeden Morgen kam Mr. O. zu seinem täglichen Besuch. Das Klima dieser morgendlichen Begegnung war oft ein Hinweis auf Mrs. O.s Persona für den Tag, und ich versuchte, dann immer wach zu sein. Mr. O. war groß und gebeugt, ein Mann mit sauberen, gebügelten Anzügen und vielen Krawatten. Wie Mrs. M. es ausdrückte, war er „gut beieinander". Wer Mrs. O. früher einmal gewesen war, konnte man an ihm und an den Sachen sehen, die er ihr mitbrachte: einen blaßblauen gesteppten Morgenmantel mit Seidenbändern am Hals und in der Taille, einen makellosen, rosa geblümten kleinen Kulturbeutel und einen glänzenden Reisewecker aus Messing. Wenn er kam, ging er immer langsam zu ihrem Bett, legte sein tägliches Mitbringsel auf die Fensterbank, setzte sich neben sie und nahm ihre Hand. Das tat er grundsätzlich und unabhängig davon, wie sie ihn empfing. An einem Tag fand er einen Stein im Bett vor, einen Körper, so bleich und steif, als wäre er tot; an einem anderen ein sich wälzendes, aufgescheuchtes verrücktes Huhn, das so heftig lachte, daß es an seinem eigenen Speichel zu ersticken drohte. Oder er traf sie grübelnd an, das alte Gesicht feierlich vor Konzentration. Er ließ alles über sich ergehen und sah den Metamorphosen seiner Frau mit bemerkenswerter Gefaßtheit zu. Ich erlebte ihn nur einmal aufgeregt. Das geschah in der ersten Zeit meines Aufenthalts. Er hatte ihre Hand genommen, und ich sah, daß sie sich ihm zuwandte. Ihr Gesicht war vollkommen verwandelt. Die Veränderung war unübersehbar. Sie erkannte ihn. Er umfaßte die Handgelenke seiner Frau und starrte ihr ins Gesicht. „Eleanor! Eleanor!" rief er, aber sie war schon wieder dem Vergessen anheimgefallen. Er beugte sich auf seinem Stuhl vor, und ich sah seinen Rücken beben.

Als Dr. Fish sagte: „Ich sorge dafür, daß Sie ins Krankenhaus kommen", empfand ich ungeheure Erleichterung. Sie werden mich pflegen, dachte ich, ich werde doch noch gesund. Und wenn ich wieder herauskomme, werde ich lesen, lesen, lesen. Aber ich erholte mich nicht im Krankenhaus. Obwohl meine Bewegungen durch die Medikamente verlangsamt waren, raste mein Gehirn, und ich atmete schwach, in krampfhaften kleinen Stößen. Bruchstücke der Bücher, die ich kennen sollte, kamen und gingen in meinem unglücklichen Kopf. Ich hatte die erste Szene von *König Lear* auswendig gelernt und versuchte sie aufzusagen, aber sie war verschwunden. Da war nichts, nichts und noch mal nichts. Ich machte mir Sorgen um die Bücher, die ich nicht kannte, und um das Geld, das ich nicht hatte, Geld, um das zu bezahlen, wofür meine studentische Krankenversicherung nicht aufkommen würde: zwanzig Prozent der Rechnung. Meine Kopfschmerzen würden meine Eltern in Schulden stürzen, und ich konnte nichts dagegen tun. Ich war an ein Krankenhausbett gefesselt, und es war unmöglich zu sagen, für wie lange. Ich hatte einmal etwas über eine englische Adelige aus dem 18. Jahrhundert gelesen, die mehr als zwanzig Jahre an Kopfschmerzen litt. Ich fing an, mir einzubilden, ich würde nie wieder gesund und würde als neurologische Fußnote sterben: „Es wird vom Fall einer Frau berichtet, die zweiundfünfzig Jahre an Migräne litt. Cf. Glower: ‚Vaskuläres Migränesyndrom', JAMA 1498, S. 43." Meine Eltern riefen häufig an. Ich log und sagte, es ginge mir besser. Wenn Freunde anriefen, bat ich sie, nicht zu kommen. Einige bestanden darauf und kamen mit Blumen und Pralinen. Während dieser Besuche ließen die Schmerzen immer nach, aber anschließend ging es mir schlechter. Ich deutete den Wechsel als weiteres Anzeichen für meine Neurose, und er deprimierte mich. Stephen rief an. Acht Monate waren vergangen, seit unsere Wege sich getrennt hatten. Ein gemeinsamer Freund hatte ihm erzählt, daß ich im Krankenhaus lag. Er sagte, er würde mich besuchen, und ich sagte nicht nein. „Dienstag", sagte er. „Ich komme Dienstag um zwei."

Tagsüber war ich in der Lage, meine zunehmende Unruhe zu unterdrücken, aber nachts bekam ich Angstzustände. Dieses Gefühl wurde dadurch verstärkt, daß sie Mrs. O. nachts festbanden. Sie taten das, nachdem sie uns unsere Medikamente gegeben und die Deckenlichter ausgeschaltet hatten. Für die Prozedur waren drei Personen nötig, zwei, um die Patientin festzuhalten, und eine, um die Gurte am Bett anzuschnallen. Die Schwestern nannten die Vorrichtung „Halterchen". Angelegt, sahen diese Fesseln aus Segeltuch wie ein kompliziertes, verwickeltes Unterkleid aus, das ein Eigenleben annahm und nach Belieben Auswüchse entwickelte, um seinem Träger Schwierigkeiten zu machen. Mrs. O. in diese grausige Apparatur hineinzubekommen war keine Kleinigkeit. Sie schrie, biß, kratzte, und einmal, als sie sich wehrte, sagte sie wieder und wieder: „Was ist das? Was ist das für ein Ding?" Wenn die Schwestern gegangen waren, fing sie an zu kämpfen, um sich zu befreien. Sie rüttelte an den Metallstäben rund um ihr Bett. Sie rüttelte daran und stöhnte pausenlos im Takt. Sie war unermüdlich, eine Lokomotive der Entschlossenheit. Ich weiß nicht, wie lange sie das durchhielt, aber es schien endlos weiterzugehen. Für mich war es das die Nacht bestimmende Geräusch, und ich schlief nie ein, ehe ich sicher war, daß sie aufgegeben hatte. Ich beobachtete und wartete, denn auch schon in den ersten Tagen bevor sie mir etwas getan hatte, war ich gespannt.

Ich erinnere mich nicht, welcher Wochentag es war, aber am Morgen des ersten Zwischenfalls begann Mrs. O., die seit meiner Ankunft vielleicht zwanzig Worte von sich gegeben hatte, zu sprechen. Es war ein zusammenhangloser, ja blödsinniger Monolog, hatte aber das Quälende einer nicht zu Ende erzählten Geschichte.

„Wo ist mein alter Peter? Ich habe ihn weggesteckt, und jetzt kann ich ihn nicht finden. Oh, die Lieder, die ich kannte, Lucy, jedes Wort auswendig, jede Note glockenklar, und er sagte immer, ich sänge wie ein Engel. Es war ein klarer Fall. Sie haben ihn ertränkt, das ist so sicher, als hätten sie seinen Kopf mit ihren eigenen Händen unter Wasser gedrückt, und kein einziger von ihnen ist ins Gefängnis gewandert. Der letzte gemeine Trick, sage ich dir. Er war nicht richtig im Kopf, und das nutzten sie aus. Ich kann die beiden nicht vergessen. Sie sahen am Grab ganz blaß und irgendwie steif aus in ihrer Sonntagskleidung. Bettelarm, aber grundanständig. Und dieser tote Junge war alles, was sie hatten." Mrs. O. schnalzte mit der Zunge. „Eine Geschichte zum Heulen." Sie schüttelte den Kopf. „Erzähl mir die von der Dame auf dem Berg, Eddie. Du weißt schon, die, wo sie ihm drei Nächte hintereinander eine kalte Hand auf den Nacken legt." Ich hörte sie eine Melodie vor sich hin summen, etwas Einfaches und Wohlklingendes.

Etwa eine halbe Stunde nach dem Wortschwall drehte sich

Mrs. O. zu mir um und sagte laut: „Lieg nicht einfach so da, Dummkopf! Tu was!"

„Sprechen Sie mit mir?" sagte ich.

„Natürlich spreche ich mit dir. Mit wem sonst?"

Mrs. O.s Klarheit machte mich sprachlos. Ich schaute ihr ins Gesicht und sah etwas Grausames darin, etwas wie das schuldige Lächeln eines Kindes, das ein anderes quält.

Ich antwortete ihr nicht, und sie schien mich sehr bald zu vergessen. Sie drehte ihr Bettlaken in den Händen und biß zerstreut hinein. Innerhalb von Minuten war sie auf dem Rücken liegend mit noch halboffenen Lidern eingeschlafen, und ich konnte von meinem Bett aus das wäßrige Blau einer Iris sehen. Ich döste auch ein, wurde aber von einem scharfen Schmerz im Rücken geweckt. Ich drehte mich um und sah Mrs. O. über mich gebeugt stehen. Sie preßte ihren Daumen und Zeigefinger zusammen wie ein wütender Krebs. Sie streckte die Hand aus und zwickte mich fest in die Wange. Ich zuckte zurück und verspürte den Drang, sie zu schlagen, aber mein Arm war widerspenstig, zu schwer, um die Bewegung auszuführen.

„Steh auf! Steh auf, du Schlafmütze!" trällerte sie grinsend, wobei eine Reihe verfärbter kleiner Zähne sichtbar wurde. Sie beugte sich wieder über mich und fuchtelte mit diesen Fingern vor meinem Gesicht herum.

„Gehen Sie weg! Gehen Sie weg!" Ich hörte meine Stimme sich hysterisch überschlagen, während ich die Hände schützend vors Gesicht legte.

Eine Krankenschwester tauchte auf. „Beruhigen Sie sich", sagte sie zu mir. „Sie wird Sie schon nicht umbringen. Na, Ellie, machst du wieder deine Mätzchen? Marsch, marsch, ins Bett mit dir."

Mrs. O. lächelte lammfromm, nahm die Hand der Schwester und wurde zu ihrem Platz zurückgeführt.

Danach wehrte ich mich gegen den Schlaf. Seither habe ich mich gefragt, wieso das Zwicken mir so schrecklich vorkam. Ihre Attacke war schließlich harmlos gewesen; das Kneifen hatte nicht wirklich weh getan. Vielleicht lag es daran, daß sie zu nahe gekommen war, daß die Grenzen um mein Bett herum fort waren und ich mich nicht mehr sicher fühlte, nachdem diese unsichtbare Schwelle einmal überschritten worden war. Sie würde wiederkommen, das wußte ich. Der Singsang „Steh auf, steh auf, du Schlafmütze" hallte wie ein störender Ohrwurm in meinem Kopf wider. Warum bedrängte sie mich? Mrs. M. wurde nie von ihr belästigt. Ich war ihr Opfer. Warum? Etwa, weil ich sie tatsächlich von irgendwoher kannte und sie sich in ihrer wirren Art an mich erinnerte? Das war unmöglich. Ich machte mir allmählich Sorgen, daß ich nicht nur überreizt, sondern verrückt war, fast reif für die Irrenanstalt. Mrs. M. redete nicht mehr davon, daß sie ein anderes Zimmer wollte. Mrs. O.s Aufmerksamkeiten für mich waren einfach zu amüsant.

„Sie hat's auf Sie abgesehen, Kindchen", sagte sie. „Wer weiß, was das schlaue kleine Biest als nächstes anstellt."

Zwei Tage später kam es zu einem weiteren Vorfall. Wieder passierte es, während ich schlief. Mein Schlafbedürfnis war damals unwiderstehlich, und so heftig ich auch dagegen ankämpfte, ich konnte mich nicht den ganzen Tag wach halten. Es begann als Traum, der in dem Bett spielte, in dem ich lag. Im Traum wachte ich auf und sah einen Körper neben mir liegen, den warmen, seltsam nassen Körper einer Frau. Ich hob ihren Arm hoch, aber er fiel leblos auf die Bettdecke zurück. Diese Frau ist tot, dachte ich. Ich muß sie hier rausschaffen. Doch dann spürte ich Arme um meinen Hals und etwas Schweres auf meinem Gesicht. Ich brauche Luft, dachte ich, und ein erotischer Schauer überlief mich. Ich machte die Augen auf. Mrs. O. lag bei mir im Bett. Ihre dünnen Arme umschlangen mich erdrückend. Sie küßte mich. Ich stieß sie heftig weg.

Mrs. M.s Stimme kam hinter dem Vorhang hervor. „Um Himmels willen, was ist jetzt passiert?"

„Sie ist in meinem Bett." Ich biß mir in die Hand, um ein Schluchzen zu unterdrücken.

Mrs. O. kauerte am Fußende des Bettes. Ihr Nachthemd war aufgegangen und über eine ihrer knochigen Schultern gerutscht. Sie sah mich an; ihr faltiges kleines Gesicht war tränennaß. Ein Arzt stand in der Tür.

„Was geht hier vor?" sagte er.

„Sie ist in mein Bett gestiegen, während ich schlief. Es ist unerträglich, einfach unerträglich. Bitte bringen Sie sie woandershin. Ich kann mit ihr nicht hierbleiben."

Er sah mich an und kniff die Augen zusammen, als wäre ich sehr weit weg.

„Wir versuchen alles, um sie umzulegen, aber im Moment ist es zu voll. Sobald ein Bett frei wird, holen wir sie hier raus. Sie ist eigentlich ganz harmlos, wissen Sie." Er lächelte und fuhr sich mit der Hand über seinen kahl werdenden Kopf. „Ich sorge dafür, daß jemand sie im Auge behält."

Den Kuß erwähnte ich niemandem gegenüber.

Nach dem Kuß passierte drei Tage lang nichts. Vielleicht,

weil das Personal Mrs. O. besser im Auge behielt und sie es wußte, aber ich bin nicht sicher. Jedenfalls war sie weniger aktiv und neigte mehr zu Phasen dumpfer Reglosigkeit. Morgens, wenn ihr Mann bei ihr saß, überlegte ich, was er wohl denken würde, wenn er wüßte, daß seine Frau in mein Bett gekrabbelt war und mich belästigt hatte. Der Kuß, immer in den Traum verwickelt, wurde eine physische Erinnerung, die mich ohne Warnung durchfuhr. Die schwere, feuchte Leiche und die vertrocknete alte Frau, die sich auf mich gepreßt und ihre Zunge in meinen Mund gesteckt hatte, hinterließen ihre unberechenbaren Spuren, denen ich hilflos gegenüberstand. Meine Schmerzen waren angeschwollen: sie füllten meinen ganzen Kopf und schienen im Anwachsen meinen Schädel zu vergrößern. Ich bestand nur noch aus Kopf, ein weiblicher Humpty-Dumpty mit vier nutzlosen Gliedern. Und ich machte mir Sorgen. Ich machte mir den ganzen Tag und fast die ganze Nacht Sorgen. Sorgen über meinen Kopf, über mein Examen, über Mrs. O., über Stephens bevorstehenden Besuch, Sorgen darüber, daß ich mir Sorgen machte. Angst lieferte meinen Schmerzen Nahrung, aber ich wußte nicht, wie ich ihr Einhalt gebieten sollte.

Ich sah schrecklich aus, und wenn ich redete, schnappte ich nach Luft, keuchte und verlor die Fassung. Sogar Dr. Fish schien besorgt. Er machte Bemerkungen über meine Blässe und war offenbar überrascht, daß jemand, den er so vollständig unter Drogen gesetzt hatte, wie eine Dampfmaschine atmete. Ich fror auch und konnte nicht warm werden. Eines Nachmittags brachte mir eine Krankenschwester ein Paar Thrombosestrümpfe. Es waren lange Dinger aus weißem, gurtartigem Material. Sie hatten keine Zehen. Den Grund für diese merkwürdige Weglassung habe ich nie herausgefunden, aber ich trug sie gewissenhaft während meiner ganzen Internierung und habe sie immer noch in einer Schublade, als Andenken an eine Zeit, als mein Blut zu langsam floß.

Ich fiel in eine Welt an der Schwelle des Bewußtseins. Immer am Rande des Schlafs, mußte ich kämpfen, um wach zu bleiben. Mrs. M.s Gequatsche bekam etwas Fernes, als spräche sie aus einem anderen Zimmer mit mir. Von Zeit zu Zeit hörte ich Münzen klimpern. Sie zählt ihr Geld, dachte ich dann. Aber meine Ohren hatten angefangen, mir Streiche zu spielen, und es kann auch nichts gewesen sein. Zweimal hörte ich meine Mutter meinen Namen rufen. Diese akustischen Halluzinationen waren laut und deutlich. Ihre Stimme war im Zimmer, und sobald ich sie hörte, wollte ich ihr antworten, aber statt dessen staunte ich über diese innere Stimme und überlegte, ob sie nicht ein weiteres Anzeichen von um sich greifendem Irrsinn war. Ich wurde auch von Einsamkeit überwältigt, von dem Gefühl, in einen Körper eingeschlossen zu sein, der seiner eigenen Wege ging. Ich war's, dachte ich. Ich habe diesen riesigen, schlimmen Kopf geschaffen, die Stimme meiner Mutter herbeizitiert, Tote herbeigeträumt und überhaupt meinen eigenen Zerfall verursacht, aber wie kann ich das alles rückgängig machen? Ich bin ein Gespenst. Mrs. O.s Schatten – oder vielleicht ist sie meiner, ein Phantom, das gekommen ist, um mir etwas zu sagen –, mein eigener halbnackter kleiner Geist, der wie ein Esel in der Wildnis schreit.

In der Nacht vor Stephens Besuch brach Mrs. O. aus. Meine Erinnerung an diesen Vorfall ist verworren, ich kann ihr nicht trauen. Ich weiß, daß die Schwestern Mrs. O. wie gewöhnlich festschnallten und daß diese, sobald sie weg waren, wie jede Nacht anfing, sich zu winden und zu rütteln. Meine Schmerzen hatten ihren Höhepunkt erreicht; sie zuckten durch das Thorazin hindurch, und ich verlor vollständig die Kontrolle über meinen Atem. Ich keuchte und würgte. Ich hörte Mrs. O. hinter ihrem Vorhang an den Stäben rütteln, doch das Geräusch schien aus meinem eigenen Kopf zu kommen. Sie knurrte. Ich wimmerte, dabei wollte ich im Dunkeln heulen wie ein verwundeter Hund, mir in einer wahren Schreiorgie entrinnen. Statt dessen machte ich mich mit der Bettdecke mundtot. Mrs. M. sprach mit mir, aber ich konnte nicht hören, was sie sagte – irgendwas von „Radau". Ich drückte meine Finger gegen die Schläfen. Meine Nerven explodieren, dachte ich. Dann hörte ich ein lautes Geräusch, wie wenn etwas zerreißt. Ich erinnere mich, daß ich die Finger an die Ohren legte, als ob die Geste mir hätte sagen können, woher das Geräusch kam. Der Vorhang quer durch das Zimmer wogte, und dann stand Mrs. O. auf dem Fußboden. Sie hielt die Arme ausgestreckt, ihr Mund war weit offen. Er war viel größer, als es möglich schien, ein ungeheures, klaffendes Loch in ihrem Gesicht. Das Nachthemd hing ihr wie ein Lumpen von den Schultern. Ich sah sie in der schwachen Zimmerbeleuchtung an und verspürte einen heftigen Stoß gegen die Brust, als wäre mir die Luft aus dem Leib geprügelt worden. Ich versuchte zu rufen, aber meine Stimme war dünn, ein unhörbares Piepsen. Ich hörte Mrs. M. brüllen: „Sie ist raus! Sie ist raus!" Mrs. O. kehrte mir den Rücken und steuerte auf die Tür zu. Ich sah ihren flachen, runzligen Hintern, als sie mit steifen Knien aus dem Zimmer lief.

Am nächsten Morgen taufte Mrs. M. sie „Houdini". Der Namenswechsel zeigte auch eine Verschiebung in Mrs. M.s Meinung von ihr an. Verachtung war jetzt mit Respekt vermischt. „Houdini hat Mumm in den Knochen!" sagte sie zu mir. „Feßle sie, kette sie an, versenk sie in einem großen Koffer auf den Grund des East River, und sie findet einen Ausweg. Bei Gott, sie hat Mumm!" ‚Mumm' war das falsche Wort. Mrs. O. hatte Willenskraft, eine unergründliche, unsägliche Willenskraft. Ich verstehe nicht, was ich in dieser Nacht sah und warum ich mich atemlos geprügelt fühlte. Aber das Bild dieses triumphierend auf dem Fußboden stehenden winzigen Körpers und dieses Mundes, dieses schrecklichen Mundes, ist jetzt in mir verwurzelt, und ich kann mich nicht davon abwenden. Es ist immer noch erschreckend, und doch finde ich es unwiderstehlich. Ich habe das Bedürfnis, es wieder und wieder heraufzubeschwören, es immer weiter anzusehen.

Aber an diesem Morgen, dem Morgen nachdem es passierte, versuchte ich es zu vergessen. Es war zu frisch, und ich war ein Häufchen Elend. Meine Kopfschmerzen hatten etwas nachgelassen, wie immer bei Tageslicht, aber meine Kopfhaut war so empfindlich, daß sogar der Druck des Kissens weh tat, und meine Arme und Beine vibrierten von einer sonderbaren Energie, als stünden sie unter Strom. Es geht noch weiter, dachte ich. Es werden noch mehr Schmerzen kommen. Mrs. O. war sediert worden und schlief, als ihr Mann sie besuchte, und noch mehrere Stunden danach. Ich konnte sie durch einen Spalt in ihrem Vorhang sehen – ein zusammengeschrumpfter Körper unter der Decke. Mrs. M. schlief ebenfalls. Ich wartete auf Stephen. Um halb zwei setzte ich mich ganz langsam im Bett auf, holte meinen Spiegel aus einer Schublade und versuchte, etwas mit meinem Gesicht anzustellen. Meine Hände zitterten. Ich war weiß und hatte dunkle Ringe unter den Augen. Jetzt habe ich auch noch mein gutes Aussehen verloren, dachte ich. Ich brachte es fertig, mir das Haar zu kämmen, Rouge aufzulegen und einen Morgenmantel anzuziehen. Mrs. M., die gerade aufgewacht war, sah mich an und sagte: „Bestimmt ein Mann." Stephen kam vierzig Minuten zu spät. Er kam immer zu spät. Er erschien, elegant aussehend, seinen langen Mantel über den Arm gelegt, in der Tür. Er überreichte mir eine kleine Tüte. Darin waren zwei Bücher: eine Neuübersetzung ausgewählter Gedichte von Leopardi und ein Gedichtband mit dem Titel *Unearth* von einem amerikanischen Dichter, der mir völlig unbekannt war. Ich dankte ihm. Er war redselig und distanziert. Mein Aussehen mußte ihn erschreckt haben, aber er sagte nichts. Ich wünschte, er hätte es getan. Ich redete mit ihm, ohne zu keuchen, und war stolz auf meine Beherrschung, aber meine Augen waren lichtempfindlich, so daß ich ihn während unserer Unterhaltung anblinzeln mußte. Der Eindruck, den ich machte, war offenbar schlimmer, als ich dachte, denn irgendwann sah er mich an und sagte: „Wie ist das passiert?" In seiner Stimme lag Ungläubigkeit. „Iris, du mußt dich zusammenreißen."

Ich betrachtete sein Gesicht und sein makellos weißes Hemd. Er ist ein Fremder, dachte ich. Er hat nichts mit mir zu tun. Vielleicht hatte ich ihn deswegen geliebt, wegen seiner Anfälle erstaunlicher Kälte, wenn er bei anderen eine Schwäche aufspürte. Ich ekle ihn an, dachte ich. Wahrscheinlich war es das erste Mal während meines gesamten Krankenhausaufenthalts, daß ich Mrs. O. wirklich vergaß, aber als ich Stephen anblickte, sah ich sie hinter ihm, noch im Bett, aber wach und aufgerichtet. Ihre blauen Augen glänzten, und sie beugte sich zu mir herüber. Ich antwortete Stephen nicht. Statt dessen sah ich Mrs. O. an. Ich sah ihr in die Augen, und unsere Blicke trafen sich. Sie sah mich. Stephen drehte sich auf seinem Stuhl um.

„Wer ist das?“ sagte er.

„Das ist Mrs. O.“, sagte ich.

„Was macht sie?“

„Ich weiß nicht.“

„Warum siehst du sie so an?“

„Sei still“, sagte ich. „Sie will etwas sagen.“

Da lächelte er. Ich weiß nicht, warum er lächelte, aber ich sah aus den Augenwinkeln seinen Gesichtsausdruck und erinnerte mich plötzlich an seine Liebenswürdigkeit. Doch ich war von Mrs. O. gebannt, nicht von Stephen.

Sie war an die Bettkante gekrochen und hielt den Rahmen fest.

„Was ist mit ihr?“ sagte Stephen.

„Halt den Mund“, sagte ich.

Mrs. M. antwortete: „Sie ist nicht ganz bei Trost, aber sie hat was für Ihre Freundin übrig.“

Stephen sagte nichts.

Mrs. O. öffnete den Mund. Zuerst kam kein Ton, aber dann stieg ein Laut tief aus ihrer Kehle auf, und sie begann in meine Augen starrend zu rufen. „Eleanor!" rief sie. Es war ein kurzer, eindringlicher Schrei. „Eleanor!"

„Mein Gott, sie erinnert sich an ihren Namen!" sagte Mrs. M. „Das schlägt alles. Holt die Ärzte! Laßt uns den Test machen! Die erste Frage, bitte!"

„Nicht", sagte ich zu Mrs. M., und überraschenderweise hielt sie den Mund.

Mrs. O. rief mich. Ich wußte es. Wir knieten jetzt beide und sahen einander an. „Warum rufen Sie mich?" sagte ich.

„Eleanor! Eleanor!" wiederholte sie. Sie sah verzweifelt aus.

Stephen legte mir die Hand auf die Schulter. Er zog mich zurück. „Iris, was tust du?"

Sein Widerwille war greifbar. Obwohl er Ideen kultivierte, die Perverses und Verbotenes umfaßten, war er zimperlich, und seine Abenteuer waren einzig von der modischen, literarischen Sorte. Ich sah ihn schaudern. Er warf mir einen ungläubigen Blick zu.

„Du kannst gehen, wenn du willst", sagte ich.

„Eleanor!" rief Mrs. O. Es war der gleiche Tonfall, in dem ihr Mann sie gerufen hatte.

Stephen war aufgestanden. Er berührte meinen Arm. „Willst du, daß ich gehe?" sagte er.

Ich sah ihn nicht an. „Ja", sagte ich sehr sanft.

Meine Augen brannten von der Helligkeit. Ich sah Mrs. O.s zusammengekniffenes kleines Gesicht. Sie ruft mich, dachte ich. Sie ruft mich. Ich beugte mich über die Bettkante und rief zurück: „Ich bin hier!" Ich rief, als wäre sie weit weg, und als die Laute aus mir herauskamen, war es, als hätte ein Wind durch meinen Körper geblasen und mir Lungen und Kehle geöffnet, und ich rief noch einmal: „Ich bin hier!"

Zwei Krankenschwestern reagierten auf den Lärm. Ich hörte Stephen „Entschuldigung" sagen, als er zur Tür hinausging. Mrs. M. gab eifrig Erklärungen, aber ich hörte nicht hin. In Wirklichkeit waren sie mir alle gleichgültig. Es war mir egal, daß ich eine Szene gemacht hatte. Der Dialog absorbierte mich völlig. Ich rief noch einmal und ließ Mrs. O. nicht aus den Augen. Ihre schmächtige Gestalt zitterte, während sie mich anstarrte. Eine Schwester faßte sie beim Arm, aber es gelang ihr, sich herauszuwinden. Sie lauschte, das konnte ich sehen. Ihr Kopf war vorgereckt, und ihr Gesicht hatte einen nachdenklichen Ausdruck. Ihr dünnes weißes Haar stand in wilden Büscheln ab. Sie hatte die Arme um sich selbst geschlungen und wiegte sich. Sie hatte aufgehört zu rufen.

Eine Schwester zog mich am Ellbogen. „Sie bringen sie ganz aus dem Häuschen", sagte sie.

Aber Mrs. O. war ruhig, ganz ruhig. Sie lag mit offenen, aber unbewegten Augen auf dem Rücken, und ihre passiven Gesichtszüge kamen mir zum erstenmal fremd vor. Sie sieht überhaupt nicht aus wie jemand, den ich kenne, dachte ich. Ich legte mich zurück und schloß die Augen.

Die Schwester schimpfte mich aus. „Mit Ihnen beiden ist dauernd was anderes. Ich glaube wirklich, Sie haben sie angestachelt. Sie sind eine Unruhestifterin, jawohl. Sie sollten klug genug sein, sie nicht verrückt zu machen. Das muß man sich mal vorstellen, mit einer Schwachsinnigen herumzuspielen. Sie sind zu weit gegangen!" Ich hörte sie aus dem Zimmer gehen. Ich machte die Augen nicht auf. Ich fing an, sehr tief und langsam zu atmen, und zählte jeden Atemzug. Ich zählte lange.

Am gleichen Nachmittag schickte Dr. Fish einen Psychiater an mein Bett. Er sprach leise und freundlich mit mir und hatte einen weißen Bart, den ich beruhigend fand. Erst ganz am Ende stellte er mir Fragen zu Mrs. O. Statt dessen fragte er mich über mein Studium, meine Eltern und Freunde aus. Er wollte wissen, wann meine Kopfschmerzen angefangen hatten und was für andere Symptome ich hatte. Das Thema Liebesleben berührte er mit viel Zartgefühl, und meine Antwort, daß keines vorhanden war, nahm er mit einem kurzen Nicken auf. Ich versuchte, in ordentlichen Sätzen zu sprechen und klar zu artikulieren. Mein Kopf tat weh, aber mein Atem hatte sich sehr gebessert, und ich glaube, ich überzeugte ihn davon, daß ich normal war. Als er mich schließlich fragte, warum ich Mrs. O. angeschrien hätte, sagte ich ihm ganz ehrlich, daß ich es nicht wüßte, daß es mir in dem Moment aber wichtig vorgekommen wäre und daß ich nicht geschrien, sondern gerufen hätte. Er schien von dieser Antwort überhaupt nicht schockiert zu sein, und bevor er ging, tätschelte er meine Hand. Ich glaube, ich hätte die Unterhaltung mit ihm genossen, wenn ich mir nicht Sorgen gemacht hätte, was das Gespräch kosten würde. Er sah teuer aus, und ich machte mir noch lange Gedanken, ob seine Sympathie von meiner Krankenkasse gedeckt war.

An dem Abend zog Ruhe in meinen Körper ein. Die Kopfschmerzen saßen fest in meinem Schädel, aber mir war weniger übel, und das Vibrieren in meinen Gliedern war verschwunden. Ich verspeiste mein schlechtes Abendessen bis zum letzten Happen und schlief sehr früh ein. Ich mußte geweckt werden, um meine Tablette zu nehmen, und als Mrs. O. festgeschnallt wurde, hörte ich nichts davon. Ich schlief wie jemand im Koma und wachte am nächsten Morgen nur schwer auf. Ich erinnere mich, daß ich kämpfen mußte, um zu Bewußtsein zu gelangen, und das Gefühl hatte, unter Wasser mit den Armen zu rudern und mich an die Oberfläche zu schrauben. Ich war zu verschlafen, um klar zu sehen, und zuerst bemerkte ich nicht, daß sie weg war, aber als ich mich schließlich aufraffte, sah ich, daß Mrs. O. nicht in ihrem Bett lag. Das Bett war frisch bezogen, ihre Sachen waren verschwunden, und der Vorhang war adrett zusammengeschoben.

„Wo ist sie?“ fragte ich Mrs. M.

„Keine Ahnung“, sagte sie. „Sie ist nicht da. Mehr weiß ich nicht, und die Schwestern sagen nicht die Bohne. Ich hab auf meine Frage jedesmal dieselbe Leier zu hören gekriegt: ‚Das geht Sie nichts an.‘“ Mrs. M. gab ihrer Stimme einen nasalen, dienstlichen Ton. „Wenn ich daran denke, was ich alles für diese sturen Kühe getan habe und was ich mir gefallen lassen mußte. Nichts für ungut, aber mit Ihnen und Houdini, das war vielleicht ein Zirkus. Ich sag Ihnen, was ich glaube. Die gute Houdini hat es ihnen gezeigt. Sie hat sich einfach verschwinden lassen. Pff!“ Mrs. M. schnipste mit den Fingern. „Sie hat sich in Luft aufgelöst.“

Ich sah das leere Bett an. Seither habe ich mir oft den Kopf über Mrs. O.s Verschwinden zerbrochen. Vielleicht hatte Mrs. M. mich angelogen. Womöglich hatte sie gesehen, wie die alte Dame weggeschafft wurde, während ich schlief. Mrs. O. konnte mitten in der Nacht einen Schlag erlitten oder einen Anfall gehabt haben. Sie konnte gestorben und ins Leichenschauhaus gebracht worden sein. Damals jedoch zog ich diese Möglichkeiten nicht in Betracht. Ich war nur erstaunt über ihre Abwesenheit. Wäre ich nicht so sicher gewesen, daß meine Erinnerungen real waren, so hätte ich vielleicht geglaubt, sie wäre meine Erfindung, eine Figur, der ich für meine eigenen Zwecke Leben eingehaucht hatte. Als ich so nachdachte, spürte ich einen kleinen Krampf im Arm – das erste Anzeichen einer Krise. Sie kam schnell, ein kurzer, aber heftiger Nervenaufruhr, ein so gewaltiges Beben in meinem System, daß ein Teil von mir, noch während es passierte, es mit Ehrfurcht betrachtete. Mein Arm bewegte sich erneut; er hüpfte tatsächlich auf der Bettdecke auf und ab. Ich hatte Brechreiz, und mir war schwindlig. Ich wälzte mich aus dem Bett und taumelte an Mrs. M. vorbei zur Toilette. Ich übergab mich. Ich hatte gräßliche Darmkrämpfe, und dann fielen meine Eingeweide aus mir heraus. Der Anfall schien alle meine inneren Organe aus mir herauszuschleudern. Danach hielt ich mich am Waschbecken fest und sah mir im Spiegel mein grauenhaftes Gesicht an. „Du bist eine lächerliche Figur, Iris“, sagte ich, „eine lächerliche Figur.“ Ich sah, wie mein Kopf sich im Spiegel bewegte. Er fühlte sich kleiner und leichter an.

„Kommen Sie da drin klar?“ Es war Mrs. M. „Soll ich die Schwester holen?“

„Nein", sagte ich. „Ich bin in Ordnung."

Mit der Schulter schob ich die schwere Toilettentür auf, dann ging ich langsam durch das Zimmer und hielt mein Nachthemd hinten umklammert, damit es nicht aufging. Ich setzte mich auf die Bettkante und blieb lange so sitzen. Das Licht kam mir ungewöhnlich trübe vor, und ich sah aus dem Fenster hinüber auf die steingraue Wand eines anderen Gebäudes. Draußen war es dunkel, und dicke Schneeflocken fielen unverwandt.

„Es schneit", sagte ich.

„Natürlich", sagte Mrs. M. „Es schneit seit Tagen."

Originaltitel: „Houdini" (in „The Best American Shortstories 1991")
Aus „Siri Hustvedt, Die unsichtbare Frau" (3. Kapitel)

Deutsch von Uli Aumüller

Diamela Eltit

wurde 1949 in Santiago de Chile geboren. Nach ihrem Philologiestudium ist sie als Dozentin für Literatur an Chiles Universitäten tätig und wirkt im Künstlerkollektiv CADA, das durch Aktionskunst in Zeiten der Diktatur berühmt wurde, mit. Ihr literarisches Schaffen beginnt mit dem polemischen Roman *Lumpérica* (1983), welchen sie, ganz im Zeichen ihrer Mitgliedschaft bei CADA, auf den Bürgersteigen vor stadtbekannten Freudenhäusern präsentierte. Neben ihren zahlreichen weiteren Romanen hat sie auch drei Aufsatzsammlungen sowie drei Bände mit Zeitzeugenberichten, die ansonsten keinerlei Gehör in der Gesellschaft bekommen würden, veröffentlicht.

Eltit gehört zu den bedeutendsten lateinamerikanischen Schriftstellerinnen der Gegenwart. Ihre Werke werden sowohl auf die Bühne als auch auf die Leinwand gebracht und stechen mit ihren dem Barock nahen, komplexen Sprachkonstruktionen und allegorischen Formen hervor. Der Körper als Projektionsfläche für Ideologien und Figuren ist ein wiederkehrendes Motiv ihres literarischen Schaffens.

Ihr Corpus beinhaltet auch zwei Erzählungen, *Einander geweiht* berichtet von einer gewalttätigen Beziehung zwischen Mutter und Tochter, Spiegel einer intendierten Rivalität zwischen Frauen und der Machtverhältnisse in einer patriarchalischen Gesellschaft. Vor dem Hintergrund der fehlenden Aufarbeitung der Verbrechen der Diktatur in Zeiten der Demokratie häufen sich im Verlauf der Schilderung die Wunden, die Löcher und Leere hinterlassen.

Christiane Barnabázi, 2010

Einander geweiht

Für Malú Urriola

Da ich den ersten Hustenanfall mit dem ersten Asthmaanfall verwechsle, rufe ich:

„Mutter, ich kann nicht atmen, Mutter, hör doch, ich kann nicht atmen. Mutter ... du unbrauchbare, unglaubliche Witzfigur.“

Die schweigsamen Insekten der Nacht schwirren in Schwärmen über den Köpfen der arbeitslosen Drogenabhängigen. Wir ahnen nicht einmal, wie viel wir, wie viel wir tatsächlich besitzen, zwischen all dem, das sich da auf dem Grund der Steuertruhen versteckt. Es ist das reinste Chaos. Ich muss versuchen, etwas von dem zu retten, was ich besitze, muss zumindest meine rechte Hand behalten. Denn meine rechte Hand ist das Wertvollste meiner Besitztümer. Meine Mutter beißt mir in die rechte Hand, und ich sehe einen meiner Finger blutend zwischen ihren Zähnen baumeln.

„Gib mir meinen Finger zurück, lass meinen Finger los! Ach, behalte doch meinen Finger. Ist schon gut, mach doch, was du willst!“

So kommt es, dass ich nur noch vier Finger habe. Ich bin zornig, koche innerlich, und ich werfe dir eine sanfte Geste des Abschieds mit meinen verbliebenen vier Fingern zu, die du mir schon nicht mehr abbeißen kannst, weil mein Blut dich zum Erbrechen bringt, unter Krämpfen, ohne zu begreifen – Idiotin! –, dass mein Finger, dass ich, dass mein ganzes Ich, Blut von deinem Blute ist.

Ich gebe mich dem zweiten Asthmaanfall hin.

Atme ein kleines bisschen Luft ein, denn wenn man das nicht tut, dann stirbt man. Halb erstickt suche ich meine Mutter auf den Fluren. Röchelnd gröle ich *La Le Lu* durch die Flure, während die von ihren politischen Passionen beherrschten Banden beten, aus gnädiger Dankbarkeit, ganz begeistert von der kommerziellen Ekstase, die das letzte Abkommen ausgelöst hat. Schwankend kommt mir an der Ecke des engen Korridors eine strahlende und trunkene Gottheit entgegen und bettelt mich um ein Geldstück an:

„Ich habe kein Geld", sage ich, „ich habe nicht einmal einen erbärmlichen *Peso* bei mir, verstehst du?"

Aber er versteht es nicht. Er versteht nicht, dass ich weitergehe, mit Mühe und Not zu meiner Mutter gehe, während mir die Gischt des tobenden Asthmas entgegenschlägt. Der Gott der Almosen besteht auf seiner Bitte, streckt mir die Hand entgegen und fordert mich zur Wohltätigkeit auf.

„Nichts werde ich dir geben. Ich habe dir schon gesagt, dass ich dir nichts geben werde."

„Nicht einen *Centavo*", hat meine Mutter zu mir gesagt, „ich schwöre bei Gott."

Sie kam mir nach und widmete sich erneut ihrer Aufgabe, sich an meiner rechten Hand zu vergreifen. Ihre Zähne durchbohrten meine Handfläche und dann, natürlich, war ihr Gesicht voll mit meinem Blut. Das Erbrechen dauerte die ganze Nacht und wurde von nicht enden wollenden Krämpfen begleitet. Eine Diva, meine Mutter, wie keine andere.

Vier Finger und ein Loch.

Ein perfekt geschwungener Kreis, den ich verstecke, indem ich meine vier Finger über der Handfläche schließe. Ich möchte nicht, dass jemand den millimetergenauen Zahnabdruck meiner Mutter erkennt, der die Aushöhlung meiner Hand umrandet. Wir gehen auf die Straße hinaus. Wir gehen auf die Straße, mit einem Finger weniger, und feiern, ich weiß nicht mehr welchen neuen Sieg. Ich gehe mit meiner Mutter auf die Straße, und sie hört nicht auf, mich anzuschreien: „Nein! Nein! Nein!" Ich gehorche. Ich gehe ins Haus. Die Laken sind unmöglich.

„Dumme Nörglerin", sagt sie zu mir.

Ich lege den linken Zeigefinger in das Loch in meiner Hand, aber sie geht einfach davon.

Sie, meine Mutter, ist die Frau des höchsten Bosses. Der große Boss könnte, und könnte auch nicht, mein Vater sein. Er ist bewaffnet. Überall, wo er hingeht, geht er mit geschulterter Waffe. Er weiß ganz genau, dass meine Mutter mir mit ihren Zähnen einen Finger abgebissen hat. Er ahnt das mit dem Loch. Er schweigt, weil ihm das recht ist. Gemeinsam gingen wir zu dritt hinaus, und uns schlug eine beeindruckende Welle von Ehrerbietung entgegen. So viele Verbeugungen. Das Volk verbeugt sich mit einer offenen unterwürfigen Unverschämtheit. Es wartet, wie wir wissen, auf die große Geldsumme, die sich hinter jedem neuen Versprechen verbirgt. Aber nicht einmal einen Fünfer werden sie bekommen. Mein Loch ist Gold wert. Von höchstem Karat. Und sage nicht, dass du es nicht wusstest, als du deine Zähne an mir gewetzt hast!

Parasiten sind überall, ich könnte sie mit geschlossenen Augen erkennen.

„Parasiten sind überall", habe ich gesagt.

Plötzlich stürzt sich eine wütende Menge auf mich und

beschuldigt mich dieser und jener Sache. Aber mein linker Finger passt genau in das Loch, und das ist schlimmer, viel schlimmer als das Fehlen einer meiner Finger an der rechten Hand. Ich befinde mich am Rande meines dritten Asthmaanfalls und hoffe, dass er das Ende bedeutet, denn wenn ich das überlebe, werde ich irgendwann kahl sein, ohne Finger, ohne meine Hand, und was dann?

Ich schließe mich der unterwürfigen Masse an. Ich laufe unterwürfig. Ich höre aus der Ferne einige verschwenderische Jubelrufe, die weder Anfang noch Ende haben. Ich hebe ein Banner vom Boden auf, welches eine Aufschrift trägt, die ich nicht entziffern kann. Doch, ich kann sie lesen. Ich sammle alles auf, was ich finde. Mein Finger ist nirgendwo, mein Loch bleibt in die Mitte meiner selbst gefressen. Der allgegenwärtige Geruchssinn meiner Mutter missbilligt die öffentliche Straßenreinigung, die ich zwischen den nach dem Fest aufgehäuften Müllbergen durchführe. Ich weiß, dass meine Mutter Abfall genauso gern mag. Sie bewahrt meinen aufgeweichten, verwesenden Finger in einer ihrer kleinen Schmuckkästchen auf. Sie streichelt ihn nachts, verneigt sich vor ihm und beglückwünscht sich. Mein massakrierter Finger ist der Schnuller, mit dem sich meine Mutter tröstet. Ich mache weiter, von Allergien geplagt, die mich am ganzen Körper heimsuchen. Heute mein Ohrläppchen, morgen mein Magen, dann der Ellbogen, ich weiß es, und dann schwillt der Oberschenkel an und das Auge, das Zahnfleisch. Was wäre ich ohne die Allergie? Meine Allergie wird durch Staub ausgelöst, durch Pollen, den Puls, durch Eifersucht, das Haar meiner Mutter. Wenn meine Mutter mich mit ihrem Haar berührt, dann lässt mich die Allergie nicht eine

Sekunde ruhen. Ich muss mich mit vier Fingern kratzen und meine Wunde den vielen Infektionen aussetzen, die durch den Juckreiz drohen, falls mein Loch sich infizieren sollte. Ach, wenn die Wunde sich doch nur entzünden würde, dann wüsste ich, was zu tun wäre, um sie zu reinigen. Niemand dürfte meine Wunde untersuchen oder an ihr kratzen. Niemand dürfte auch nur vorgeben, sie heilen zu wollen. Es ist meine. Meine und die der heiligen Zähne meiner Mutter.

Heute werde ich 60 Jahre alt, und meine Mutter bellt mir aus ihrem Zimmer entgegen. Meine Mutter ist am Ende ihrer Kräfte, und ebenso ist es um den bestellt, der, und der auch nicht, mein Vater sein könnte. Genauso werden wir 60, 80, 100 Jahre alt werden. Ich halte diesen verfluchten Asthmaanfall seit so langer Zeit zurück und schaffe es, eine minimale, unhörbare Atmung beizubehalten. Zwei Finger weniger und das Loch in meiner Hand. Das Loch lässt mir keine Ruhe, da ich es immer und immer wieder vor den Blicken verstecken muss. Seit einer ganzen Weile habe ich selbst nicht einmal mehr auf das Loch in meiner Hand geblickt. Meine Mutter schreit:

„Lügnerin!“

Ach ja, ich habe einen weiteren Finger meiner rechten Hand verloren. Das war unvermeidlich. Ein präziser Biss, den ich nicht abwehren konnte. Eine Blutung solchen Ausmaßes, dass wir beide entkräftet zusammensanken und eine ganze Weile stumm an der Wand kauerten. Wieder ein abgebissener Finger in ihrem Mund, zwischen Blut und Speichel hin und her baumelnd. Wieder dieser Schmerz. An jenem Abend gab es (wie könnte ich mich nicht daran erinnern) eine schreckliche politische Verschwörung, der sich die Massen ganz schnell beugten. Die Entfernung des Blutes dauerte lange. Ein Fleck nach dem anderen. Seit diesem Tag sah ich mich gezwungen, ausschließlich meine linke Hand zu benutzen. Ich habe drei Finger an meiner rechten Hand, und das Loch darin ist für jeden sichtbar. Ich schließe meine drei Finger und bedecke meine Hand, so gut ich kann, aber ich kann das Loch kaum verdecken, und ich bemerke, wie meine Verstümmelung die Blicke auf sich zieht.

„Bedecke dich", sagt meine Mutter zu mir.

Und was bleibt? Drei Finger, die Allergie und ein Loch.

Inzwischen redet meine Mutter wirr. Sie redet vor sich hin und streut Wörter ein, die ich mich nicht zu wiederholen getraue. Sie ist unterwürfiger als je zuvor. Aber ich kann es ihr nicht verzeihen, dass sie mich nachmacht. Es ist wahr: Meine Mutter macht mich auf solch unhinterfragte, unverfrorene Weise nach, wie ein Sonnenuntergang einen Sonnenuntergang nachahmt, auf solch irritierende Art, wie eine Träne eine Träne kopiert und mein Schatten meinen Schatten.

Wir haben hier also drei Finger, die Allergie, das Loch und die überwältigende Wiederholung jedes einzelnen dieser drei Finger, der Allergie und des Lochs. Aber ich bin schon gar nicht mehr genau dasselbe Ich. Ich werde in den Sog dieses dreifachen Schwindels hineingezogen, in dem es ungeheuer einsam ist, und der mich mit unerträglicher Wucht davonträgt.

„Bleib ruhig!"

Meine zerstreute Mutter schreit aus ihrem Bett zu mir hinüber, und ihr Geschrei ist bis auf die Straße hinaus zu hören und lässt so für den Moment das kollektive leidenschaftliche Interesse für das Loch in meiner Hand vergessen. Es ist wahr, dieser Wunde wohnt ein beeindruckendes Maß an Leidenschaft inne, die mich bereits zwei Finger gekostet hat. Zwei Finger weniger mit 60 Jahren. „Was erwartet mich noch?“, denke ich, „was soll da noch kommen?“

„Mach dir keine Hoffnungen!“, schreit meine Mutter.

Aber in Wirklichkeit harre ich darauf, dass sich der Mund meiner Mutter wieder entfesselt. Ich verstecke mich unter ihrem Bett und beobachte jede einzelne ihrer Bewegungen, die mir etwas über ihre Träume verraten. Wie ein Raubtier beobachte ich sie von da unten, und obwohl ich weiß, dass ihr bereits alle Zähne ausgefallen sind, hält sie immer noch die Hoffnung aufrecht, dass ich (die ich nie wieder wirklich ich selbst sein werde) mit meinen verbliebenen acht Fingern eine unerhörte Akrobatennummer vollführe.

Es war vorhersehbar, völlig vorhersehbar, dass meine Mutter, die hemmungslos meinen Asthmaanfall nachahmte, von diesem Gefühl des Erstickens angeheizt sein und mir einen weiteren Finger an der Wurzel herausreißen würde. Meine Vogelklauenhand – „Lass mich los, du Tier!“ – ist nunmehr gänzlich abstoßend. Sie legte sich unter das Bett, und im Dunkeln fiel sie mich an. Es gelang mir nicht, ihr auszuweichen, denn mein Finger passte so gut zu ihrem Appetit. Danach kroch sie wieder in ihr Bett und erfreute sich an meinem Finger, der ihr aus dem Mund hing. Sie saugte daran, bis sie müde wurde. Von unten, erbärmlich blutend, hörte ich ihrem Geschlürfe zu, diesem überwältigenden Geräusch, das mich dennoch nicht daran hinderte, zu denken: „Was soll ich nun mit dem Loch in meiner Hand tun?“ Ich blieb wie gelähmt auf meinem Rücken unter dem Bett liegen und hoffte auf ein wenig, ein bisschen, ein klein wenig Güte, auf ein Dach für das Loch in meiner Hand. Ich streckte mich auf dem Boden aus und ließ mich hinabfallen in eine der allergiereichsten und grauenvollsten Nächte meines Lebens.

„Du siehst völlig zerstört aus“, sagte meine Mutter.

Zerstört. Ja, aber ich habe noch zwei meiner Finger. Ich kann: zwei Finger schließen, öffnen, kreuzen. Ich kann mit zwei Fingern einen Kohlestift greifen und mit meinen einzigen zwei Fingern *La-Le-Lus* auf ein Blatt Papier schreiben. Man weiß nicht, wann der letzte Asthmaanfall ausgelöst werden wird. Genauso wenig weiß man, wann die aktuellen politischen Strömungen die aus dem Abkommen entstandene Produktionsausbeute für die Öffentlichkeit anlegen werden. Aber was wir wissen, ist, dass das Loch in meiner Hand von Minute zu Minute einem größeren Risiko ausgesetzt ist. Während wir ständig Durchbrüche, Abgründe, Gräben, Breschen und Risse riskieren, wissen wir, ja, wir alle wissen, dass jegliche Öffnung stets die schlechtesten Absichten hervorruft und die niederträchtigsten Impulse. Das Loch in meiner Hand, das jetzt so bloß, so ungeschützt ist, könnte leicht zum Auslöser werden, der den Staudamm des überbordenden Elends meiner Mutter niederreißt.

Zwei Fingerchen? Eins und eins.

Kein einziger Finger, nur der Stumpf. Dem letzten Biss fielen meine letzten zwei Finger zum Opfer. Ich war der Meinung gewesen, dass ich dem vorbeugen, das Ganze hinauszögern könnte. Ich hatte geglaubt, jedem einzelnen ihrer Gedanken voraus zu sein. Ich bin ein Loch, das kurz davor ist, in sich einzustürzen. Ich bewege mich linkisch mit meinem in Stoff eingehüllten Stumpf. Ich bin ganz Loch, die Finger sind verloren, ich lasse den Blick hinausschweifen, dahin,

wo die Natur gedeiht und in Millionen Sonnenuntergängen aufleuchtet. Ach, Mutter. Während dieses skandalösen Sonnenuntergangs könnten mir die Zähne ausfallen. Früher oder später werde ich alle meine Zähne verlieren, wenn das Zahnfleisch sich weiterhin so entzündet, und ich dermaßen aus dem Mund blute. „Mach den Mund zu, wenn es dämmert. Mach ein für alle Mal dieses Loch, den Mund, zu, damit dir die Zähne nicht ausfallen!" Zähne, diese anstößigen und kräftigen Knochen, die mich, trotz allem, gegen alles aufrecht halten. Sehr aufrecht.
„Geh aufrecht, Hurenkind", sagt sie zu mir.
Viel zu senil, als bereits 100-jährige, bleibt uns nur die Gewohnheit, ein Wiegenlied zu singen.

Originaltitel: „Consagradas"

Aus dem chilenischen Spanisch von Anna Gentz

Irmgard Maenner

geboren 1959 im bayerischen Waldsassen, lebt seit den Achtzigerjahren in Berlin und schreibt ebenso lange Hörspiele, Rundfunkfeatures und Prosa. In dokumentarischen Arbeiten porträtierte sie Boxerinnen und Ganzkörpergelähmte, Schützen und Dominas. In ihren Heldinnen und Helden – den realen wie den fiktiven – verbinden sich Zerbrechlichkeit mit Zähigkeit. Mit feiner, zuweilen skurriler Komik ringen sie um Sinn in einer oft unverständlich erscheinenden Welt.

Zurzeit arbeitet die Autorin an einem Roman über die außergewöhnliche Geschichte einiger ihrer Vorfahren.

Für *Das Gewehr lebt* erhielt sie 2007 den *featurepreis* der Stiftung Radio Basel.

Zuerst beißen sie gern Katzen, am spätesten Menschen und insgeheim, ganz stillschweigend, heimtückisch. Der Verlauf ist verschieden und ganz unbestimmt.
Enzyklopädie der Wissenschaften und Künste 1835, zum Stichwort „Tollwut"

Zwei Frauen verreisen. Eine davon ist mager.

Ich nehme immer die obere Liege. Unter der Waggondecke ist die Hitze ein Brei. Dünste wabern, Gedanken fremder Menschen. Aber unten, der Druck, ist schlimmer.

Ich strecke den Kopf raus und sehe zwei Paar Schuhe im Dämmerlicht. Korrekt. Gemessen. Die Männer schlafen in weißen Hemden und den Unterteilen ihrer Anzüge. Ihre Gesichter glänzen wie die Schuhe. Die Amerikanerinnen schlafen auch, Gezischel und Getue, bis spät in die Nacht. Die eine, mollige, mir gegenüber hat sich gewälzt. Träume vom Ersticken. Schlaf, der in ihren Lungen war. Über mir, jenseits des Blechdachs, muss der Himmel sein. Die Haut eines Olivenbaums. Glänzende Nachtfrüchte, die nachgeben, wenn man sie anfasst. Ich habe an eine Küche aus Stein gedacht, an die Kühle im Innern eines Hauses, wenn der Mittag hinter den Fensterläden steht, an die Villa, in die Malou mich eingeladen hat, genauer, Malous Tante, die den Sommer im Midi verbringt.

Mein Bett wollte ich in den Garten stellen.

Ich habe noch nie das Meer gehört im Schlaf.

Malous Kopf taucht wieder auf, ein ganzes Stück weiter entfernt, zwischen anderen Köpfen. Das Haar hat sich angeschmiegt wie eine glänzende Haube. Ich kann die Schwimmstöße sehen, die sie vorwärtsbringen, bis weit draußen. Sie wendet sich ab und schwimmt zur Landzunge hinüber. Ich sehe auf mein Buch. Sandkörner rieseln zwischen den Seiten. Es blendet. Davor steht Malous Gesicht mit den dunklen Augen und dem Birkenblattmund. Dem Körper bin ich schon begegnet. Nicht wirklich, aber in Filmen, auf Fotos, in Eisen, aus Stein.

Ich weiß wie Malou zurückkommen wird, sie steigt aus dem Meer und geht den ganzen Weg zurück, immer an den Wellen entlang, ihre Haare hängen in glänzenden Rollen über die Schultern und den Rücken hinab. Malou schnürt, wie es elegante Tiere tun, sie setzt einen Fuß in die Linie vor den andren. In ihrer Spur am Strand hinterlässt sie aufgerissene Augen und abgebrochene Sätze.

Ich erinnere mich an eine Schnitzerei, einen Kopf mit zwei Gesichtern, die in entgegengesetzte Richtungen schauen, das eine mit runden Wangen, bei dem anderen klaffen die Auglöcher leer.

Auf Malous Badetuch liegt eine Familienpackung Heftpflaster. Sie hat Schrunden, Schnitte, blaue Flecke. Sie versinkt, über einen Zeh gebeugt, biegt sich seitwärts, um einen Kratzer am Ellbogen zu inspizieren, die Stellen heilen nicht. Ich möchte in meinem Buch lesen.

Meine Hände haben nach Mensch gerochen. Über mir ist ein Belag gewesen wie aufgeschrumpftes Plastik. Das Taxi, in das ich am Bahnhof gestiegen bin, ist auf den Autobahnzubringer abgebogen. Was so eine Fahrt kostet, habe ich gedacht. Der Mann sagt kein Wort. Klötze stehen an der Horizontlinie, kommen näher, bis wir zwischen staubigen Wedeln hineintauchen. Wohin fährt er? Ich setze mich auf und frage nach Villen. Draußen flitzen die Palmen. „Wewe", sagt er zwischen den Zähnen, es soll *Oui* heißen. „Hier gibt es alles, was Sie sich wünschen können, *Mademoiselle.*" Eine Wasserrutsche mit Loopingbahn zieht am Fenster vorbei, eine Schrift mit Schwung.

Plötzlich ist er abgebogen und hat gebremst. Im Halbrund ist das Taxi umstellt gewesen, senkrecht nach oben habe ich Blocks gesehen. Unter den Fenstern Ausbuchtungen: Würfel oder Warzen, immer abwechselnd. Hinter meinem Rücken das *Aqualand.* Der Fahrer hat die Tür aufgemacht, er musste sich geirrt haben, das kann nicht der Midi sein, meine Küche aus Stein, ich suche auf Zetteln nach der Adresse, er stellt den Koffer auf den Boden. Die Adresse hat Zahlen und Buchstaben. Ich muss sie entschlüsseln.

Da höre ich den Pfiff. Es ist Malou. Sie steht bis zum Nabel in einer Warze, hoch oben. Mit schwarzen Ärmeln macht sie Bogen in die Luft. Der Fahrer sieht mich an. Er will Geld.

Endlos stehe ich im Aufzug und fühle mich verkleinert. Als die Tür zur Seite fährt, ist der Gang weiß mit scharfen Kanten. Durch das Viereck in der Wand sehe ich Malou als Silhouette, wie sie auf eine runde Person eingestikuliert. Dann wird sie von schwarz zu farbig, ganz nah, zieht mich am Arm durch das Apartment, an der Person vorbei, auf den Balkon. Ein fester Griff. Dicht sehe ich ihr Gesicht vor mir, die dunklen Augen, den Mund, der das Blatt einer Birke formt.

„Die Tante mietet jedes Jahr eine Villa, immer die gleiche, ehrlich. Bloß diesmal eben nicht. Vielleicht, weil sie ohne ihre Familie gereist ist. Ich weiß nicht. Mir hat keiner was gesagt!“

Keiner hat Malou etwas von dem Apartment gesagt.

„Oder ein Missverständnis!“ Ihr Griff auf meinem Arm löst sich. Ich stelle den Koffer auf den Boden und sehe durch die Glastür in die Wohnung. Auf dem Teppich steht die runde Person. *Visitez ma tante*. Durch die Dauerwelltunnel ihrer Haare sehe ich die Wand, die Kochnische hinter ihr, die Schlafecke mit dem französischen Bett. Im fensterlosen Gang steht eine Etagenliege für Kinder.

„Die ganze Zeit habe ich den Parkplatz beobachtet“, sagt Malou von hinten in meine Haare. „Ich habe gewartet.“

Die Nixe reitet auf einem Mann, der am Kopf ein Mensch ist, an der Brust ein Stier, ein Fisch am Unterleib. Das Wasserland schüttet sich aus, immer wieder, ein türkiser, dann ein blauer Neonschwall. Von der Rutschbahn her kommt helles Geschrei. Auf dem Warzenbalkon sitzen wir: Malou, die Tante und ich. Von außen ist der Balkon fleischfarben, von innen dunkler. Malou macht mit der Gabel Löcher in Salatblätter und wacht über meine Mienen. Hinter dem Looping springen die Lichter der Promenade wie Flöhe.

„Vor ein paar Jahren war das hier alles noch *marais*“, sagt die Tante und rülpst. Sumpf. Vom Nachbarbalkon, einem Würfel, nickt uns ein Rentnerpaar zu.

Ich nehme die obere Liege. Der Flur ist genau bemessen. Drei Türen zu öffnen, und gerade noch der Platz für das schmale Bett mit den zwei Etagen. Wenn Malou sich im Schlaf bewegt, setzt sie es in Gang, oben bei mir schwankt es wie ein Mast auf hoher See. Bad, Zimmer, Ausgang. Genau so viel Platz, dass sich die Türen öffnen lassen. Durch die Tür zum Zimmer streicht Nachtluft. Die Tante ist ein Hügel auf dem französischen Bett, aus ihrem Leib kommen gurgelnde Geräusche, sie laufen auf- und abwärts wie Gesang. *Mit Luft aufgeschäumt* steht manchmal auf den Plastikbechern von Desserts. Morgen werde ich abreisen, ich weiß bloß nicht wohin. Wohin soll ich?

Die Tante schwillt weiß und träge. Ohne Richtung steht sie im Licht. Hinter ihr schimmern die Gardinen. Ich hocke im Flur über gefalteten T-Shirts und Hosen. Ich finde meine Ausweise nicht. Man müsste alles zumachen, die Türen hinter sich. Malou sitzt mit gekreuzten Beinen vor dem Bad und beobachtet, wie ich im Koffer stecke. In der Stille verbirgt sich Aufruhr, ich muss schnell weg. Leider finde ich nichts, weil Malou dasitzt, und die Tante vor den Gardinen steht. Ich denke, Malou hat etwas gesehen, sie macht eine Bewegung. Sie sagt: „Man kann Räder mieten, am Bahnhof, gute französische Räder. Wir fahren unter freiem Himmel und schlafen, wo wir wollen."

„Les Gorges!", sagt die Tante.

Sie hat sich plötzlich bewegt, sie ist eine große Taube, ihr weißes Gesicht lugt in den Flur herein.

„Les Gorges de l'Hérault. Die Kinder und mein Mann haben sich immer hineingestürzt, das Wasser kommt direkt aus einer Schlucht, es ist sehr kalt. Ein oder zwei Tage mit dem Fahrrad, vielleicht. *Ce n'est pas loin.*"

Ich setze mich auf die untere Liege und sinke ein. Die Matratze ist nur ein Netz aus Metall. Malou zieht die Augenbrauen hoch, erst eine, dann die andere. „Danach kannst du immer noch abreisen. Wo willst du denn hin? Allein. Du hast doch kaum Geld."

Ich kann die Brauen nicht unabhängig voneinander bewegen, ich kann auch nicht mit dem zweiten Zeh wackeln. Ich bleibe.

Korbstühle und elektrische Speisekarten stellen sich in den Weg. Tretboote auf dem Wasser. Unter den Markisen stehen Bräunungscremes, pralle Gummitiere. Gassen hängen voller Bikinis oder nur den Unterteilen von Bikinis, teuren Schnüren. Busen wie aufblasbare Inseln drängen vorbei, Wasserbälle oder Bäuche. Ich kaufe zwei Schlafmatten und eine Landkarte. Als ich ins Apartment komme, liegt die Tante auf dem französischen Bett. Ich stelle die Sachen ab und ziehe von außen die Tür wieder zu. Vor dem Haus lehnen unsere Fahrräder, dick und solide wie Briefträger. Malou hat sie besorgt. Ich gehe zum Strand.

Sie sieht mich nicht. Ich könnte mich umdrehen und weggehen. Ich gehe weiter auf sie zu, auf das Badetuch und den Sonnenhut und die Familienpackung Pflaster. Die Entscheidung dauert nur einen Moment. Vielleicht war es ein winziges Zögern. Mein Gesicht halte ich fest. Ich will gleich bleiben, nichts sehen, nicht reden. Mich ausstrecken, die Augen vom Arm bedeckt. Hitze schwappt über mich, die Sonne, der Sand. Malous Scherz ist schlecht. Sie ist ein Gespenst aus der Geisterbahn, Trostpreis an der Losbude, beinfarbenes Plastik. In ihrem Blick ist Freude aufgestrahlt, als sie mich gesehen hat. Mein Gesicht hat mich also doch verraten. Sie hat den Schrecken erkannt.

Ich sehe zwei Mädchen. Das eine hat das andere herbeigezogen. Eine leise Kopfbewegung zu Malou, sie sollte unauffällig sein, aber sie war zu steif. Auch die Mädchen werden durch ihre Gesichter verraten. Ihre Augen werden schmal zwischen Gier und Scham. Auf einmal laufen sie weg, im gleichen Impuls. Sand spritzt von den Fußsohlen hinter sie. Der Sand ist weiß und rieselt überallhin.

Es gab ein Loch im Land, auf Karten musste man es bestimmen, der Einschlag eines Meteoriten, vor langer Zeit, das Loch war eine Mulde, ein heller Kreis auf der Landkarte.

Wir schrieben *Ries* in die Hefte. Malous Bauch ist das Ries. Die Beckenknochen stehen darum wie Schaufeln eines Geweihs. Das Geweih eines Tiers, das es schon längst nicht mehr gibt. Der Brustkorb ist ein Rost. Rippen halten gefangen, was man nicht sehen kann. Malou trägt das Oberteil eines Bikinis. Es bedeckt ein wenig Busen, etwas Weiches, außer dem Mund. Am schlimmsten sind die Gelenke. Knollen, die ihren Mechanismus zeigen, Schaustücke, wie zur Sektion.

Vor ein paar Wochen hat Malou in meiner Wohnung gebadet, eine ihrer Ideen. Aus dem Badezimmer hat sie nach mir gerufen: „Hast du kein größeres Handtuch?“

Ein Shampoo gegen fettiges Haar. Eine Strumpfhose. Ich habe auch gerufen. Eine Strumpfhose. Ich bin nicht hineingegangen und habe nichts gesehen. Jetzt sitze ich hier. Ich sitze auf dem Sand und versuche Malou zuzuhören. In unregelmäßigen Abständen versinken die Hügel. Sie sind aus Beton, und sie sind alt. Bunker. Manche versinken schief, andere gehen lotrecht unter. Vorhin habe ich Malou dort gesucht. Zwischen den Bunkern hat es vor Menschen gebrodelt, zu viele, deshalb bin ich zuerst zur Landzunge gegangen, durch Felsen, scharfe Zacken, Becken mit lauem Wasser, Kristallränder aus Salz. Ich bin vorsichtig geklettert, mit den Händen als Hilfe. Malou habe ich nicht gefunden. Nur kleine Fische in Tümpeln, Krabben, die seitwärts rannten und in Felsspalten schlüpften. Ich bin wieder zu den Bunkern gegangen. Hier liegt Handtuch an Handtuch auf dem geladenen Sand. Da habe ich sie gesehen, in der prallen Sonne unter den Menschen.

„Was für ein Arzt?"

Ich verpasse dauernd, was sie sagt.

„Er versteht, dass ich diese Reise unbedingt machen wollte", sagt Malou. „Bis zur Rückkehr muss ich mich entscheiden, in welche Richtung ich gehen will."

Ich bin nicht ins Badezimmer gegangen, als sie gerufen hat. Jetzt sitze ich hier. Seit Monaten hat sie keine Periode mehr, sagt sie gerade.

„Wenn ich weitermache wie bisher, ist er nicht mehr für mich zuständig, hat er gesagt, dann lehnt er die Weiterbehandlung ab. Wenn ich wiederkomme, muss es auch freiwillig sein, sonst hat es keinen Sinn. Ich muss es wollen, und wenn ich es will, schaffe ich es, es wird harte Arbeit für mich werden, und ich wollte vorher noch diese Reise machen ..."

Ich entziffere den Flaum auf ihrem Gesicht. Pfirsich.

Die Fruchtsorte, eine Angelegenheit von fehlenden Hormonen.

Malou redet von Lebensgefahr, und wie glücklich sie ist über die Ferien, unbedingt mit mir, dass sie sich entscheiden wird und nach der Rückkehr ein Aufschwung, ganz bestimmt.

Sie steht auf und geht zum Wasser. Sie trägt sich durch das schreiende Leben, durch Kinderspielzeug und geölte Haut. Sie trägt sich als ein kostbares Schild. Sie ist ins Meer getaucht. Nach einer Weile war alles wie zuvor. Nur ich nicht. Bis weit draußen sehe ich ihre Schwimmzüge.

Sonnenlicht fächert durch die Blätter über uns, fasst an das Grün und nimmt es mit. Die Linien der Allee ziehen uns hinein. Auf Asphalt zitternde Flecke springen hierhin und dorthin, auch auf uns, unter dem Dach der Bäume.

Ihre Ellbogen stehen nach außen wie bei einer Gottesanbeterin. Malou krümmt sich über die Lenkstange und tritt, sie trägt kurze Hosen. Noch nie habe ich sie in kurzen Hosen gesehen. Malou, die Meisterin des Faltenwurfs, der weiten Ärmel, der fließenden Stoffe. Stangen treiben die Maschine an, sie kommen aus viel zu weiten Hosenbeinen, ich sehe, wie sie arbeiten, knotige Gelenke, obszöne Pleuel.

Manchmal sind Autos über uns gekommen, von vorne auf uns zu, von hinten über uns her. Die Scheiben spiegeln. Ich habe niemanden erkennen können. Lichtflecke sind als Film über sie geglitten, den Tunnel der Allee entlang.

„François, ich habe eine Frau gesehen, da war eine Frau, die hatte Beine, dünn wie ein Besenstiel."

„Ach was! Da hast du dich geirrt!"

„Wenn ich es dir sage. Kehr um, ich zeige sie dir."

Sie flutschen vorbei und verbrummen.

Die Stangen sind immer vor mir gewesen. Der Buckel über der Lenkstange. Keines verlangsamt die Fahrt. Kein Auto kehrt um. Immer vor mir in der Allee.

Ich überhole. Unwille streift mich wie ein nasses Tuch. Kaum habe ich mich vor sie gesetzt, kommt sie von hinten heran. Knäuel auf einem Drahtross, zottiger Kobold. Schneller, schneller, schneller. Finger halten die Griffe umschlossen. Wir treten. *Moffen* nennen Holländer die Deutschen. Moffen sind die Griffe am Lenker. Moffen ist ein übles Wort. Die Stangen werden durch eine überlegene Kraft gespeist. Ich habe es wieder versucht. Ich habe sie wieder überholt. Ich bleibe immer die Zweite. Die Stangen verderben mir den Blick auf die Welt.

Ein Kanal hat die Straße gekreuzt, auch er von Platanen gesäumt, eine grüne Allee. Die Stille seines Asphalts führt von uns weg.

Ich kann auch anders. Ich bleibe zurück. Soll sie warten.

Sie lehnt an ihrem Fahrrad und sieht mir entgegen. Nacheinander fahren wir über das Kopfsteinpflaster in die Stadt. Frauen in Schürzen zupfen Blätter aus Geranien. Offene Türen, Autos stehen unter den Platanen auf dem Markt, die Köpfe der Halbwüchsigen nicken zum Bass. Kinder rennen, Männer werfen Kugeln auf Sandwege.

Alles hält den Atem an, oder glaube ich das nur? Wir lassen die Räder stehen und gehen ins Lokal. Mit uns kommt Schweigen, kein richtiges Schweigen, sondern gestaute Wörter. Sie werden immer mehr. Die Blicke sind nicht so zurückhaltend. Sie schlagen sich in Malous Stangen, zerren an ihrem Haar, saugen am Gesicht, auch an meinem. Nehmen, was sie kriegen können. Die Blicke gehen immer den direkten Weg.

„*Deux cafés au lait.*“

Unsere Bestellung ist zu gut hörbar gewesen.

„*S'il vous plaît.*“

Zwischen Blicken und sich stauenden Wörtern trinken wir den Kaffee. Etwas trieft aus den Augen auf die Gesichter, Ausscheidungen von Blattläusen, klebrig krankmachend. Wenn Malou und ich gehen, werden die Wörter aus den Mündern fallen. Was heißt *Gerippe* auf Französisch? Draußen auf dem Platz erwarten sie uns wie Gitter, aber Blicke halten uns nicht fest. Wir fahren durch sie hindurch aus dem Dorf hinaus. Wir sind wieder frei. Das denke ich. Malou ist ungerührt.

An der Ausfahrt zum Müllplatz habe ich *Stopp* gesagt.

Malou presst ihren Mund zu einem hölzernen Stift, sie hat nur ein Paar langer Hosen mitgenommen, sie sind gefüttert. „Für den Notfall!“ Es ist heiß. Aber sie tut, was ich sage, sie verschwindet im Hohlweg, in den langen Hosen taucht sie wieder auf. Ohne mich anzusehen, geht sie zum Rad, steigt auf und fährt los. Auf den schmalen Straßen zwischen den Weinbergen habe ich gesehen, wie die Haare in ihrem Nacken langsam nass geworden sind.

Sie tritt und tritt. Ich beiße in eine Laune aus Eisen, in meine eigene. Ich verfange mich in der schwarzen Gestalt. Flatternde Hosen und eine zerbrechliche Taille. Nichts mehr hinzuzufügen, fertig. Unberührbar arbeitet sie sich voran. Elfenhaft! – Ich könnte lachen. Sogar die Schatten unter ihren Augen waren für mich Schmuck. Malou ist nicht harmlos, ich weiß es jetzt. Ihre Gewalt ist flink und schwer zu fassen. Sie lässt Schrecken über die Gesichter schwappen, das ist ihre Lust. Der Trick eines windigen Zauberers. Fauliges wird sichtbar, schon bist du entblößt. Albern stehst du da, entfernt von den anderen und dir selbst.

Der Schweiß vergeht unter dem Staub in unseren Kleidern. Es ist Abend in dem Dorf. Platanen stehen um einen Brunnen, verschnörkelte Metallbänke, leer. Im Becken schwimmt ein kiloschwerer Goldfisch um die Säule. Die Säule trägt goldene Namen in einer altmodischen Schrift, Todesdaten, Sterne für Geburt. Ab und zu schlägt der Fisch mit dem Schwanz.

Der Junge ist allein in der Bar. Sein schwarzes Haar ist mit Gel nach hinten gesträhnt. Der Tresen und die Regale sind voll mit Lebensmitteln, Tabak und Papier. Sein Haar macht im Nacken feuchte Kringel. Der Junge lacht und zeigt uns Postkarten, das war vor acht Jahren, der Brunnen unter einem Bretterverschlag.

„Ein sagenhafter Winter“, sagt er.

Der Platz auf der Karte ist verschwommen, Häuser, Bäume, Bänke, von Schimmelpilz umflort. Der Junge greift nach Malous Blick. Ich habe Brot gekauft. Käse, Oliven, Wein, etwas zu lesen. Malou gibt ihm ihr Kunststück mit den einzeln hochgezogenen Brauen und einen Augenaufschlag. Einen ganzen Stapel Zigaretten stellt er für sie auf das blanke Holz der Theke. Ich kann in ihr Portemonnaie sehen, als sie zahlt, darin liegen nur ein paar Münzen. Wir gehen nach draußen.

„Wie viel Geld hast du noch?“

„Nichts.“

Sie hat mich reingelegt. Ich sehe sie an.

„Wir schlafen draußen und holen uns Trauben aus den Weinbergen. Wir brauchen nichts.“

Von Trauben will sie leben. Wenn Regen kommt, wenn die Fahrräder kaputtgehen, wenn wir krank werden? Meine Stimme hallt nicht, sondern sackt einfach weg. Malou setzt sich auf eine Bank, ihr Äußeres schließt dicht, imprägniert mit irgendeinem Stoff.

„*Ma tante* hat mir nicht mehr Geld gegeben“, sagt sie, „sie hat es meinen Eltern versprochen.“

Dann sagt sie, dass ihre Eltern sie in ein Krankenhaus bringen wollen.

„Aber ich gehe da nicht hin. Wenn man weniger als 35 Kilo wiegt, stecken sie einem Schläuche durch die Nase.“

Ich wickle die Einkäufe aus und lege sie zwischen uns.

Von ihrem Bankende aus lächelt Malou in den Himmel.

Käse, Trauben, Wein. Meine Handbewegung ist ein Nichts für sie.

„Du musst hungrig sein.“

Ein Streichholz flammt auf. Sie atmet dichten Rauch. Schluss damit! Wütend fasse ich in das Ausgebreitete hinein. Der Käse auf seinem Papier, das zerbrochene Brot, die Trauben mit ihrer matten Haut. Ich esse allein. Mein Essen macht Geräusche.

Ein Hund kommt auf den Platz, zielstrebig läuft er zum Brunnen, springt hinein und geht voran. Er ist ein alter Hund mit kurzem Fell. Das Wasser berührt seinen Bauch.

Er geht rund um die Säule, vor ihm schwimmt der Goldfisch. Der Abstand zwischen Fisch und Hund bleibt gleich. Der Hund handelt ohne Eifer, als erledige er einen Auftrag, dann gibt er seinem tonnenförmigen Körper einen Ruck. Von einem Schwall Wasser begleitet, landet er auf dem Beckenrand, schüttelt sich und läuft davon. Vielleicht macht er das jeden Tag.

Das Essen liegt tot in seinem Papier. Ich sehe Malou von der Seite her an. Ihr Gesicht ist klein und bekümmert. „Möchtest du ein Stückchen Käse?"

Ich höre den verlorenen Faden meiner Stimme in der Luft.

Das Grün ist aufgegangen wie ein Teig, über die Ränder getrieben. Es kriecht mit Matten in den Fluss. In der Strömung weht träge lockiges Gewächs. Wir schieben die Räder zu den Büschen, drücken Zweige zur Seite, wie Kleider in einem Schrank. Wir ziehen uns aus. Wo das Wasser sich glatt an eine Bodenwelle schmiegt, legen wir uns hinein. Es fasst um uns, weich und warm. Es beschwichtigt, haucht, flüstert, was Ohren unter Wasser hören.

Mir ist schwindlig. Ich setze mich auf und drehe mich zu Malou. Ihr Gesicht lässt sich vom Wasser umspülen, sie hält die Augen geschlossen – glücklich, aufgebunden, weich.

Nachts springt ein Tier auf meinen Schlafsack. In den Büschen knistert es. Ohne den Reißverschluss zu öffnen, rutsche ich zu einem Baum und lehne mich an. Die Kiesel der Flussinsel geben einen hellen Schein. Bewegung ist nicht zu sehen, das Wasser schwarz lackiert. Malou liegt ganz ruhig. Ich versuche, ihre Atemzüge zu hören.

Helligkeit. Ich taste nach dem Haar, das über meinen Augen liegt, der Kopf ist am Boden, feucht, ich richte mich auf. Silbrige Spuren ziehen sich über den Schlafsack. Ich pflücke die nackten Schnecken ab und werfe sie in die Büsche. Was von den Essensvorräten übrig war, liegt verwüstet im Gras. Meine Tasche hat ein Loch, die Fetzen der Papiertüten liegen schlaff unter den Büschen.

Malou sitzt am Fluss auf einem Stein. Vom Wasser geht Kühle aus. Die blaue Zigarettenschachtel liegt auf den Kieseln.

„Filterlose", sage ich.

Malou antwortet nicht, sie bläst Rauch schräg nach oben. Nebelschwaden stehen über dem Fluss. Sein Wasser ist jetzt silbern und grün.

Der Platz im Dorf ist noch unbenutzt. Der Junge in der Bar bringt uns Milchkaffee. Ich kaufe frisches Brot. Seine Augen sind nachgedunkelt. Er fragt, wo wir waren, *pendant la nuit?* Es klingt vorwurfsvoll. Vielleicht ist er schüchtern.

„*Dans le jungle*", sagt sie.

Sie nimmt den Blick nicht weg, obwohl sie jetzt gar nicht mehr redet. Der Junge nickt und schlendert davon, kommt aber wieder.

Er sagt: „Früher hörte man dort einen Ton."

Er brummt. Malou lacht. Er übertreibt es.

Ich lache auch, obwohl ich nicht gemeint bin. Seit eine Felskante abgestürzt ist, brummt es nicht mehr an der Gurgel des

Herolds. Ob wir am Wochenende noch dort sein werden, will er wissen. Er sollte Malou mal ohne Kleider sehen, finde ich.

Hinter dem Dorf beginnen die Serpentinen. Feiner Staub bedeckt die in den Fels geschlagene Fahrbahn, an den Kehren liegt Geröll. Unsere Räder sind nicht für den Berg gemacht. Fast bleiben wir stehen. Ich sehe nicht mehr den krummen Rücken, sondern Tropfen, die von mir auf die hellen Steine hinunterfallen, und die schwarz glänzen, wenn sie hinter mir bleiben. Wir steigen nicht ab. Dann führt die Straße eben um den Berg herum.

„Les Gorges."

Ein Spalt teilt die Felswand. Daraus löst sich das Wasser. Der See davor ist dunkel und wie ein Kreis. Zum Tal hin bewegt sich zwischen Flussinseln und Wurzeln ein Schleier von Glanz. Ein Motorradfahrer steht in der Parkbucht, den Helm schwer an der Hand, er sieht hinunter. Malou und ich stemmen die Räder über die Mauer. Er bemerkt uns erst jetzt, stützt den Fuß auf die Absperrung und sieht uns zu, wie wir auf dem steilen Pfad die Räder fest umklammern.

Ich spüre die runden Kiesel in meinem Rücken. Wie schwer ich bin. Wir sind am Ziel. Ich höre, wie Malou ins Wasser geht, ein kindisches Gekreisch. Sie krault davon, wahrscheinlich krault sie, ich sehe nicht hin. Der Himmel ist tief und blau. Als ich den Kopf hebe, schwimmt sie auf dem Rücken mitten im See. Links und rechts von ihrem Gesicht erscheinen die dünnen Paddel ihrer Arme, rechts, links, rechts, eine Mühle. Der Motorradfahrer steigt von der Galerie herunter, seinen Overall hat er ausgezogen, er trägt Jeans und ein

Hemd. Kaltes Tasten am Fuß, dann lasse ich mich fallen. Das Wasser ist ein Schlag. Muskeln ziehen sich zusammen. Ich schwimme nicht zu Malou, sondern zur Gurgel. Von der anderen Seite nähert sich der blonde Kopf des Mannes. Manche Frisuren werden mit Messern geschnitten. Er gefällt mir. Er fragt nach dem Namen der Schlucht. Seine Stimme klingt tief. Ich glaube nicht an die Frage. Er meint mich. Genau mich. Jetzt ist der Moment. Gleich kommt ein kleines Entgleiten, dann stellt man fest: Man spricht die eine Sprache. Dann lacht man und tritt mit den Füßen auf der Stelle, und dann nähert man sich. Unter unseren Hälsen steht das Wasser. Ich schaue ihn an, aber dann lasse ich mich untergehen und tauche weg.

Über alle Wände rieselt Wasser, über Felstafeln, fällt von Kanten, benetzt Farne und Moos. Dauernd nickende Blumen geben Tropfen weiter. Die Gurgel ist getrennt von der Welt. Ich greife nach einem Fels und ziehe mich hinaus, hangle mich an der Wand entlang, rutsche fast ab. Ungelenk bin ich sonst nie. Ich kann gut springen, von Stein zu Stein, Landen auf weichen Füßen. Nur gerade jetzt nicht. Unter der Felswand finde ich Platz zum Stehen. Kühl läuft ein Rinnsal über meine Lider, das Gesicht, den Hals entlang, zwischen die Brüste. Ich mache die Augen auf und begegne dem Blick. Reglos im Wasser sieht er mich an. Die Wucht schleudert mich weg. Es ist wegen Malou. Er kommt mir nicht hinterher.

Ohne aufzutauchen bin ich aus der Gurgel in den See geschwommen. Ich habe mich nicht noch einmal unter Wasser gedreht, um den Mann ohne Kopf zu sehen. Ein Motorrad, festes Leder, Berg um Berg, mühelos hoch, sich in die Kurven legen. Berührung fremder Haut. Noch einmal tauche ich nach unten und sehe, wie das Türkis hell wird und gleißend, als ich nach oben treibe. An der Luft schlagen meine Zähne aufeinander. Da stößt Malou in meinen Blick. Trauriger *Ritter von La Mancha*, sitzt mit seinen Stangen zerbrochen im Wasser, nicht draußen, nicht drinnen. Die Haare hängen vom Nacken aus über den Kopf, ein krummes Schwanken, sitzt und rührt mit seinem eisernen Leib.

Sofort bin ich da, tropfend ans Ufer, fasse von hinten unter ihre Achseln und ziehe. Ich hebe ihr Kinn. Unter der Gesichtshaut liegt etwas Olives, der Mund blau und verdorrt. Sie sieht mich an. Ich trockne sie, sie ist hart und dünnhäutig, ich decke sie zu. Bleib ganz ruhig. Hab keine Angst, hinter der Gurgel ist ein Dorf, ich hole einen Arzt. Plötzlich ist sie heftig.

„Nein! Auf keinen Fall! Nein!“

Sie kämpft gegen den Schlafsack. Meine Hände fallen von ihr ab.

„Ich will keinen Arzt! Es geht mir gut! Alles in Ordnung. Das war doch nur ein Moment.“

Sie schaut auf den See.

„Mir ist schlecht geworden.“

Sie ist rückwärts in einen Tunnel eingefahren. Das Licht wurde kleiner, dann schwarz, sagt sie. Sie weiß nicht, wie sie es zum Ufer geschafft hat.

„Die Angst ist ein Hund.“

Ihre Stimme klingt fremd.

Ein Arm windet sich aus den Decken, sie will sich schnäuzen. Sie weint. Die Schale ist geknackt. Ich muss schnell zugreifen, bevor sie sich wieder schließt. Malou schlottert. Ich stopfe die Schlafsäcke fest um sie herum, eine Mumie. Ich habe ein Taschentuch für sie. Sie hört mir zu. Ich rede über das Hungern, die Strapazen. Du musst wieder essen!

„Ich bin das nicht!“ Ihre Blicke irren herum.

„Es treibt mich. Ich kann nichts dagegen tun.“

Von oben höre ich das Motorrad, den Start, eine gleitende Figur auf der Galerie. Da oben. Ich möchte mitfahren. Eine Weile schweige ich.

Malou verlangt eine Frucht. Der Pfirsichsaft läuft bis zur Spitze des Ellbogens. Dann rollt sie sich zusammen und schläft ein.

Mein Knie ist in ihren Fingern! Ich schrecke hoch.

„Wie viel Geld hast du noch? Wo hast du es?“

Sie ist geschminkt, Puder, schattierte Lider, ein samtroter Mund. Ich kann nicht lange geschlafen haben, die Sonne ist noch stark. Warum, sage ich, und zeige ihr meine Scheine. Sie trägt die lange Hose.

„*On va en village. Viens*!“

Sie will sich nicht ausruhen, auf keinen Fall. Ich muss doch noch meine Sachen einsammeln.

„Dann gehe ich ohne dich“, ruft sie, schon entfernt.

Ein Einsiedler hat hier einmal gewohnt, grau klebt der Ort in der Schlucht, Steinhäuser entlang einer einzigen Straße. Von den Felshängen läuft das Wasser durch die Gärten, über das helle Gestein, sammelt sich im Bett neben der Straße. Hinter dem letzten Haus ergießt es sich in die Tiefe. Zum Eingang führt eine kleine Brücke. Von ihr aus sehen wir auf zementene Becken. Die Becken sind schwarz vor Bewegung. „*Des truites*!“ Wasser strömt aus Rohren in die Behälter. Pausenlos springen die Fische gegen den Wasserstrahl an, eine Fontäne lebender Schatten vor jedem Rohr. Auf dem Rasen liegt ein Schäferhund, er gähnt. „Wollen die entkommen, oder springen sie aus Freude?“, fragt Malou. Die Forellen erreichen die Rohre nie.

Auf der Terrasse hinter dem Haus sind einige Tische besetzt. Die Sonne wärmt die Farben der Schirme, hoch über der Gurgel. Die Hüften der Wirtin schieben sich an unseren Tisch. Sie sind resolut. Die Wirtin ist gesund. Malou bestellt Salat, Fisch, Huhn.

„Keine Angst. Du kriegst alles zurück!“

Eine Serviererin bringt Weingläser. Altrosa Stoffservietten.

Ich sehe mich nach den anderen Gästen um. Kann sein, dass sie sich verwandeln, aber sie sind für sich, halblaut und sonor, ihre Sonnenbrillen und Handtaschen sind harmlos, ein Kleid mit Margeriten auf dem Rock. Und Malou ist getarnt.

Trotzdem. Ich bin nicht ruhig.

Als Erstes kommt der Salat. Sie isst. Salat ist erlaubt in ihrem System.

Und dann.

Sie liegen vor uns. Kopf und Schwanz ragen über die weißen Teller hinaus, die Leiber sind nach außen gewölbt. Das Metall der Fischmesser reißt in die blaue Haut, darunter öffnet sich das Fleisch, es ist schwerelos, es schmilzt. Malou nimmt ein Stück in den Mund, noch eines und das nächste. Sie schmatzt. Das Gerippe der Forelle wirft sie über die Brüstung in die Gurgel des Herolds. Sie sieht nicht hinterher. Wir stoßen die Gläser aneinander. Lachen und Schlucken. Es ist nur ein Sprung oder ein Wille, das Überschreiten des Grats. Die Wirtin bringt zwei Teller mit je einem halben Huhn. Wir haben laut gelacht über die dummen Dinger, wie sie uns ihre Schenkel entgegenhielten. Die Gäste drehen sich um und sehen uns an. Sie lachen auch. Wir greifen mit Händen, brechen die Kruste, ziehen Fasern auseinander, legen Röhren frei und stecken uns mit Fingerschnäbeln Fetzen in den Hals.

„Das ist gut", sagt Malou.

„Cognac, *s'il vous plaît*!", ruft sie, als die Wirtin vorbeigeht.

Auf dem Weg zum See reden wir nicht. Hintereinander gehen wir am Straßenrand. Es dämmert. In der Hand halte ich einen altrosafarbenen Kristall, den Malou im Vorraum des Restaurants aus einem Aquarium ohne Fische gestohlen hat. Malou stolpert. Sie muss müde sein. Wir brauchen Schlaf.

Malou stöhnt. Sie steht auf und hockt sich hin, sie schlingt sich um sich selbst. Was ist mit dir? Schaukelnd umklammert sie die Knie. Ich flüstere zu leise. Sie sagt, ich kann ihr nicht helfen.

„Jetzt muss ich alles büßen", sagt sie und sieht mich vorwurfsvoll an. Mit flachen Händen streicht sie über ihren Bauch. Ohne ein Wort steht sie auf und verschwindet zwischen den Büschen. Ich höre kein Geräusch. Das hat sie sich beigebracht, darin ist sie meisterhaft, in öffentlichen Toiletten, im Haus der Eltern, mit dem Ohr der Mutter an der

Tür. Sie folgt nur ihrem Herrn, dem Kobold, dem zottigen Knäuel.

Es ist schon Nacht. Nur der Himmel über dem See ist noch von einem gläsernen Blau. Ich rufe nicht. Ein Knacken von zerbrochenen Zweigen. Etwas zwängt sich aus dem Gebüsch.

„Steck dein Fingerchen durchs Gitter!“

Gegen den Himmel sehe ich eine bizarre Gestalt. Aus ihr sticht es in alle Richtungen. Wild schmeißt sie es hin, sodass es mich fast trifft, ich taste danach: Äste und dürres Gezweig. Was hast du vor? Es kracht und spreißelt. Sie tritt mit Füßen auf das Holz ein, bricht es, spaltet es, reißt es auseinander.

„Ein Lagerfeuer“, sagt sie atemlos.

„Bist du verrückt?!“

Sie hantiert mit Steinen, ich erkenne es nicht genau.

„Wir sind allein. Von der Straße aus kann uns jeder sehen.“

Steine geben ein hohles Geräusch.

„Es ist gefährlich, ringsum ist Wald. Trockenes Holz.“

Sie legt einen Ring aus Steinen.

„Wie willst du dich wehren, wenn jemand kommt?“

„Wer soll kommen?“, sagt sie verächtlich.

Sie schichtet Holz.

„Lass es, mir zuliebe.“

Ich habe es noch einmal versucht:

„Denk an Waldbrände.“

„Bei soviel Wasser!!“, schreit sie triumphierend.

Vor dem Himmel sehe ich, ihr Arm gebietet über den See.

„In dem Wasser wärst du fast ertrunken.“

Der Kegel wächst, ich sehe ihn als Schatten, eine regelmäßige Form. Ich packe den Schlafsack, meine Tasche. Bei den Büschen am Wäldchen muss ich mich vorwärts tasten, einen Arm ins Dunkel gestreckt. Vom Felsen aus kann ich alles übersehen.

Sie brennt eine Zeitung an, es ist meine. Ich habe sie am Morgen bei dem Jungen gekauft.

Womit soll ich mich bewaffnen, ich wühle in der Tasche und taste auf dem Boden nach einem Stein.

Der Schein des Feuers flackert über den See, verbreitet sich. Malou hockt über dem brennenden Haufen. Sie ist unheimlich.

Ein Auto schickt Licht durch den Himmel, erscheint auf der Galerie, stoppt in der Parkbucht, die Scheinwerfer erlöschen, gehen wieder an. Es fährt weiter.

Malou hat etwas auf einen Stock gespießt und hält es in die Flammen. Ich muss wach bleiben. Ich muss hineinsehen in die Nacht. Geräusche erkennen. Mit Geheul aus dem Dunkel auf die Angreifer zu. Es liegt alles an mir.

Ich kann nicht erkennen, was es ist.

„He! Komm doch! Hallo! Sieh dir an, wie schön es brennt!“

Ihr Gesicht wendet sich blind an die Dunkelheit. Sie kann nicht sehen wo ich sitze. Aber ich muss bleiben, im Notfall mit Geheul aus dem Dunkel auf die Angreifer zu.

Komm doch, ruft sie. Aber mich kriegt sie nicht.

Am Morgen liegt sie in ihrem Schlafsack um die Feuerstelle, eine Sichel, und rührt sich nicht. Weiße Asche in dem Kreis aus Stein.

Der Ernst des Lebens fällt mir ein. Aber das ist dumm. Malou hat nur gesagt: „Ich will nicht an jeder Ecke anhalten und auf dich warten." Am Morgen haben wir festgelegt, wo wir uns wieder treffen werden, zur letzten Übernachtung, Hasen auf freiem Feld. Ich bin allein.

„Das ist ein Tempo, in dem ich absolut nicht fahren kann", hat sie gesagt und ist davongeradelt, die Ellbogen nach außen. Ihr Eifer hat geblüht. Ohne sich umzusehen.

Autos fahren hier nicht. Ich bin noch keinem begegnet. In der Hitze knistert der Mittag.

Wo wird sie sein? Weit voraus.

Das Sträßchen führt schlängelnd bergauf. Der Blick wenigstens gehört jetzt mir. In der Höhe öffnet sich eine baumlose Fläche. Flugzeuge stehen im hüfthohen Gras, drei Stück, Wracks. Kein Zeichen von Menschen, keine Behausung weit und breit. Der Boden strahlt eine trockene Hitze ab.

Vielleicht hat sie angehalten und sitzt hier irgendwo. Ich lege das Fahrrad an den Straßenrand.

Beim Näherkommen sehe ich den Hubschrauber.
Ein Insekt oder sein ausgeweideter Rest. Geschlachtetes Metall. Rotorblätter liegen im Gras. Der Hubschrauber hat zwei Kabinen, für den Piloten und für den Schützen. Die untere Klappe öffnet sich leicht, ich klettere hinein und drücke mich in den Schalensitz. Freier Blick nach unten. Grashalme, aufgesprungene Samenschoten, Erdrisse. Dazwischen krabbelt ein schillernder Käfer. Über den Hebeln und Klappen sind Schildchen angeschraubt: *Bombe lösen*. Im Kopf des Insekts herrscht ein merkwürdiger Geruch. Ich stoße die Klap-

pe wieder auf, springe hinaus und laufe durch das Gras zum Fahrrad.

Fast habe ich es erreicht, da höre ich das Grollen. Ein weiches Trommeln der Pfoten. Sie sind schon im vollen Lauf. Sie haben ihre Beute ausgemacht. Der eine gelb, der andere schwarz. Zum Hubschrauber kann ich nicht zurück. Es gibt nur das Rad. Es haftet, ich reiße es hoch, springe auf und trete. Die Pedale bewegen sich nicht wie ich will. Ein Stück bin ich weg, da erreicht das Trommeln den Asphalt, der Rhythmus ihres Laufs. Ich höre ihren Geifer. Ich höre den Atem, das Grollen. Ich weiß nicht, ob ich atme. Atme. Atme. Dort vorn geht es bergab, dort kann ich schneller sein als sie. Stille. Alles wird still, außer dem Atem, der Melodie zum Galopp und dem Grollen dann und wann. Das Grollen kommt aus der Tiefe ihrer Kehlen. Gleich geht es bergab, vielleicht endet dann ihr Revier. Büsche sausen. Sie bleiben hinter mir. Sie stellen sich auf die Hatz ein. Sie sparen. Nicht einmal ihr Grollen höre ich noch. Den Lenker halte ich mit aller Macht. Ein einziges Schlagloch, ein Stein, und ich liege am Boden. Was das heißt: am Boden liegen. Sie holen auf. Alles bleibt stehen an dem Mittag, nur ich rase, und die Hunde rasen. Sie kommen. Oder greift das Stehenbleiben auf mich über und auf sie, sodass wir in Wirklichkeit stehen? Bald werden ihre Zähne meinen Schenkel erreichen, dann falle ich. Haut ist dünn. Ich trete zurück, das stoppt den rasenden Lauf. Das Fahrrad stellt sich quer. Zugleich kommt Gebrüll aus mir, so laut, dass es den Mittag zerbricht. Auf einmal ist alles in Bewegung. Die Hunde brüllen wie ich. Ihre Schlünde sind rosa. Knorpelige Gaumen, vom Wasser in ihre Form gespült. Sie sind zu zweit, ich bin allein. Ich stoße das Fahrrad in den Tumult, mitten in das Gebrüll hinein, auf die Kehlen zu. Ein Tier. Ich habe Reißzähne und Geifer wie sie. Weiß schimmert es auf. Da sehe ich die Augen. Sie haben nichts mit dem Gebrüll zu tun. Sie sind ruhig. Auf mich gerichtet. Sehen mich an. Sie sind das Zentrum. Ich sehe: Die Lefzen senken sich um ein winziges Stück. Ich sehe: Sie drohen, aber sie weichen zurück. Eine schnelle Drehung, und vor der Kurve liegt die Straße leer. Ich bin allein.

Hitze legt sich um mich. Alles entsteht. Der Staub, die Büsche, dornige Hecken hinter dem Graben, Blüten, Krümel, Gestrüpp. Ein Schneckenhaus auf einem langen Halm. Alles nimmt Raum ein, gedrängt von meinem Atem. Ich lasse das Fahrrad los und hocke mich an den Straßenrand. Die Räder drehen sich still, silberne Speichen. An den Rahmen schmiegt sich das Signet mit den Flügeln.

Die Tante war weich und weiß. Es war Mittag, und auf allen Balkonen war sie der einzige Mensch. Ihr Arm winkte mir nach.

Im Postamt kaufte ich eine Schachtel. Die Reihenfolge der Faltungen war durch Skizzen erklärt, Stufe eins bis fünf. Ich ließ den Koffer aufschnappen und fing an, Bücher, Hosen, Pullover ins Paket zu schlichten. Ein alter Mann mit einer Schiebermütze aus Stroh sah mir zu. Als ich den Deckel schloss und die Klebstreifen glatt strich, nickte er und ging. Ich war zufrieden. An einem Finger konnte ich den Koffer zum Bahnhof tragen. Wie leicht. Ich suchte mir eine Bank in der Halle und wartete auf den Zug nach Süden.

„In meine Heimat alle sind schön."

Ein Mädchen setzte sich neben mich.

„Die Kuwaitis sind *famous* für ihre Schönheit. Sie haben große Figuren, lange Gliedern. Männer und Frauen alle schön. Ich bin nur ein Ausnahm."

Ich hatte Angst, Malou könnte auftauchen und durch die Halle auf mich zugehen. Ich wusste nicht, wo sie war. Sie war früh aufgebrochen, wollte eine alte Stadt besichtigen, vielleicht war es gelogen. „Wenn meine Familie wüsste, dass ich bin nicht mehr *virgin*, wie sagt man, ich könnte nicht nach Hause zurück. Vielleicht meine Brüder kämen hierher."

Sie könnte vor mir stehen, wie beim Abschied. Ich habe mir mein Geld wiedergeben lassen. Sie musste die Tante fragen, damit sie es bekam. Wir standen uns gegenüber. Ich habe sie nicht angefasst zum Abschied. Ich will ans Meer, ans richtige Meer.

„Seit ich in Frankreich bin, passiert mir dauernd ein komische Sach. Ich träume, ich gehe aufs Toilet, dann ich wache, und mein Bett ist nass. Ein Glück, haben sie es noch nicht gesehen im Studentenheim, und ich habe noch kein Zimmerkolleg. Am Morgen ich wasche und trockne mit meine Föhn."

Ein Zug ist angekommen. Väter in Shorts ziehen Koffer. Ihre Familien folgen den Sonnenklappen, die über den Augen nach vorn ragen, durch die Halle, in ein Haus, in ein Tretboot, in den Sand.

„Heute Nacht ist mir wieder passiert."

Was passiert? Ach so. Ich weiß, was das Mädchen meint. Ich antworte einfach nicht, ich werde nicht antworten, auf keinen Fall. Und als hätte es das jetzt auf einmal begriffen, läuft es weg.

„*Allô*! *Allô Monsieur Lune*!“

Es flattert mit der Hand. Da drüben, der kleine Mann trägt eine bunt karierte Hose und ein passendes Polohemd.

„*Monsieur Lune, attendez*! *Attendez-moi, Monsieur Lune*!“

Monsieur Lune wartet. Das Mädchen hängt sich bei ihm ein, zusammen gehen sie durch das Bahnhofsportal hinaus. *Kuweitian girl* steht auf dem Zettel, den es mir in die Hand gesteckt hat, und eine Adresse. Bloß nicht. Ich zerknittere ihn und werfe ihn weg.

Der Zug ist groß, staubig und laut. Er fährt nach Süden. Gewaltige Regenfälle in den Pyrenäen, heißt es in der Zeitung, ich lege sie in das Gepäcknetz über meinem Sitz zurück. Die Haut von Olivenbäumen, glänzende Nachtfrüchte, das Meer im Schlaf. Es wird gießen. Das Wasser wird außen am Zug herunterlaufen, so dicht, dass man durch die Scheiben wieder klar sehen kann. So dicht und gleichmäßig wird es fließen.

Fanny Gräfin zu Reventlow
(1871-1918)

genannt Franziska, war die jüngste Tochter des ersten preußischen Landrats Ludwig Detlev Graf zu Reventlow (1824-1893) und seiner Frau Emilie Julia Anna Luise Gräfin zu Reventlow, geb. Gräfin zu Rantzau (1834-1905).

Franziskas Kindheit wurde schon früh durch eine strenge traditionelle Erziehung überschattet; bereits in jungen Jahren geriet sie mit ihren Eltern in Konflikt. Die Mutter, die bei ihrer Geburt 37 Jahre alt gewesen ist – der Vater neun Jahre älter – hat ihrer Tochter, wie aus den Tagebuchaufzeichnungen Fannys und aus ihrem autobiografischen Roman *Ellen Olestjerne* (1903) hervorgeht, keine von Wärme und Verständnis getragene Liebe geben können. Die Tochter reagierte mit Rebellion.

Um der Tochter dennoch eine erfolgreiche Erziehung, wie für „höhere Töchter" üblich, angedeihen zu lassen, wurde sie in das Magdalenenstift Altenburg, ein Mädchenpensionat in Thüringen, geschickt. Dort wurde sie 1887, nach nur einem Schuljahr, aufgrund ihrer Widerspenstigkeit verwiesen.

Nach der Pensionierung des Vaters zog die Familie 1889 von Husum nach Lübeck. Franziska zu Reventlow konnte bei ihren Eltern durchsetzen, das dort ansässige „Roquettesche private Lehrerinnenseminar“ besuchen zu dürfen, das sie 1892 erfolgreich mit der Befähigung für den Unterricht an höheren und mittleren Mädchenschulen abschloss. Für eine adlige Frau war zu damaligen Zeiten eine Berufsausbildung durchaus noch etwas ungewöhnlich. In Lübeck stieß sie auf den „Ibsen-Club“, wodurch sie früh mit der modernen gesellschaftskritischen Literatur vertraut wurde. Der Freundeskreis des „Ibsen-Clubs“ unterstützte sie in ihrem Freiheitsstreben.

1892 entdeckten die Eltern den heimlichen Briefwechsel Franziskas zu ihrem Lübecker Freund Emanuel Fehling, woraufhin sie ihre Tochter zwecks „Besserung“ bei einer Pastorenfamilie in Adelby bei Flensburg unterbrachten. Von dort floh Franziska nach Wandsbek zu Freunden und lernte im Zuge dessen ihren späteren Verlobten Walter Lübke kennen. Der Bruch mit der Familie war vollkommen. Ihr Verlobter, Gerichtsassessor in Hamburg, den sie 1894 heiratete, hatte offenbar Verständnis für Franziskas künstlerische Ambitionen und finanzierte zunächst ein Malstudium in München für ein Jahr. Als sie ein weiteres Jahr in der Ferne studierte, zerbrach die Ehe, da Franziska ihrem Mann ein früheres Seitenverhältnis beichtete. Trennung und Scheidung folgten 1897, und von nun an führte Franziska zwar ein Leben in „Freiheit“, aber auch ein Leben in ständiger finanzieller Not, gekennzeichnet von Fehlgeburten. Schließlich wurde 1897 ihr Sohn Rolf geboren, dessen Vater sie zeitlebens verschwieg; sie sah sich gezwungen, Übersetzungen und kleinere schriftstellerische Arbeiten für Zeitungen und Zeitschriften, wie etwa für *Simplicissimus*, anzubieten, um Geld zu verdienen. Der „Albert Langen Verlag" blieb ihr zeitlebens treu und sorgte für Veröffentlichungen ihrer Romane und Erzählungen.

Nachdem sie Schauspielunterricht genommen hatte, besserte ein Engagement am Theater zeitweise ihr Einkommen auf, ansonsten schlug sie sich mit Gelegenheitsjobs durch, in Zeiten größter Not ließ sie sich ihre Liebesdienste von Männern bezahlen, um sich und ihr Kind durchbringen zu können.

Franziska zu Reventlow war eine zentrale und beliebte Figur der Münchener Boheme.

Sie hat ihre Erfahrungen mit der Münchener Künstlerszene in ihrem humoristischen Schlüsselroman *Herrn Dames Aufzeichnungen* verarbeitet. Sie war mit den Mitgliedern des „Kosmiker-Kreises" um Stefan George, Karl Wolfskehl, Ludwig Klages und Alfred Schuler befreundet. Umgang hatte sie ferner mit A.H. Schmitz, Theodor Lessing, Friedrich Huch, Erich Mühsam, Oskar Panizza, Rainer Maria Rilke, Marianne von Werefkin, Alexej von Jawlensky und anderen Größen.

Ihr Sohn bildete den Mittelpunkt ihres Lebens und kam ihrer Glückserfüllung schlechthin gleich. Sie bewährte sich als liebende Mutter, erzog ihren Sohn nach modernen Grundsätzen und unterrichtete ihn in einer der Erlebnispädagogik verwandten Art.

Nach den Münchener Jahren folgte eine Zeit in Ascona, wo ihre *Schwabinger Romane* entstanden sind. 1911 ging sie eine Scheinehe mit Baron Alexander von Rechenberg-Linten ein, dem sein Erbe nur unter der Voraussetzung einer Eheschließung ausgezahlt werden sollte. Franziska zu Reventlow bekam von der dafür versprochenen Geldsumme jedoch nichts zu sehen, zum einen, weil der „Erblasser" hinter den „Scheincharakter" der Ehe gekommen ist, zum anderen, weil das gesamte Vermögen nach dem Bankenkrach von 1914 verlorenging.

Franziska, die 1916 nach Muralto am Lago Maggiore übersiedelte, starb 1918, nach einer Operation in Locarno, im Alter von nur 47 Jahren. Ihre Grabstätte befindet sich auf dem Friedhof der Kirche Santa Maria in Selva in Locarno.

Eine Aussöhnung mit ihren Eltern hat nie stattgefunden. Ein Besuch bei ihrem im Sterben liegenden Vater wurde ihr verweigert, und auch zur Beerdigung der Mutter war sie nicht erwünscht.

Mögliche Versöhnungsversuche vonseiten der Mutter zeigen Briefe, in denen sie allerdings im selben Atemzug auch eine radikale Umkehr der Lebens- und Denkweise ihrer Tochter verlangte; die Annäherungsversuche der Mutter sind von Forderung und nicht von Verzeihen, von Verständnis und Anerkennung geprägt.

Fanny zu Reventlow verstand sich als bildende Künstlerin, die Schriftstellerei, die sie am Ende berühmt gemacht hat, war eigentlich nur aus der Notwendigkeit entstanden, den Lebensunterhalt zu sichern. Ihre Biografie kann als ein Beispiel gelebter Emanzipation gesehen werden – ohne Ideologie und ohne sich einer Emanzipationsbewegung angeschlossen zu haben. Die mutige konsequente Art, Selbstbestimmung, Unabhängigkeit und ein Stück Freiheit für sich umzusetzen, ist jedoch bewundernswert.

Ihre Literatur offenbart ein kulturgeschichtliches Zeugnis der Schwabinger Boheme. Auch heute noch werden ihre Romane, Novellen und ihre humoristisch-satirischen Erzählungen gedruckt und gelesen. Seit Franziskas Schwiegertochter 1925 eine einbändige Werkausgabe herausgegeben hat, existiert in Deutschland eine unsichtbare Fangemeinde. Seit 2004 liegt *Sämtliche Werke* in einer fünfbändigen Werkausgabe vor, darin sind außerdem Briefe und Tagebuchaufzeichnungen enthalten. Des Weiteren findet man Aufsätze wie etwa *Das Männerphantom der Frau*, Franziskas erste Reflexion zum Thema Weiblichkeit – erschienen 1898 in den *Zürcher Diskußionen*, sowie *Viragines oder Hetären* (1899), wo sie ihre Position in einen gesellschaftspolitischen Kontext stellt, *Erziehung und Sittlichkeit* (1900) – hier fordert sie eine Erziehung frei von Prüderie und überholten Schamvorstellungen.

Franziska zu Reventlow sieht das Grundübel in einer „gretchenhaften" Idealisierung der Geschlechterverhältnisse, die in den Köpfen junger Frauen ein Männerphantom erschafft, das letzten Endes nur zu Enttäuschungen führen kann.

Franziska fordert die Anerkennung der triebhaften Natur beider Geschlechter in ihrer Verschiedenheit. Sie wendet sich gegen den Männerhass der radikalen Frauenrechtlerinnen, die männliche Verhaltensmuster für sich kopieren möchten. Allerdings verwirft Franziska die Frauenbewegung nicht ganz und gar: „Die Frauenbewegung hat wie alle Dinge ihre zwei Seiten. Das Streben der arbeitenden Klassen, sich aus ihrer Misere zu befreien, ihnen bessere Lebensbedingungen, höhere Löhne zu schaffen, sich der

Kinder und Wöchnerinnen, besonders der unehelichen, anzunehmen, alles das ist der sogenannte berechtigte Kern der ganzen Bewegung, dem wohl kein vernünftig und human denkender Mensch seine Anerkennung versagen wird." (S. 211) Franziska zu Reventlow wendet sich jedoch gegen die Propagierung der völligen Gleichheit der Geschlechter. Sie besteht auf der Verschiedenheit ebenjener und wendet sich gegen die egalitäre Variante der Frauenbewegung.

Die vorliegende Erzählung *Das jüngste Gericht* gehört zu ihren satirischen Erzählungen, die in der von Albert Langen gegründeten Zeitschrift *Simplicissimus* veröffentlicht wurden.

Die Geschichte handelt von einem Staatsanwalt im Himmel, der dem Herrgott zeigen möchte, wie eine ordentliche Gerichtsverhandlung zu führen sei. Die Erzählung zeigt eine gewisse Ähnlichkeit mit den Texten von Oskar Panizza, der für *Das Liebeskonzil* eine Freiheitsstrafe verbüßen musste. Auch Franziskas satirische Erzählung wurde zum Skandalon. Die gesamte Ausgabe des *Simplicissimus*, in der der Text 1897 erschienen ist, wurde konfisziert, und der Verleger Albert Langen der Gotteslästerung beschuldigt. Franziska zu Reventlow konnte einer Bestrafung entgehen und reagierte mit einer neuen Satire: *Das allerjüngste Gericht*. Ihre Kraft, zu opponieren, sich dabei auch zu exponieren, hat sie sich zeitlebens bewahrt. Diese Standfestigkeit konnte auch nicht durch noch so harte äußere Umstände gebrochen werden, sie fand höchstens Gestalt in ihren satirischen Erzählungen und Romanen.

Therese Chromik, 2010

Das jüngste Gericht

Es war am Vorabend des Jüngsten Gerichts.

Petrus und der liebe Gott pflogen Rat miteinander. Sie waren in einiger Verlegenheit, wie die Sache gehen sollte.

„Petrus, wie soll es nur werden?" seufzte der liebe Gott. „Wir sind gar zu sehr aus der Zeitanschauung herausgekommen. Und da kommen nun alle diese modernen Menschen und sind eine ganz andere Art von Rechtsprechung gewöhnt und wir –"

Petrus hatte erst schweigend zugehört, dann seufzte er: „Gottvater, wir sollten einen Staatsanwalt zum Beistand haben. Siehst du, die Leutchen auf Erden können sich keine Gerichtsverhandlung ohne Staatsanwalt vorstellen. Und sie haben recht. Wer soll denn anklagen? Für dich schickt sich das nicht. Der oberste Richter kann doch nicht die Anklage führen. – Das Prinzip der Milde und Gerechtigkeit würde darunter leiden. Und ich? Man weiß ja, wie die Leute sind. Sie könnten mich für parteiisch oder am Ende gar für bestechlich halten. Und dann träfe es sich gerade gut. Gerade gestern haben wir einen Staatsanwalt in die Juristenabteilung des Fegefeuers bekommen. – Die Herren sollen ja heutzutage Kolossales in der Rechtsprechung leisten."

Aber der liebe Gott wollte nicht recht dran. Er meinte, es müsse auch so gehen. Die Zuziehung eines Staatsanwalts sei ja doch im göttlichen Weltplan von Anbeginn nicht vorgesehen.

Sankt Petrus wagte nicht weiter zu widersprechen. Die Sache hatte ja auch immerhin ihre Bedenken.

Der Jüngste Tag brach an. Auf Erden herrschte ein furchtbares Durcheinander, die Erde drehte sich nicht mehr, die Sonne hatte aufgehört zu scheinen. Die Gräber taten sich auf, und mit Entsetzen sah man seine guten Freunde wieder auferstehen.

Die recht gesinnten Menschen erfaßten sofort die Sachlage und fingen an zu beten und sich zu bekehren. Die Lasterhaften und Verstockten dagegen beeilten sich noch, die wüstesten Gelage und Orgien zu veranstalten, weil sie in ihrem sträflichen Materialismus meinten, es sei ja nun doch alles vorbei.

Im Himmel war die Konfusion womöglich noch größer. Der liebe Gott und Petrus saßen vor ihren großen Büchern, suchten, zählten und verglichen um die Wette. Da waren die Geburts- und Todesregister, die Himmel-, Höllen- und Fegefeuerlisten. Da waren die Kontobücher – auf der einen Seite standen die Sünden, auf der anderen die guten und verdienstlichen Werke der Menschheit aufgezeichnet.

Manches Mal konnte der liebe Gott sich nicht durchfinden, und Petrus schlug das Gewissen. Die Buchführung war seine schwache Seite, und er hatte es manchmal nicht ganz genau damit genommen. Gewöhnlich hatte er sich dabei beruhigt, daß es am Ende gar nicht zum Jüngsten Gericht kommen würde.

Und nun war es da. – Kalter Angstschweiß trat dem armen Petrus auf die Stirn. Verstohlen blickte er zu Gottvater hinüber. Der legte gerade die Feder aus der Hand und sagte nach längerem Nachdenken: „Petrus, weißt du, ich glaube, die

Idee mit dem Staatsanwalt wäre doch nicht ganz ohne. Wir finden uns da sonst nicht zurecht. Die Rechtsanschauungen haben sich gerade in letzter Zeit so sehr verschroben." – Der liebe Gott versprach sich, er meinte verschoben – Petrus merkte es, aber wagte nicht, ihn zu verbessern.

Voller Freude suchte er den Schlüssel zur Juristenabteilung und begab sich ins Fegefeuer. Als er zurückkam, erschien mit ihm ein Herr in der üblichen Büßertracht, der mit kalten, unbestechlichen Blicken um sich schaute. Er stellte sich dem lieben Gott als Staatsanwalt Donnerschlag vor. „Freut mich, klingt sehr vielversprechend", sagte der liebe Gott, die Verbeugung erwidernd, „Petrus, du magst einstweilen die Leute versammeln und eine provisorische Scheidung vornehmen, du weißt ja, die Schafe zur Rechten, die Böcke zur Linken."– „Wir pflegen uns hier nämlich bildlich auszudrücken, das ist so die Tradition", fügte er zum Staatsanwalt gewendet hinzu.

„Sie, Herr Donnerschlag, sind wohl so freundlich, einstweilen die Register durchzusehen und sich etwas zu orientieren. Petrus hat Ihnen wohl schon gesagt, was uns veranlaßt hat, Sie um Ihren fachmännischen Beistand anzugehen. – Ich habe jetzt noch alle Hände voll zu tun. Auf Wiedersehen!" –

Der Gerufene setzte sich vor die Bücher, zog eine Miniatur-Westentaschenausgabe des Strafgesetzbuches hervor, las, schlug auf und machte Notizen.

Endlich war alles so weit. Das Jüngste Gericht konnte beginnen.

Petrus hatte die provisorische Einteilung in Gerechte und Ungerechte sehr geschickt arrangiert.

Die Gerechten begannen vorlaut ein Halleluja anzustimmen. Ein Teil der Verdammten betete und flehte um Gnade, andere tobten, ein paar alte Schiffskapitäne fluchten sogar. Als man es ihnen verwies, behaupteten sie, man gewöhne es sich im Fegefeuer an.

Die Glocke des Präsidenten erscholl, und der liebe Gott hielt eine der Gelegenheit angemessene Thronrede, in welcher er sein Programm kundtat. Dann stellte er der Versammlung den Staatsanwalt Donnerschlag vor, was mit allgemeinem Gemurmel begrüßt wurde. Herr Donnerschlag ignorierte diese zweifelhafte Kundgebung vollkommen. Er glaubte die Beförderung zum himmlischen Justizminister schon ganz sicher in der Tasche zu haben.

Nun intonierte das Orchester „Heulen und Zähneklappern“ nach einem eigens für diesen Tag von einer einflußreichen Persönlichkeit komponierten Motiv.

Petrus mußte das Buch des Lebens herbeibringen, und die Verhandlung konnte beginnen.

„Es geht nach dem Alphabet, Herr Staatsanwalt“, bemerkte der liebe Gott. –

„Adam“, begann Herr Donnerschlag mit weithin vernehmlicher Stimme.

Ein Gemurmel äußersten Unwillens erhob sich von allen Seiten. Im Hintergrunde wurde sogar gezischt. Sankt Petrus konnte sich eines Lächelns nicht erwehren. Da standen sie ja, die beiden Sünder, die so viel Unheil angerichtet hatten. Eva hatte die eine Hand, in der sie den berühmten Apfel hielt, auf dem Rücken versteckt und beide waren äußerst verlegen. Sie schienen sich in der großen Versammlung zu schämen, da sie so wenig anhatten. „*Passons là-dessus*“, warf der liebe Gott in jovialem Ton ein und sagte dann leise zum Juristen, als er dessen Brillengläser verwundert auf sich gerichtet sah: „Entschuldigen Sie, Herr Staatsanwalt, mit Adam und Eva ist das so eine besondere Sache. Sie verstehen – der göttliche Weltplan." –

Herr Donnerschlag wollte etwas entgegnen, aber jetzt hatte Eva sich halb umgewandt und warf ihm über die Schulter einen Blick zu, der ihn entwaffnete. „Gut denn, lassen wir die Sache ruhen, handelt sich ja auch nur um leichte Delikte – Mundraub."

Er murmelte noch etwas vor sich hin und fuhr dann mit der Verlesung fort:

„Abel! – hat sich früh der himmlischen Gerechtigkeit entzogen, indem er vorgab, von seinem Bruder Kain, einem notorischen Mordbuben, umgebracht worden zu sein. – Ich beantrage die Vorführung."

Petrus und der Herrgott wechselten einen ratlosen Blick, aber Petrus faßte sich schnell und erklärte kurz und bündig, die Sache habe längst eine andere Aufklärung gefunden. Man habe Abel seinerzeit einen Abonnementsplatz im Himmel eingeräumt und er sei unbedingt unter die Gerechten zu klassifizieren, – was auch geschah.

„Bebel", las der Staatsanwalt mit einem tiefen Seufzer der Befriedigung – endlich fing er an sich heimisch zu fühlen.

„Gehört doch nicht hierher", rief der liebe Gott entrüstet, „bitte im Alten Testamente fortzufahren."

Petrus bekam einen zornigen Blick, diese unordentliche Buchführung. Es war wirklich zu arg.

Das eben aufgeflammte Feuer in den Augen des Staatsanwaltes erlosch. Enttäuscht und abgekühlt las er weiter: „Abraham." –

Wieder wurde interpelliert. Der Himmelvater war hinter den Verlesenden getreten und raunte ihm zu:

„An Abraham dürfen wir nicht rühren. Bedenken Sie doch, der Stammvater des Volkes Israel. Sie begreifen, es sind die Prinzipien, die aufrechterhalten werden müssen." –

Und die Musik spielte einen Tusch, während Abraham unangefochten zu den Gerechten passierte. Jakob und Esau machten einen Versuch, sich ihm anzuschließen, wurden aber zurückgehalten. Ihnen ahnte Schlimmes.

Jetzt wurde eine Schar verwilderter Zuchthäusler durch einen Gendarmen vorgeführt. Sie hatten rote Kokarden an den Hüten und sangen die Marseillaise. Es waren die Kinder Korah.

„Korah und Genossen", begann Herr Donnerschlag, „mehrfach vorbestraft wegen Aufruhrs und Zusammenrottung."

Es wurde beraten. Der Staatsanwalt beantragte lebenslängliche Höllenstrafe und Stellung unter Polizeiaufsicht wegen Gemeingefährlichkeit der in Frage kommenden Individuen. Auch seien denselben die bürgerlichen Ehrenrechte abzuerkennen.

Petrus warf sich zum Verteidiger auf. Er meinte, man müsse mit der noch besserungsfähigen Jugend nicht so hart verfahren. Aber Herr Donnerschlag hielt ihm entgegen, es könne der zunehmenden Entsittlichung und inneren Zersetzung des Volkes durch dergleichen rot angehauchte Bestien nicht scharf genug entgegengearbeitet werden. Er wußte diese Anschauung so plausibel zu machen, daß einstimmig auf Vollstreckung des Urteils erkannt wurde.

Man machte kurzen Prozeß mit der Rotte. Die Höllenversenkung wurde in Tätigkeit gesetzt, und die Kinder

Korah verschwanden mit einem Hoch auf die Anarchie in der Tiefe.

„Nun hat es doch endlich mal jeklappt", ließ sich ein Eckensteher aus der Schar der Gerechten vernehmen. –

Plötzlich entdeckte man, daß auch der Gendarm mitverschwunden war. Jemand wollte gesehen haben, wie ein Kind Korah ihn böswillig mit hinabgezogen habe.

Der Staatsanwalt beantragte Wiederaufnahme des Verfahrens, aber Petrus erklärte ihm, daß das bis zur nächsten Höllenrevision warten müsse. Augenblicklich würden weder die Angeklagten noch die Opfer vernehmungsfähig sein.

Herr Donnerschlag war just in seinem Element und begann Exempel zu statuieren, daß es eine Lust war. So wütete er mit verfassungsmäßiger Schneidigkeit durch die zwei Bücher Josua und das Buch der Richter hindurch, daß dem lieben Gott angst und bange wurde.

Heimlich rief er Petrus beiseite, um Rücksprache mit ihm zu nehmen.

„Petrus, was sollen wir machen, der Mann wächst uns über den Kopf. Dein Rat war gut, aber ich wollte, du hättest ihn mir nicht gegeben. – Wo der Donnerschlag nur all die Paragraphen hernimmt. Für jeden hat er einen, der für ihn paßt. Was sollen wir denn anfangen, wenn er an die Könige kommt mit den fatalen Weibergeschichten. Das gibt noch den reinen Kolonialskandal."

„Es ist recht peinlich", sagte Petrus nachdenklich. „Im schlimmsten Falle müssen wir den Teufel durch Beelzebub austreiben und –"

„Das geht nicht", antwortete Gottvater entsetzt, „das wäre doch zu mittelalterlich possenhaft." – „Ich meine es ja nur bildlich", sagte Petrus mit Würde. – Die Unterhaltung wurde jäh unterbrochen durch ein wüstes Getöse, Musik, Lärmen, Durcheinanderrufen.

„Um Gottes willen", schrie Petrus, „sie sind schon bei David und wir haben nicht aufgepaßt." –

Es hatte seine Richtigkeit. Schon hatte Herr Donnerschlag seine Anklagen vorgebracht, die in schwerer Menge auf den König von Israel herabregneten. David ließ sich aber nicht einschüchtern, sondern tanzte mit seinen Hofschranzen vor der Bundeslade, während das Getöse der Harfen, Zymbeln und Pauken durch den Himmel erschallte.

Petrus hatte seine schwere Mühe, alles wieder zur Ruhe zu bringen. Mehrmals mußte die Glocke des Präsidenten ertönen, bis die Verhandlung weitergehen konnte.

Nun begann Sankt Peter mit Gewandtheit die Verteidigung, aber es war ihm nicht möglich, den eklatanten Beweisen gegenüber durchzudringen, die Herr Donnerschlag auf den Tisch des Hauses niederlegte. Da war der Uriasbrief. Petrus und Gottvater konnten nur mit Mühe ihr Erstaunen darüber ausdrücken, wie der in die Hände der Staatsanwaltschaft gelangt sein konnte.

Der Staatsanwalt beantragte für den König David eine halbe Ewigkeit schwerer Höllenpein wegen Ehebruchs und Totschlag.

Vergebens suchte Petrus darzutun, daß Ehebruch Privatsache sei und nur auf Antrag des armen seligen Urias hätte verfolgt werden können, und daß man an dem Tode des letzteren doch nicht unbedingt den König beschuldigen könne. Derselbe habe nur angeordnet, daß Urias während der Schlacht an einem exponierten Platz Posten stehen solle. Das müsse jeder Soldat. Es könne hier also höchstens von einem *Dolus eventualis* die Rede sein.

„Der Petrus hat wirklich schon etwas profitiert", dachte der liebe Gott, der ganz verwundert dem glänzenden Plädoyer zugehört hatte. Aber gegen Herrn Donnerschlag kämpfte selbst Petrus vergebens. Mit dem kostbaren Beweisstück, mit einem Hagel von Paragraphen und mit der festen Absicht, dem lasterhaften Judenkönig eins auszuwischen, trug der findige Mann des Rechts den Sieg davon, und das Unerhörte geschah. David mußte zur Hölle fahren. Für Sack und Asche war es zu spät. Nun hatten ihm alle seine Psalmen doch nichts geholfen. Verstimmt trat er die Fahrt an, mit seinen Zymbeln und Pauken zu einem letzten Tanz aufspielend.

Der ganze Himmel war skandalisiert. Petrus und der liebe Gott schauten sich verzagt an. Jetzt sollte Hiob dran kommen.

„Gottvater", flüsterte Petrus, „laß mich nur machen, ich werde Rat schaffen."

„Mach', was du willst", sagte der liebe Gott ganz apathisch, „nur rette mir meinen Knecht Hiob."

Sankt Peter entfernte sich schleunigst.

Während seiner Abwesenheit saß der liebe Gott wie auf Kohlen und mußte zuhören, wie der Staatsanwalt fortfuhr, ihm sein bestes Himmelsmaterial mit Hilfe dieses entsetzlichen Strafgesetzbuches zur Höllenware zu stempeln.

Hiob, der hart mitgenommene alte Mann, dem er, der Himmelsvater, längst ein Rentengut zugesichert hatte, wo er sich von den Strapazen seiner Heimsuchung erholen konnte, wurde der Majestätsbeleidigung geziehen. Und da sollte man noch ruhig sitzen und zuhören. Empört sprang der liebe Gott auf und übernahm dieses Mal selbst die Verteidigung:

Da hätte er denn doch noch ein Wort mitzureden. Die Sache sei überhaupt zwischen ihm und Hiob längst zur beiderseitigen Zufriedenheit beigelegt worden, da man sie nun aber noch einmal an die Öffentlichkeit gezerrt habe, so müsse er denn doch die Ansicht betonen, daß sich Hiob allerdings im Übermaß seiner Schmerzen einer Gotteslästerung schuldig gemacht, aber wenn er selbst, – Gottvater – „Gotteslästerung mit Gefängnis bis zu drei Jahren bestraft, § 16, 6", warf der Staatsanwalt ein.

Der liebe Gott konnte vor Zorn nicht weiterreden, und der Staatsanwalt setzte nun auseinander, wie hier nach seiner Auffassung unbedingt eine Majestätsbeleidigung zu konstruieren sei, insofern als für Hiob in diesem speziellen Fall eine Identität der himmlischen und irdischen Staatsgewalt vorgelegen habe. –

Petrus war inzwischen wieder erschienen. In seiner Begleitung erblickte man einen allgemein bekannten Nervenarzt, der seinerzeit auf Erden durch seine tiefsinnigen Lehren über Suggestion und Gegensuggestion manchen Raubmörder den Händen der strafenden Gerechtigkeit entrissen hatte.

Ein alter Russe mit Heiligenschein und apostolischen Allüren machte die Umstehenden auf die ausgeprägte Schurkenphysiognomie des neuen Ankömmlings aufmerksam.

Jetzt unterbrach Petrus den Staatsanwalt mitten im schönsten Reden, was dieser nicht gern sah, aber er hatte längst gemerkt, daß man es mit dem Alten nicht verderben dürfe. So ließ er resigniert die Zeugen abtreten. Es waren die drei Freunde Hiobs, die mit ihren langen Reden und weisen

Bemerkungen die Versammlung schon aufs höchste irritiert hatten.

Es wurde eine Erholungspause gemacht und während derselben die landesüblichen Erfrischungen herumgereicht, welche aus Heuschrecken und wildem Honig bestanden.

Dann ertönte wieder die Glocke, und diesmal ergriff Petrus zuerst das Wort. Er redete erst von der hohen Bedeutung des Tages, sprach dann über Gerichtswesen im allgemeinen und über das Wesen des Jüngsten Gerichtes im speziellen, erwähnte ferner, daß eine nicht zu verkennende Mißstimmung über einige der heute gefällten Urteile in der Versammlung herrsche. – Einige scheelsüchtige Böcke hätten zwar triumphiert, aber unter den Schafen herrsche große Trauer. –

Hier lächelte Herr Donnerschlag satanisch. – Er, Petrus, mache deshalb den Vorschlag, daß ein Schwurgericht zusammentreten solle, das jedesmal nach eingehender Beratung den endgültigen Urteilsspruch zu fällen habe.

Ein beifälliges Gemurmel ging durch die Versammlung. Der liebe Gott atmete auf: Wenn man die Geschworenen richtig zusammenstellte, konnte Hiob noch gerettet werden. Und vielleicht waren auch noch Aussichten für David. Man mußte ihm sofort telephonieren, daß er Revision gegen das vorhin gefällte Urteil einlege.

Der Staatsanwalt protestierte heftig. Aber der Redner war noch nicht zu Ende. Nachdem der Beifall sich gelegt, fuhr er fort: er habe außerdem die Absicht, eine anerkannte ärztliche Autorität als Sachverständigen heranzuziehen – hier machte der Arzt eine tiefe Verbeugung gegen die Anwesenden. – Als Sachverständiger, der vor und nach jedem Urteilsspruch den Geisteszustand aller Beteiligten aufs genaueste zu untersuchen habe. Es sei in letzter Zeit so oft nachträglich die geistige Zurechnungsfähigkeit eines Verurteilten oder seines Richters angezweifelt worden. Hierzu komme noch, daß die Leute durch den Aufenthalt im Fegefeuer sehr oft ihre geistige Frische einbüßten. Man kann nicht nachsichtig genug vorgehen. –

Ein rasender Beifallssturm machte den Himmel erbeben und übertönte die Worte des Herrn Donnerschlag, der sich Gehör zu verschaffen suchte. Er war der erste, der sich der Untersuchung durch den skeptisch blickenden Arzt unterziehen mußte, während Petrus und der liebe Gott sich mit der Auswahl der Geschworenen beschäftigten. Die bewährte Einteilung in Böcke und Schafe wurde auch hier festgehalten.

Als alles arrangiert war, wurde der Fall Hiob von neuem aufs Tapet gebracht. Der Arzt stellte zeitweilige geistige Störungen fest, an denen der alte Mann gelitten habe, und die Geschworenen verneinten die Schuldfrage.

Das Urteil erregte allgemeine Befriedigung. Die Gerechten frohlockten, und manchem Verdammungskandidaten wurde leichter ums Herz. Der liebe Gott telephonierte an David, und der degradierte König beging in der Hölle einen Freudentanz.

Herr Donnerschlag war außer sich. Seine Ausdrucksweise war fast unehrerbietig.

„Petrus“, sagte der liebe Gott leise zu diesem, „wir müssen sehen, ihn loszuwerden. Er macht sich unmöglich und kompromittiert uns.“

„Nur abwarten“, meinte Petrus, „vielleicht können wir ihn unter Kuratel stellen lassen.“ –

Er nahm den Arzt beiseite und besprach sich mit ihm. Aber sie wurden gleich wieder unterbrochen.

Ratlos stürzte der liebe Gott herbei: „Um Himmels willen, Petrus, wo bleibst du? Alles steht auf dem Kopf. Nun sieh selbst, was du angerichtet hast mit deinen Geschworenen. Eben haben sie die Jesabel freigesprochen, und jetzt ist Kain dran. Den bringen sie mir womöglich auch noch in den Himmel, deine Geschworenen!"

Dem armen Petrus wirbelte der Kopf. Heute mußte auch alles schief gehen.

Allgemeine Panik hatte die Versammlung ergriffen. Jesabel wandelte mitten unter den Gerechten und zog drei Foxterriers an der Leine hinter sich her. Vor den Geschworenen stand Kain mit rohen Landstreichermienen und leugnete hartnäckig. Seine Manieren hatten einen unangenehm arbeitslosen Anstrich.

Auch aus der Hölle ertönte wilder Aufruhr. David tanzte, und die Kinder Korah brachten ein dröhnendes Hoch auf das Proletariat der Zukunft aus. Nur der Geistesgegenwart Sankt Peters gelang es, die Situation zu retten. Er erklärte der gespannt aufhorchenden Versammlung, das Jüngste Gericht müsse unlösbarer Schwierigkeiten wegen einstweilen vertagt werden.

Alles atmete auf. Nur Herr Donnerschlag stand wie angewurzelt da.

Der liebe Gott begann die nötigen Befehle zu erteilen, und die himmlischen Heerscharen flatterten geschäftig hin und her.

Tausende von weißbeschwingten Engeln stießen in ihre Posaunen. Petrus drückte auf einen Knopf, und das große

Schwungrad, der Dynamo, der das Weltsystem zu bewegen hatte, begann sich langsam zu drehen. Mit donnerartigem Getöse fingen die Planeten wieder an, ihre vorschriftsmäßigen Bahnen zu wandeln.

Noch ein rasender Posaunenstoß, alles drehte sich – alles versank und verschwand. –

Mit einem lauten Ausruf des Schreckens fuhr der Rechtspraktikant Guido Kusbohrer aus dem Schlaf empor.

Neben seinem Bett rasselte der Wecker. Es war höchste Zeit aufzustehen, wenn er nicht zu spät in den Gerichtssaal kommen wollte. Er kleidete sich rasch an. Der Kopf wirbelte ihm. Seine erste Verteidigung – Himmelherrgott, ob er seinen Klienten wohl durchbringen würde?

Aus „Franziska Gräfin zu Reventlow, Gesammelte Werke in einem Bande",
Albert Langen, München 1925, S. 1011-1022
Herausgegeben von Else Reventlow

Uli Aumüller zeichnet für einen großen Teil der Übersetzungen der Texte Siri Hustvedts verantwortlich. Die in diesem Band enthaltene Erzählung wurde ebenfalls von ihr ins Deutsche übertragen. Sie übersetzte u. a. Werke von Milan Kundera, Daniel Pennac und Ann Patchett. 1996 erhielt sie den *Jane Scatcherd-Preis* für Transkription und erneute Übersetzung der Werke der französischen Schriftsteller Albert Camus und Jean-Paul Sartre.

Christiane Barnaházi lebt in Santiago de Chile, wo sie an einem Kulturzentrum arbeitet und nebenberuflich als freischaffende Übersetzerin tätig ist. Die gebürtige Leipzigerin war Mitherausgeberin des ersten Bandes *PERSPEKTIVENWECHSEL* (Septime, 2009) und Mitübersetzerin der u. a. darin enthaltenen Erzählungen *Fantomas gegen die multinationalen Vampire* und *Labyrinth* von Julio Cortázar und Roberto Bolaño.

Frank Böhmert, deutscher Schriftsteller und Übersetzer, blickt auf ein Werk von mehr als hundert Kurzgeschichten sowie vier Romanen zurück. Die Erzählung *Harry will Walross werden* wurde unter der Regie von Damir Lukacevic verfilmt, sein Roman *Die Sternenhorcher* brachte ihm 2003 eine Nominierung für den *Kurd-Laßwitz-Preis* ein. Sein bisher letzter Erzählband *Ein Abend beim Chinesen* erschien 2009.

Als Übersetzer trat er bislang bei Werken von u. a. Charles Webbs *Die Reifeprüfung* oder Philip K. Dicks *Die Lincoln-Maschine* in Erscheinung. Für vorliegenden Band übertrug er die Erzählung *Frauen, die man übersieht* sowie das dazugehörige Nachwort von Julie Phillips ins Deutsche, ebenso zeichnet er für die Übersetzung des James Tiptree Jr.-Bandes *Quintana Roo* (Septime, 2010) verantwortlich.

Therese Chromik (geb. 1943) studierte Philosophie, Germanistik, Geografie und Kunst. Sie hatte Lehrtätigkeiten an Gymnasien in Kiel und Husum sowie Lehraufträge an der Universität Kiel inne und war Fachleiterin für Deutsch. Sie veröffentlichte mehrere Gedichtbände und Kurzprosa und ist Mitherausgeberin zahlreicher Anthologien.

2009 erschien die Biografie *Wenn ich nur lieben kann. Franziska zu Reventlow*. Einige ihrer Gedichtbände wurden ins Polnische übersetzt. Sie wurde u. a. mit dem *Landespreis der GEDOK Schleswig-Holstein* und dem *Andreas-Gryphius-Förderpreis* ausgezeichnet. Die Mutter zweier Söhne lebt seit 2007 als freie Schriftstellerin in Husum und Kiel.
www.theresechromik.de

Marianne Frisch zeichnet für die Übersetzung der Susan Sontag Erzählung *Amerikanische Geister* im vorliegenden Band verantwortlich.

Anna Gentz (geb. 1980) studierte Romanistik und Pädagogik in Frankfurt am Main. Seit 2006 promoviert sie dort im Rahmen des Göttinger praxisorientierten Graduiertenkollegs „Wertung und Kanon" über die internationale und -mediale produktive Rezeption der literarischen Selbstkanonisierung Jorge Luis Borges' und Julio Cortázars. Sie schrieb zahlreiche Artikel für die Neuauflage 2010 des *Kindlers Literatur Lexikons*, u. a. zu Julio Cortázar, Ernesto Sábato, José Eduardo Agualusa und Abdourahman A. Waberi. Sie absolvierte ein Volontariat im Suhrkamp und Insel Verlag in Frankfurt am Main und übersetzte Erzählungen von Florent Couao-Zotti, Monique Ilboudo und Abdourahman A. Waberi.

Nahezu zeitgleich zur im Septime Verlag erschienenen deutschen Erstausgabe von Julio Cortázars Comic *Fantomas gegen die multinationalen Vampire* erschien 2009 ihr Essay *Wenn Literaten sich ‚verirren'. Schriftstellerische Ausflüge in das Medium Comic am Beispiel Julio Cortázars* (in: *Comics, Mangas, Graphic Novels – text + kritik Sonderband* [Hrsg.: Andreas C. Knigge]).

Ursula Gräfe (geb. 1956) studierte Japanologie, Anglistik und Amerikanistik. Seit 1988 arbeitet sie als Literaturübersetzerin. Beim Lesen japanischer Literatur kommt man an ihrem Namen nicht vorbei, so übersetzte sie u. a. Haruki Murakami, Yasushi Inoue, Hiromi Kawakami, R. K. Narayan und O. V. Vijayan sowie gemeinsam mit **Kimiko Nakayama-Ziegler** die im vorliegenden Band vertretene Novelle von Yôko Ogawa, *Tagebuch einer Schwangerschaft*.

Anja Kootz wurde 1977 in Mecklenburg geboren und studierte Amerikanistik, Kulturwissenschaften und Germanistik in Berlin. Nach Auslandsaufenthalten in New York und Paris lebt sie heute in Berlin und arbeitet als freiberufliche Lektorin und Übersetzerin für Französisch und Englisch.

Sie ist Herausgeberin der Literaturzeitschrift *LIMA*, die beim Bundesverband junger Autorinnen und Autoren (BVjA e. V.) erscheint.

Für den vorliegenden Band hat sie die Erzählung *Fremdworte sind Glückssache* von Hélène Cixous ausgewählt und übersetzt.

Ruth Orkin (geb. 1921, Boston, USA) wuchs als Tochter einer Stummfilmschauspielerin in Hollywood auf und zählt heute zu den berühmtesten US-amerikanischen Fotografen. 1939, schon im Alter von achtzehn Jahren, machte sie Schlagzeilen, als sie mit dem Fahrrad von Los Angeles bis nach New York fuhr, um die Weltausstellung zu besuchen. Sie blieb in New York City, wo ihre Fotos regelmäßig Einzug in Zeitschriften und Illustrierte fanden. In den 50er-Jahren reiste sie nach Israel und Europa. 1952 erschien der oscarnominierte Film *Little Fugitive*, den sie gemeinsam mit dem Filmemacher Morris Engel, ihrem Ehemann, fertigstellte.

Orkin wird für ihre naturalistischen Darstellungen des städtischen Europäers und der New Yorker der 40er-, 50er- und 60er-Jahre und für eine Reihe von Fotos, die sie aus ihrer New Yorker Wohnung, mit Blick auf den Central Park, aufgenommen hat, geschätzt.

Ihr wohl bekanntestes Foto *American Girl in Italy* ziert den Umschlag dieses Bandes und kann stellvertretend für die Genialität ihres Gesamtwerks betrachtet werden. Ruth Orkin stirbt 1985 in New York an Krebs.

Julie Phillips wurde in Seattle, USA geboren, verbrachte aber Teile ihrer Kindheit in Kalifornien und New Hampshire. Sie fing an, für die *Seattle Weekly* zu schreiben, übersiedelte dann nach New York, wo sie u. a. Artikel über Bücher, Filme oder auch Damensport verfasste. 2006, nachdem sie bereits Essays zum Thema feministische Science-Fiction veröffentlicht hatte, erschien ihre James Tiptree Jr.-Biografie *James Tiptree Jr., Das Doppelleben der Alice B. Sheldon* (Septime 2011).

Julie Phillips lebt mit ihrem Ehemann und zwei Kindern in Amsterdam. Ihren Bezug zu Science-Fiction beschreibt sie auf ihrer Website folgendermaßen:

Ich wusste nicht viel über Science-Fiction, als ich mit der Biografie über James Tiptree Jr. begann, aber ich war an den Leben von Frauen interessiert, und Alice B. Sheldon entpuppte sich als eine mit einem ganz faszinierenden.

Jürgen Schütz wurde 1968 in Wien geboren. Seine Liebe zu Literatur und der Umstand, dass viele Werke von großartigen Schriftstellern noch immer nicht in deutscher Sprache erhältlich sind, veranlasste ihn dazu, 2008 den Septime Verlag zu gründen und Bücher zu verlegen, die er selbst gerne kaufen und lesen würde.

Jürgen Schütz ist Mitherausgeber der ersten Ausgabe von *PERSPEKTIVENWECHSEL* sowie des vorliegenden Bandes.

Guillermo Cabrera Infante

Schandtat Chachachá

Aus dem kubanischen Spanisch von Claudia Hammerschmidt

Es ist die so oft erzählte Geschichte einer heimlichen Liebe zwischen einem verheirateten Mann und einer Frau, die sich in den 1950er-Jahren in Havanna abspielt. Was so einfach und altbekannt klingt, ist es auch – aber auch wieder nicht, denn die alte Platte scheint einen Sprung zu haben und hängengeblieben zu sein, so dass sie dasselbe Motiv immer wieder wiederholt …

„Das Sprachspiel und eine hartnäckige Sehnsucht nach einer Stadt, die vielleicht niemals existiert hat, das sind die Hauptbestandteile des Werks von Guillermo Cabrera Infante. Das Havanna, das in seinen Erzählungen, Romanen und Chroniken auftaucht, das eine so lebhafte Erinnerung im Gedächtnis des Lesers hinterlässt, verdankt der Fantasie des Schriftstellers bestimmt mehr als seinen Erinnerungen – wie das Dublin von Joyce, das Triest von Svevo oder das Buenos Aires von Cortázar."

Mario Vargas Llosa

Gebunden mit Lesebändchen, 160 Seiten, ISBN: 978-3-902711-02-1

Juan José Arreola

Der Jahrmarkt

Aus dem mexikanischen Spanisch von Georg Oswald

Ein Schuhmacher, der sich an die Kunst der Landwirtschaft wagt, ein Glöckner, der sich trunken an den Klöppel seiner Glocke hängt und zum Stundenschlag ausholt, wann es ihm gefällt, eine Geschäftsfrau, die den Rotlichtbereich der Stadt unter ihre Kontrolle bringt, ein Dichter, der mit einer eloquenten Muse Schönheitssalben verkauft, ein Erdbeben, das die hergebrachte Ordnung auf den Kopf stellt, und immer wieder die Ureinwohner, die vergebens um das Recht ihres angestammten Landes kämpfen…

Juan José Arreola malt in seinem vielstimmigen Roman das Leben einer mexikanischen Provinzstadt zwischen religiöser Borniertheit und menschlicher Einfalt, Bauernschläue und Erotik.

Gebunden mit Lesebändchen, 256 Seiten, ISBN: 978-3-902711-01-4

Nona Fernández

Mapocho

Roman

Aus dem chilenischen Spanisch von Anna Gentz

Mapocho ist der Name des Flusses an dessen Ufern Santiago de Chile erbaut wurde. In Nona Fernández' Roman wird er nicht nur von den Abwasserkanälen der Stadt, sondern auch vom Dunkel der Vergangenheit gespeist. Leichen, Mythen und persönliche Schicksale treiben darin.

Der Roman verwebt Geschichten von unter General Ibáñez verschleppten Transvestiten, von einem inzestuösen Geschwisterpaar, versklavten Gefangenen, einem selbstmordgefährdeten Historiker und einem auf der Suche nach seinem Kopf umherstreifenden, enthaupteten Häuptling der Mapocho-Indianer zu einem bunten Mosaik, das einem Gemälde gleicht – mal grotesk und provokativ, mal sanft und fast zärtlich.

Nona Fernández packt, beim Umblättern der ersten Seite, den Leser an der Hand, zieht in tief in ihre Geschichte und lässt ihn bis zum Ende nicht mehr los.

Gebunden mit Lesebändchen, ca. 256 Seiten
Erscheinungstermin: Winter 2011/12

www.septime-verlag.at